Jean Moose

Schleifchenspiel

HOLZINGER-VERLAG

Hubert W. Holzinger Verlag,
Berlin, 2008

Umschlag:
Graphik: »Joci«, Brüssel, © 2008
Gestaltung: Frank Stiefel, Berlin

Druck und Bindung: Steinmeier GmbH, Nördlingen

Printed in Germany

ISBN 978-3-926396-69-3

Irgendwann hatte Robert einmal einen Amerikaner zum Abendessen mitgebracht. Er sagte nur, Jack sei Investor und interessiert, Mark kennen zu lernen. Zwischen Dessert und Kaffee sprach Jack von seinem Leben. Wie schon den ganzen Abend sagte er nicht viel. Aber es wurde klar, dass der Beruf eines Investors viel einfacher war als die tägliche Mühsal eines Beamten. Jack nippte an seinem Glas und sagte:

»There are so many chances out there, you know. You just have to grab them.«

In dieser Sekunde wurde Jack für Mark Stadler zu Grab'em. Darüber hinaus hatte er die Sache nicht besonders ernst genommen. Grab'em wirkte eher unscheinbar, und Mark hatte seinen gut bezahlten Job bei der Europäischen Kommission. Sie trafen sich erst wieder auf Roberts Geburtstagsparty. Grab'em schlug vor, dass sie sich am nächsten Tag zum Mittagessen im Due Signori treffen sollten.

Das »I Due Signori« ist einer der edelsten Italiener in ganz Europa. Damen bekommen ihre individuelle, diskrete Speisekarte, auf der zwar alle Speisen und Getränke, aber keine Preise stehen. Grab'em kam als letzter. Mark wunderte sich ein bisschen, warum der Besitzer plötzlich wie von einer Biene gestochen von der hintersten Ecke seines Lokals nach vorne stürzte, um den Gast stürmisch zu herzen, schenkte diesem Vorgang aber keine weitere Beachtung. Während des Hauptgangs erzählte Grab'em, dass er in New York ein Büro hatte, aber in Connecticut wohnte. Es gab gerade nichts anderes zu besprechen, und so erkundigte sich Mark, ob er dort schon einmal Ivan Lendl begegnet sei. Als Tennisbegeisterter wusste man über Lendls Anwesen in Connecticut Bescheid. Seinerzeit stand in allen Zeitungen, dass sich der Champion im Garten ein paar Tennisplätze zugelegt hatte. Einer davon hatte den Originalrasen von Wimbledon, ein Turnier, das Ivan unbedingt einmal gewinnen wollte (was ihm, obwohl er fortan sprichwörtlich vor der Haustüre dafür übte, nie gelang).

Grab'em reagierte keineswegs überrascht.

»Actually, I have visited his house. I liked all the tennis courts and the fitness machines he had. But finally, we thought it did not fit.«

Mark wurde nun doch neugierig. Er konsultierte das Net. Grab'em hatte allein im letzten Jahr fast 300 Millionen Dollar verdient, sein Vermögen betrug mehrere Milliarden. Er schrieb an Robert:

»Weißt Du, Robert, ich sitze stundenlang neben einem Milliardär und merke nichts. Dabei bin ich doch Ökonom. Muss ich mich noch darüber wundern, dass ich von anderen Dingen schon gar nichts verstehe?«

Mark Stadler hätte also gewarnt sein müssen.

X

Pünktlich am Sonntag um 22 Uhr verkündete der Sprecher das Erdbeben. Wie ein Tsunami rollte das Ergebnis der französischen Abstimmung durch die Fernsehkanäle. Das Erste brach eine Debatte über die Neuwahlen ab, und die Teilnehmer der Diskussionsrunde sagten etwas über die Bedeutung Europas für das weltkriegsgebrannte Deutschland.

Auf den französischen Kanälen brachten sich derweil bereits die Kampfhähne in Stellung. Schließlich galt es als sicher, dass der Premier das Debakel der französischen Ablehnung des Vorschlags für eine europäische Verfassung nicht überleben würde, und so ging es in den nächsten Tagen für einige um alles. Der Schönheitspreis gebührte zweifellos Phillippe Dulapin, vor allen Dingen wegen seiner grandiosen Künstlerfrisur. Die Leute würden sich jetzt sicher wünschen, dass der Präsident, wenn er schon nicht die Kraft hatte, sich selbst für die Schlappe die Schuld zu geben, wenigstens ihn zum Nachfolger des Premiers bestimmen würde. Mit Dulapin kam es einem womöglich erträglicher vor, wenn Steuern erhöht würden. Man würde sich einbilden können, er stecke ein wenig von den Einnahmen in Angelegenheiten, die zu seiner Frisur passten. Vielleicht kamen ein paar neue Kunstwerke heraus oder gar Opernhäuser. Der Präsident war da bestimmt auch schon drauf gekommen. Die Frisur von Dulapin musste in dieser Stunde Gold wert sein.

Mark Stadler stellte den Fernseher ab und ging zur Stereoanlage. Rechts und links davon standen zwei Regale. Im rechten waren eine stattliche Anzahl von Jazz-, Boogie- und Blues-Interpreten versammelt, von denen er annahm, dass sie sich gegenseitig schätzten. Er ging jedoch zum linken, griff in ein unteres Fach und zog eine CD von Neil Young heraus. Keine schlechte musikalische Untermalung historischer Momente, dachte Mark. Schließlich schien Neil Young ähnlich unvergänglich zu sein wie Mick Jagger oder Onkel Dagobert.

Seine ersten Hits hatte er noch zur Glanzzeit der Schallplatten. Schallplatten waren auch schon ohne Neil großartig, und es blieb Mark ein ungelöstes Rätsel, warum man sie mehr oder weniger abgeschafft hatte. Das Beste an ihnen war, dass sie eine A- und eine B- Seite hatten, sozusagen die Mutter aller interaktiven Medien. Schließlich konnte man nicht beide Seiten gleichzeitig auflegen. Daraus resultierte die wunderbare und unvermeidliche Chance, dass man selbst darüber befinden musste, welche die eigene A-Seite war.

Die persönliche A-Seite konnte man allerdings jederzeit ändern. Die Abstimmung in Frankreich war demgegenüber nicht so leicht von der Hand zu wischen. Es würde Konsequenzen geben.

X

Tom hatte das französische Debakel nicht gesehen. Dafür saß er auf der Couch in seiner Münchener Dachwohnung und sah auf eine rote Pille, die vor ihm auf dem Tisch lag. Tom war ein erfolgreicher Biochemiker, aber für Mark war er nur der Mathematiker. Mathematik war die Mutter der Naturwissenschaften, und Tom Beurre war der Vater ihrer allumfassenden Anwendung.

Die Pille befand sich noch in der Testphase. Sie sah aus wie ein Hustenbonbon, sollte aber eine Potenzpille werden. Psychologisch gesehen war es enorm wichtig, dass sie möglichst harmlos wirkte, denn mindestens die Hälfte der Abnehmer nahm derlei Medikamente, spätestens seitdem man sie im Internet bestellen konnte, ja, nicht aus medizinischen, sondern aus vermeintlich lustigeren Gründen. Da half es natürlich, wenn die Dinger ein wenig niedlich aussahen.

Mit Nirwana gab es zwar schon einen Blockbuster, aber der Wirkstoff brauchte nach der Einnahme eine halbe Ewigkeit, bis er endlich funktionierte. Diese Zeitverzögerung, etwa eine volle Stunde, zwang den Käufer zu einer Art pascalianischer Wette: Solange völlig verlässliche Vorhersagen über das Verhalten des weiblichen Geschlechts auf Stundenbasis nicht möglich waren, konnte man mit der Pille sowohl zu spät, aber auch zu früh kommen. Für den Hersteller war das nicht unbedingt ein Nachteil, denn die Wette veranlasste die Optimisten bereits auf der Basis ihrer rein subjektiven Wahrnehmungen, sich für den Ernstfall zu wappnen. Das hob in jedem Fall wenigstens den Umsatz, selbst wenn der geplante Anlass nachher sang- und klanglos ins Wasser fiel.

Andererseits wirkte Nirwana nicht nur sehr langsam, sondern war auch teuer. Das erhöhte so gesehen den Spieleinsatz. Genau hier, so dachte Tom, war die Chance. Denn es konnte für die Kundschaft nicht besonders schön sein, wenn ihr in Momenten schmerzlicher Zurückweisung auch noch klar wurde, dass sie soeben das Kapital für ein paar aufmunternde Drinks unwiederbringlich versenkt hatte. Die Zukunft gehörte somit dem, der die Wette überflüssig machte. Es musste ein Mittel her, das sofort oder wenigstens fast sofort wirkte.

Der kniffligste Punkt waren die Nebenwirkungen. Die Versuche, die bisher im Labor angestellt wurden, waren vielversprechend. Solange das Medikament aber nicht am Menschen erprobt war, konnte man Nebeneffekte nicht völlig ausschließen. Freilich gab es da mitunter auch angenehme Überraschungen: Auch Nirwana wurde zuerst als schnödes Herzmittel getestet, und es versteifte sich erst bei den Versuchsreihen der Eindruck, dass der Nebeneffekt eigentlich viel schöner war.

Der Mathematiker nahm die rote Pille vom Tisch und hielt sie sich vor die Augen.

X

»*After the Gold Rush*« spielte Neil Young ausnahmsweise nicht auf der Gitarre, sondern begleitete sich solo auf dem Klavier. Nie war seine Stimme eindringlicher, höher und bizarrer. Hier konnte man ahnen, warum er von britischen Musikern einmal zum besten Sänger des Jahres gewählt wurde, obwohl er, streng genommen, überhaupt nicht singen konnte. Gegen Ende des Stücks setzt wie aus weiter Ferne ein Flügelhorn ein und spielt die Melodie schlicht, aber mit tiefer Traurigkeit nach. Mark erinnerte sich, dass er früher die Kassette im Auto oft noch einmal ein Stückchen zurückgespult hatte, um das traurige Horn noch einmal zu hören.

Die Kassette hatte Mark von einem Plattenspieler aufgenommen; ein nicht gerade taufrisches Modell, das er im Zuge gewisser Erneuerungsinvestitionen seiner Eltern geerbt hatte. Im Hintergrund hörte man etwas wie das Rauschen des Universums und vor dem ersten Stück der B-Seite krachte die Nadel beim Aufsetzen auf die Platte. Mark schwante, dass er damals schon ein echter Musikfan, aber nicht unbedingt ein Pedant gewesen war. Sah man vom Prinzipiellen einmal ab, hielten sich jedoch die Verluste in Grenzen. Zumindest, wenn das Auto seiner eigentlichen Bestimmung, der Fortbewegung, diente: Sofort machte der Motor einen derartigen Krach, dass man das Universum nicht mehr hörte.

Draußen hörte man kurz den Motor eines Mopeds, dessen Geräusch sich schnell wieder entfernte. Es war immer noch hell, obwohl es schon kurz nach zehn war. Im Sommer war Brüssel erträglich. Durch die Verandatür konnte Mark einige Gärten sehen, deren Besitzer ein schönes Hobby oder einen guten Gärtner gefunden hatten, Fußballtore und Gartentischchen standen artig beisammen und warteten klaglos auf schönes Wetter. Einen echten Park gab es in der Nähe auch. Dorthin schlenderten Leute mit Decken, Wein und fröhlichen Stimmen, die bis ins Haus drangen. War es schön, blieben sie das ganze Wochenende dort, Menschen aus allen Teilen Europas und der Welt, friedlich, freundlich und in großer Familienschar.

In der Stadt zog es ihn oft in die Gegend hinter der alten Börse. Hier saß er gern zwischen den geschäftigen Touristen, Straßenmusikern und einigen sehr hübschen Mädchen, die - einem sich ständig reproduzierenden Wunder ähnlich - urplötzlich aus dem nebligen Winter auftauchten. Mark hörte, wie sie beim Gehen mit ihren Absätzen klapperten. Er stellte sich vor, wie die Herzen der Männer und Orthopäden dazu im Takt schlugen, tack- tack-tack! - die Herzen der Orthopäden schlugen noch schneller und alle zusammen wünschten sich, es möge immer Sommer sein in Brüssel. Wäre Mark Straßenmusiker geworden, so hätte er zu diesem Takt die passende Melodie gefunden, eine Art europäische Hymne der Straßenmusik. Sie wäre lustig und frech und nähme sich nicht so furchtbar ernst. Hier im kleinen Quartier gegenüber der Börse war Europa mit sich und der Welt zufrieden, hier war es fröhlich und lebendig, und die nur ein paar Kilometer entfernten Tummelfelder der Beamten und Diplomaten schienen so weit entfernt wie das politische Europa von seinen Bürgern.

Im Winter war das freilich anders. Es gab nur sehr selten Schnee. Vielleicht zwei oder drei Tage im Jahr, aber er verschwand sofort wieder im nasskalten Grau der unermüdlichen Atlantiktiefs. Der einzige Segen war, dass das belgische Fernsehen ihnen nicht noch hübsche Vornamen gab, so wie es die Amerikaner mit ihren Stürmen machten. Dabei war es den Verantwortlichen offensichtlich klar, dass es vom Tief Agathe bis zum Tief Zita nicht viel länger als eine Woche dauern konnte und die Sache mit der Namensgebung daher schon bald ziemlich ausarten würde.

Andererseits konnte man die Namensvergabe für die Tiefs gerade am Hort von europäischem Recht und Unparteilichkeit natürlich nicht völlig unreguliert walten lassen. Man stelle sich vor, das Tief Angela zöge gerade an einem wichtigen Wahltag eines an Belgien angrenzenden Nachbarlandes herauf, selbstverständlich mit Blitz und Donner und besonders erklecklichem Platzregen vor den Wahllokalen der dortigen Republik. Von der EU-Kommission würde in der Folge bestimmt verlangt, einen Richtlinienvorschlag vorzulegen, der das Wetteralphabet an Wahltagen regelt. Die Belgier, an komplizierte Dinge gewöhnt, antizipierten die Verwicklungen und übten Verzicht. Geleitet vom Vorbild der offensichtlich etwas merkantileren Meteorologen des Nachbarlandes, hätten sie das Problem umgehen können, indem sie ihre Tiefs einfach meistbietend ans Publikum verhökerten. Aber aus irgendwelchen unerfindlichen Gründen kamen sie da nicht drauf.

So trugen die Tiefs in Belgien stets nur Regenwolken nach Brüssel, aber keine Vornamen. Für Mark war der Winter trotzdem eine Plage. Oft hing ein bewegungsloser, grauer Schleier über dem Land, unverrückbar wie ein riesiger Krake, der seine nassen Arme in alle möglichen Winkel steckte. Das Schlimmste war, dass es keine Chance gab, dem endlosen Grau einmal auf einen kleinen Sprung zu entkommen. Auf den Ardennen, die sich südöstlich von Brüssel nach Luxemburg hin vorsichtig zu erheben beginnen, war es nicht zu schaffen. Die Hügel waren schlicht und einfach zu niedrig, und der Krake begrub sie wie alles andere unter sich. Zwar mochte es sein, dass es vielleicht einmal einer von ihnen schaffte, den Kopf ein wenig aus der grauen Suppe zu strecken. Aber bestimmt geschah dies an einem Dienstag und man war gerade in einer Sitzung.

Man sollte die Kommission im Winter nach Salzburg verlegen, dachte Mark. Schließlich hatte auch niemand was dagegen, wenn man das europäische Parlament mitsamt der Begleitkohorte von Brüssel ins etwa 400 km entfernte Straßburg chauffierte, nur um dort ein paar Tage im Monat an symbolträchtigem Orte zu tagen. Dass Deutschland und Frankreich wieder Krieg gegeneinander führten, war derzeit auch ohne diese Prozedur ziemlich unwahrscheinlich. Dagegen drohte jetzt eine satte Europa-Malaise. Wenn man mit einem kleinen Wintermanöver wenigstens die aufkeimende Depression der Belegschaft etwas eindämmte, würden vielleicht auch die Untertanen ein wenig fröhlicher.

Allerdings sollten die Beamten in Brüssel nicht nur arbeiten, sondern auch ein bisschen als Zielscheibe herhalten. Das stand zwar nirgends, aber manchmal fühlte man sich so. Mark stellte sich schon die Titelseiten der Zeitungen vor, wie sie das französische Referendum zum Volksaufstand gegen die Bürokraten hochstilisierten. Für eine Zielscheibe gehörte es sich nicht, dass sie dem Schlamassel mit einer Seilbahn entwich. Es kam erheblich besser, wenn sie unten im Nebel ausharrte und im Übrigen mürbe und getroffen aussah. Dass sich die Bediensteten durch die fadesten Winter Europas schleppen mussten, gehörte irgendwie zum Deal. »Salzburg«, das klang zu sehr nach Skihütte und Mozart. So was ging einfach nicht. Mark sah ein, dass sich seine heutigen Ideen ein wenig in Richtung Utopia bewegten. Aber das machte nichts. Die Utopisten waren spätestens seit heute im Begriff auszusterben und er hatte schon immer ein gewisses Faible für Minderheiten.

Er stellte die Musik mit der Fernbedienung lauter. Sein schweres Gemüt hatte Neil nicht daran gehindert, ab und zu ebenso einfache wie schöne Melodien zu finden. Eine Zeit lang sah es allerdings so aus, als habe er die größte Freude daran, eine Ansammlung herbei gebrachter elektrischer Gitarren zu quälen. Die Lautsprecher, die er sich für seine Konzerte aufstellen ließ, waren gigantisch, und man brauchte eine ganz Armada von Sattelschleppern, um die turmhohen Monster von einem Ort zum anderen zu karren. Dann schwenkte Neil plötzlich zu Folk und Country und ließ ganze Kübel von Spott und Hohn über sich ergehen. Die besonderen Phasen des Künstlers gingen irgendwann zu Ende, und es kam die nächste. Neil schien unabhängig und vielleicht wollte er gerade das allen zeigen.

Er ist immer noch gut mit seiner Gitarre, dachte Mark. Aber er hatte mit den Jahren an Zauberkraft verloren. Mag sein, dass ein Musiker nur einen begrenzten Vorrat an wirklich guten Ideen besitzt und wenn dieser einmal verbraucht ist, weicht das Genie eher handwerklicheren Begabungen. Schlimmer wog die Möglichkeit, dass das auch bei den Zuhörern so war. Vielleicht verliert man, wenn man es je einmal hatte, irgendwann das Talent, eine Musik, eine Stimmung oder die Dinge überhaupt tief in sich hinein zu lassen.

Jedenfalls war Mark heute ziemlich gleichgültig geblieben. Obwohl das, was er lange Zeit mit viel Herzblut verteidigt hatte, von den Franzosen heute schlicht und einfach unter die Erde gepflügt wurde.

Das Telefon klingelte und Mark nahm ab. Es war der Mathematiker.

X

»Ich dachte, ich ruf dich noch einmal an. Bevor ich mich vergifte.«, sagte der Mathematiker.

»Wieso vergiften? Das passt nicht zu dir«, entgegnete Mark. »Eher schon, dass dir ein rachsüchtiger Ehemann einer deiner Bekannten einen Knüppel über den Kopf haut. Das hätte wesentlich mehr Stil, finde ich. Und außerdem entspräche es deinem zurückliegenden Leben. Ließe sich das, wenn du schon von uns gehen willst, nicht auch arrangieren?«

»Ich habe noch nicht vor abzutreten, mein Lieber. Dafür habe ich etwas, was müde Geister wieder zum Leben erweckt und auch noch dabei hilft, die Rentenprobleme zu lösen.«

Mark hob die Augenbrauen.

»Du willst doch nicht etwa… bei den Grünen eintreten und dort eine von den uneinnehmbaren Festungen schwängern? Mit deinem Fingerspitzengefühl für den Umgang mit politischen Gegnern fände ich das ein wenig übertrieben.«

»Aber nein«, sagte der Mathematiker. »Ich habe eine neue Potenzpille erfunden.«

»Wie bitte?«

»Du hast richtig gehört, eine Potenzpille. Großartiges Zeug.«

Mark schlug sich mit der freien flachen Hand auf die Stirn.

»Das musste irgendwann ja so kommen. Logischerweise konntest du ja gar nichts anderes erfinden.«

»Und wenn es so wäre? Schließlich dient der Aufenthalt der Lebewesen auf dem Planeten allein der Reproduktion. Als Naturwissenschaftler hat man das verstanden. So gesehen ist es doch normal, dass ich mich ein wenig danach ausrichte, findest du nicht? Andererseits funktioniert Biotechnologie nicht so wie die herkömmliche Entwicklung von Medikamenten. Eigentlich ist es sogar genau umgekehrt. Man fängt nicht bei der Krankheit an, sondern beim Gen. Als ich zu experimentieren anfing, hatte ich noch keinen Schimmer für oder gegen was die Substanz wirken könnte. Ich muss dich also leider enttäuschen, alter Junge. Ich habe mir die Pille so nicht ausgedacht, sondern, wenn keine dramatischen Nebenwirkungen auftreten, nur sehr viel Glück gehabt.«

Von Nebenwirkungen sprach der Mathematiker nur, wenn es um seine Pillen ging. Im sonstigen Leben wurden sie in aller Regel vernachlässigt. Hätte Mark es nicht mit eigenen Augen miterlebt, er hätte es nie für möglich gehalten, dass ein einzelner Mann in so kurzer Zeit so viele Frauen verführen konnte.

»Aber wozu brauchst du denn noch Glück, wenn du dich vergiften willst?«, fragte Mark.

»Wie gesagt, es gibt womöglich Nebenwirkungen«, antwortete Tom. »Die sind noch nicht getestet. Könnte ja sein, dass sich der Zufall dieses Mal rächen will und das Umgekehrte wie bei Nirwana passiert. Ich teste das Potenzmittel und finde den Fußpilz.«

»Du willst doch nicht...?«

Mark fing langsam an, das Gespräch ein wenig ernster zu nehmen.

»Das ist schon bei Dr. Jekyll schief gegangen, Mat. Am Ende verwandelst du dich noch in ein hässliches Monster oder in einen Mönch. Hast du dir mal überlegt, was das bedeutet? So gar keine Frauen mehr?«

»Soweit wird es nicht kommen. Außerdem glaube ich nach deinen europäischen Erzählungen inzwischen, dass man in der entsprechenden Umgebung auch ohne Arzneimittel zum Monster wird. Aber im Ernst: Wirklich schlimmes kann nach Adam Riese nicht passieren. Da sind keine Granaten drin.«

»Und warum erzählst du es mir dann?«

»Wollte dich schon lange um was bitten. Ist nicht direkt abhängig von meinem kleinen Selbstversuch. Du weißt ja, wie das so ist mit meinem Lebenswandel. Wenn ich je doch mal von einem heißblütigen Romeo erschossen werde oder sonst außer Gefecht gerate, sollte vielleicht jemand meine Sachen hier in meiner Schreibtischschublade ein wenig…«

»… aufräumen, meinst du. Also etwa diverse Telefonbüchlein. Und der Jemand sollte ich und nicht etwa dein Chef sein, der das Ganze nach ausführlichem Studium dann deiner gegenwärtigen Freundin oder der Sittenpolizei übergibt…«

»Jemand, der so schnell kapiert wie du, sollte nicht Beamter werden.«

Mark sah die Tür, die für einen kurzen Moment der Geschichte einen Spalt breit offen stand. Die Wahrscheinlichkeit, den Mathematiker von etwas abzubringen, was er sich einmal in den Kopf gesetzt hatte, ging nach allgemeiner Erfahrung gegen Null. Aber entgegen aller anderen allgemeinen Erfahrung wirkte etwas in seiner Stimme so, als sei er sich hier seiner Sache ausnahmsweise nicht ganz sicher.

»Wird gemacht, Mat. Aber bevor du dich in das Monster verwandelst, darfst du mir noch erklären, wie man im Ernstfall in den heiligen Gral hinein gelangt.«

»Mal sehen«, knurrte der Mathematiker.

X

Am nächsten Tag ging Mark zum Mittagessen ins Jardin de Nicolas. Hier traf er sich im Sommer jeden Montag mit Rudy. Unweit vom Montgomery war man ein wenig abseits der steifgewichtigen Atmosphäre, die in den Restaurants rund um die europäischen Institutionen wie eine ansteckende Krankheit grassierte. Außerdem hatte das Lokal Tradition. Als Mark nach Brüssel kam, hatte es gerade aufgemacht, und der Besitzer war auf die glorreiche Idee gekommen, die Bedienungen ausschließlich aus der benachbarten Mannequinschule zu rekrutieren. Wie sich schnell überall herumsprach, war es ihm außerdem gelungen, die Damen zur Einhaltung eines etwas luftigeren Dresscodes zu überreden. Das Lokal glich somit einige Zeit einem Laufsteg, vor dem man angesichts der explodierenden Nachfrage wie am Schalter im Gare du Midi Schlange stand. Es fehlte eigentlich nur noch, dass man irgendwo Kärtchen ziehen musste.

Irgendwann verfiel der Besitzer einer seiner Schönheiten und konnte nicht anders als sie zu heiraten. Die neue Chefin, vormals vermutlich mindestens Miss Tunesien, wurde schwanger und änderte umgehend Personalpolitik und Dresscode. Der Wechsel hatte für die männliche Kundschaft eindeutig den Vorteil, dass es erheblich einfacher wurde, sich im Lokal auf ein Gespräch zu konzentrieren. Über was sich die weiblichen Gäste freuten, ließ sich nicht so leicht ermitteln. Allerdings hatte die Kurve des relativen Anteils an Damen im Lokal nach der Wende sofort die Züge einer hausseverdächtigen Aufwärtsbewegung genommen (wenngleich daran auch ein wenig schuld war, dass sich die Herren der Schöpfung fortan zurückhielten und nicht mehr in voller Kohortenstärke einfielen).

Mark zwängte sich auf einen Platz an einem der kleinen Tischchen unter dem Infrarotstrahler auf der Gartenterrasse. In Belgien wappnen die Wirte ihre Gäste gegen Wetter und Kälte. Vielleicht war das auch der Grund, weshalb sie die Leute in ihren Lokalen wie Pinguine auf der arktischen Eisscholle zusammenpferchten. Sogar auf der Toilette war es ungemein heimelig, denn dort befand sich die Meisterleistung des Wirts in Bezug auf die Herstellung familiärer Nähe. In einem Land, wo die Männer in der Badehose in die Herrensauna gehen, erwartet man nicht gleich ein Pissoir in der gemischten Toilette. Dieser Umstand führte jedoch zu interessanten Kommunikationsmöglichkeiten zwischen den Gästen, insbesondere wenn eine unvorbereitete Touristin den Ort betrat. Mark stellte sich vor, dass sich eine Unterhaltung so oder so ähnlich bestimmt schon hundertmal abgespielt haben musste:

Sie (macht die Tür auf): »Entschuldigung. Ich habe mich in der Tür geirrt.«

Er (pinkelnd): »Nein, das ist die gemeinsame Toilette. Kommen Sie rein. Sie können hinter mir vorbeigehen.«

Sie (bewegt sich ins Innere): »Ich versuche, Sie nicht anzustoßen, ja?«

Er (tritt noch ein wenig näher ans Pissoir, damit sie vorbeikommt): »Oh, das wäre sehr nett von Ihnen. Sie sind überhaupt sehr nett.«

Mit der Zeit gewöhnte man sich an die Enge. Für die Lobbyisten blieb es jedoch ein haariges Problem. In einem Lokal mit eng aneinander gestellten Tischen konnte man den traditionell misstrauischen Beamten nicht viel entlocken. Und im Zweifel wollte ein eleganter Lobbyist auch nicht riskieren, dass der Kollege der Konkurrenz, der durch einen blöden Zufall gerade an diesem Tag zwei Tische weiter mit seiner Praktikantin sitzt, mitten in der angeregten Unterhaltung über eine gemeinsame Dienstreise hastig nach einem Kreuzworträtsel der herumliegenden finnischen Frauenzeitschrift greifen muss, nur weil er sich bemüßigt fühlt, dem langweiligen Gespräch am Nebentisch zu lauschen. Brüsseler Lobbyisten hatten einen Hang zum Hedonismus, sonst wären sie nicht Lobbyist, sondern Controller geworden und in ihrer Zentrale geblieben. Und einem Kollegen das Mittagessen verderben? Das musste nicht sein.

Die Unternehmensvertreter zog es daher mit ihren Gästen in die Nebenzimmer der Restaurants am Rond Point Schuman, deren Wirte sich da auskannten. Für die Luft zwischen den Tischen musste die Firmenkreditkarte, wenn es so direkt auch nicht auf der Speisekarte stand, erklecklich bluten, und es gab im Vergleich zu Nicolas Toilette, für den Großteil der Gäste wohl durchaus hinnehmbar, gewisse Einschnitte im Bereich der Anbahnung spontaner Damenbekanntschaften.

Mark bestellte ein Mineralwasser und die Speisekarte. Rudy war wie immer zu spät. Es gab inzwischen eine nach ihm benannte Maßeinheit für verspätete Ankünfte, der Einfachheit halber mit einem schlichten »R« bezeichnet. Ein R stand für eine Viertelstunde, die, versteht sich, beliebig kumulierbar war. Seit Rudy im Kabinett arbeitete, war er zugleich ein Leibeigener und ein kleiner König. R traten hauptsächlich als Folge der Eigenschaft als Leibeigener auf, denn als solcher war er dazu verurteilt, einen persönlichen 24-Stunden-Bereitschaftsdienst für die Wünsche seines Kommissars und des Kabinettchefs aufrechtzuerhalten. Und wenn etwas eilig war, und es war fast immer alles eilig, dann scherte man sich nicht darum, ob er irgendwann einmal schlafen musste oder gerade eine Verabredung hatte.

Als Gegenleistung durften sich die Leibeigenen, so lange wie ihr Kommissar sein Amt hatte, ein bisschen als kleiner König fühlen. Für jeden Kommissar gab es in der Kommission einen Bereich, für den er zuständig war. Für diesen Bereich hatte er das Vorschlagsrecht, aber angenommen wurde ein Entwurf nur, wenn die Mehrheit der Kommissare im Kollegium der Kommission zustimmte. Daher mussten die Kommissare nicht nur über ihr eigenes, sondern auch über die Dossiers der Kollegen entscheiden, und ihre wöchentliche Sitzung am Mittwoch hätte wahrscheinlich bis zur folgenden Woche gedauert, wenn es keine Leute gegeben hätte, die den Großteil der Probleme im Vorfeld abräumten und die wichtigen Dinge vom Kleinkram trennten. Dafür gab es Kabinette.

Sie waren quasi die Scharnierstelle zwischen den Generaldirektionen und der politischen Ebene, aber auch das unverzichtbare Verbindungsglied zwischen den Kommissaren.

Rudy war ein besonderes Exemplar, denn er hatte noch nie eine Generaldirektion von innen gesehen. Durch ein paar komische Zufälle hatte er den Kommissar kurz vor dessen Ernennung kennen gelernt, und der hatte ihn quasi über Nacht nach Brüssel mitgenommen.

Die großen Könige der Kommission aber waren die Generaldirektoren. Sie standen an der Spitze der nach Politikbereichen gegliederten Administration, den Generaldirektionen. Die großen Könige mochten einen Eindringling wie Rudy, der vom Kommissar von irgendwoher mitgebracht wurde, nicht besonders. Ihnen waren eher Figuren sympathisch, mit denen sie selbst ziehen konnten. Schaffte es ein Generaldirektor, den für ihn zuständigen Kommissar dazu zu überreden, ein paar Leute aus seiner Generaldirektion ins Kabinett zu nehmen, so war das für ihn die halbe Miete. Denn anders als die Mitbringsel von draußen wussten die Beamten, zu wem sie eines Tages aus den luftigen Höhen des Kabinetts wieder herabsteigen würden und taten daher alles, ihren künftigen Chef bloß nicht zu ärgern.

Bei Nicolas gab es allerdings nirgendwo rote Teppiche für Könige, weder für große noch für kleine. Nicht mal für Rudy. Er hätte allerdings auch zu unstaatsgemäß ausgesehen, so wie er gerade auf die Terrasse stürzte.

»Kann nur ganz kurz. Großer Mist gerade«, sagte Rudy. »Muss gleich wieder ins Büro.«

»Kleine Panne gestern bei Marianne«, sagte Mark. »Macht ihr einen Krisengipfel?«

Rudy setzte sich Mark gegenüber. Er sah in der Tat ein wenig gehetzt aus.

»Das auch, aber für die Abteilung politische Katastrophe bin ich im Kabinett nicht zuständig. Der Riese hat mir grad was anderes Nettes aufs Auge gedrückt.«

Colin G. Rijse war Rudys Kabinettchef, aber er nannte ihn nur den Riesen. Was der Riese sagte, war Gesetz, und er wollte erstmal einen sehen, der sich traute, auf ihn loszugehen. Jedenfalls brauchte man mehr als eine Steinschleuder, so viel war sicher.

»Ich soll mich um drei vor das Gebäude stellen und dort einen Tierschutzverband treffen. Sollte eigentlich der Riese machen. Man will der Kommission eine Petition gegen Tierversuche bei Kosmetikprodukten überreichen.«

Mark stutzte.

»Das klingt, zumindest für sich alleine gesehen, ja noch nicht in höchstem Maße dramatisch. Und es ist erst ein Uhr.«

»Frag mal lieber, warum mir der Riese das in letzter Minute hingeschoben hat.«

»Warum hat er?«

»Er hat sich heute Morgen das Briefing der Generaldirektion angeschaut und gelesen, dass die Tierschützer ein wenig speziell sind. Sie verkleiden sich als Hasen, nur, dass die anstatt Schlappohren schwarze Totenmasken tragen. Dazu haben die niedlichen Totenkopf-Häschen ein paar Fernsehkameras und Fotojournalisten bestellt. Verstehst du? Die wollen aufnehmen, wie der böse Herr Tierquäler von der Europäischen Kommission vor die Menge tritt. Da verschwindet sogar der Riese in einem Mauseloch, verstehst du?«

Rudy sah gar nicht gut aus. Aber das war sicher nicht der einzige Grund, warum er heute nicht ins Fernsehen wollte.

»Au weh«, sagte Mark. »Rudy, der Tierschreck. Das bleibt im Archiv, bis du hundert Jahre alt bist. Was machst du jetzt?«

»Ich hab erstmal versucht, einen Beamten von der Generaldirektion zu finden. Irgendjemand muss diese blöde Kosmetikrichtlinie ja schließlich unter seinen Fittichen haben. Die waren aber allesamt vorher abgetaucht, weil sie natürlich gerochen haben, dass der Riese wackelt, wenn er erst einmal mitkriegt, was da so alles auf ihn zuhoppelt. Krank, Fortbildung, Gewerkschaftssitzung, Dienstreise. Das volle Programm. Blubb, blubb. Da sah man nur noch die Luftbläschen.«

Es ist bekanntlich die große Kunst von erfolgreichen Beamten, in glorreichen Momenten zur Stelle zu sein, in kritischen aber völlig unsichtbar zu werden. Rudy wunderte sich also nur darüber, dass das Personal für Kosmetik diesen Elementargrundsatz offenbar völlig durchgängig begriffen hatte. Wenn man vom Sachbearbeiter bis zum Generaldirektor nach oben durchzählte, waren das immerhin sechs Hierarchiestufen.

»Kannst du dir nicht eine Sonnenbrille und einen Hut aufsetzen, so wie Bond das macht, wenn er Bösewichte observiert?«

Rudy verzog den Mund und schwieg. Irgendetwas in ihm hatte begonnen, heftig zu arbeiten. Er starrte in Richtung von Miss Tunesien, die gerade am Eingang stand. Dass man in diese Richtung sah, war, spätestens seit sich die Miss nach ihrer Heirat das Schönheitsmonopol erkämpft hatte, für einen Mann normal. Aber Rudy sah anders aus als sonst. Er grübelte.

»Wenn ich es mir recht überlege, ist die Grundrichtung deiner Bond-Idee gar nicht mal so übel. Man muss sie vielleicht nur ein wenig modifizieren«, sagte er schließlich.

Er stand auf und nahm sein Jackett von der Stuhllehne, das er vor drei Minuten erst dorthin gehängt hatte.

»Tut mir wirklich Leid, Mark, ich muss wieder weg.«

Er fingerte in seiner Hosentasche nach seinem Geldbeutel, aber dann fiel ihm ein, dass er noch gar nichts bestellt hatte.

»Kannst du heute Abend ins Perroquet kommen? Ich spendiere ein Entschuldigungsessen. Sagen wir um acht?«

»Wie viele R?«

X

Rudy sah auf die Liste mit den wichtigen Telefonnummern, die über seinem Schreibtisch an der Wand hing. Schließlich wählte er die Nummer des Sicherheitsdienstes. Der Sicherheitsdienst war privat und funktionierte großartig. Man musste jetzt am Eingang immer den Dienstausweis herzeigen, selbst wenn man seit fünf Jahren täglich am gleichen Wachmann vorbeimarschierte.

»Es gibt ein kleines Problem«, sagte Rudy.

»Ich höre«, sagte die Stimme der Sicherheit mit unverkennbar italienischem Akzent.

»Es gibt heute eine Demonstration von Tierschützern vor dem Gebäude.«

»Ich weiß«, sagte die Stimme. Sie wurde vor zwei Wochen genehmigt.«

»Die Kommission hat zugesagt, dass heute jemand eine Petition von Demonstranten entgegennimmt. Wie ich gerade erfahre, sollen Maskierte drunter sein. Können Sie gewährleisten, dass da nichts passiert?«

»Maskierte?«, fragte die Stimme, etwas weniger sicher.

»Ja, Hasen. Hasen mit Totenköpfen, um genau zu sein.«

Rudy ließ das erstmal wirken. Am anderen Ende der Leitung war man offensichtlich überrascht. Das musste er ausnutzen.

»Ich fände es sicherer, wenn eine kleine Abordnung der Demonstranten die Petition innerhalb des Gebäudes übergibt. Maximal drei Leute. Dann könnt ihr den Hasen, bevor sie hier rein hoppeln, ein wenig unters Fell gucken.«

»Haben Sie einen Saal?«, fragte die Stimme der Sicherheit. Offenbar war sie verblüfft über die ungewohnt proaktive Kundschaft.

»Wir kümmern uns darum. Kann sein, dass der Besuchersaal bereits belegt ist und wir nur einen Sitzungssaal kriegen können. Der 5 A müsste heute frei sein. Wenn wir nur einen kriegen, dürfen das Fernsehen und die Fotografen natürlich nicht mit rein. Und die Hasen müssen ihre eigenen Kameras natürlich auch draußen lassen«, sprach Rudy in den Hörer.

Jetzt kam der entscheidende Moment. Rudy hielt die Luft an.

»Sie dürfen in den Sitzungszimmern der Kommission keine Besucher empfangen«, sagte der Italiener auch schon.

»Weiß ich doch. Es ist ja auch nur für diesen Notfall. Oder können Sie mir, wenn die Hasen da draußen rabiat werden, den Weg freischießen? Wissen Sie, die haben nur was für Karnickel übrig! Gegen Menschen können die ganz schön grob werden.«

Rudy spielte die entscheidende Karte.

»Wenn mir etwas passiert, sind Sie persönlich dafür verantwortlich.«

Schweigen. Die Sicherheit wog offenbar die Risiken. Das machen Italiener gerne, abgesehen vielleicht von der Verführung bei Frauen. Nicht umsonst kassieren sie beim Fußball die wenigsten Gegentore. Wenn sie das erste Tor schießen, fangen sie sofort an zu wiegen, tauschen wenig später den offensivsten Stürmer gegen einen eisenfußartigen Zerstörer aus und versammeln das Personal bis zum Schlusspfiff vor dem eigenen Kasten.

»Versuchen Sie, den offiziellen Besuchersaal zu bekommen«, brummte es schließlich aus dem Hörer.

»Er sagte *versuchen Sie*«, jubelte Rudy im Ausatmen. Normalerweise hatte ‚versuchen Sie' etwas von ‚dabei sein ist alles', und das war was für Verlierer. Aber dieses herrliche, geradezu göttliche »versuchen Sie«, war hier der unumstrittene Hauptpreis. Und das an einem Montag.

»Mach ich«, sagte er. »Aber wenn keiner frei ist, nehmen wir den 5 A.«

Rudy legte auf. Er ging ins Vorzimmer. Seine Assistentin goss gerade die Blumen.

»Petra, frag bitte mal nach, ob der Besuchersaal heute Nachmittag schon belegt ist. Wenn ja, buch den bitte für Martin Kurz vom Pressedienst. Und für mich den 5 A. Beide Räume von 15 bis 16 Uhr.«

Petra stellte ihre grüne Gießkanne ab und bewegte sich in die Richtung des Telefons.

»Und pieps bitte, wenn er nicht im Büro ist, Martins Notrufnummer an. Sag seiner Sekretärin, es geht um Hasen, äh... Leben und Tod. Wenn wir ihn dran hatten, brauch ich noch mal den netten Italiener vom Sicherheitsdienst.«

Petra schien ganz leicht den Kopf zu schütteln, fast so schön wie David Beckham nach der Ausführung einer seiner legendären Elfmeter. Sie hatte jedoch bereits den Hörer in der Hand.

»Was sage ich der Verwaltung, wofür wir den Saal brauchen?«, fragte sie.

»Kosmetik für Hasen«, sagte Rudy.

X

Für 15 Uhr hatte Martin Kurz einige Praktikanten des Pressedienstes zu einem Spontanvortrag in den Besuchersaal eingeladen. Die Einladung war zwar ein wenig kurzfristig, wurde jedoch von zwei Franzosen und einer Polin, die Martin auf dem Gang persönlich angesprochen hatte, dankend angenommen. So einen Service bekommt man nicht alle Tage, dachten die Praktikanten und wunderten sich ein wenig, warum niemand sonst von der Veranstaltung etwas mitbekommen hatte. Der riesige Raum wirkte außerdem, selbst wenn alle Praktikanten des Pressedienstes gekommen wären, ein bisschen zu groß. Aber die blaue Flagge hinter dem Rednerpult sah schön aus, und vielleicht wollte Monsieur Kurz seinem Vortrag nur ein wenig mehr europäische Authentizität verleihen.

Als die Praktikanten vor einer halben Stunde vom Mittagessen zurückkehrten, war mehr los gewesen. Vor dem Gebäude standen ungefähr zweihundert Leute, von denen sich einige etwas befremdlich wirkende Tierkostüme übergezogen hatten. Die Tiere, meistens Hasen mit merkwürdigen Köpfen, hielten große Transparente hoch, die sie in die Fernsehkameras schwenkten.

Ein belgischer Reporter hatte der Polin ein Mikrofon vorgehalten und sie nach ihrer Meinung gefragt. Leider verstand sie kein Französisch und wedelte nur hilflos mit ihren Händen. Die beiden Franzosen hätten die Frage verstanden, wurden aber nicht gefragt. Sie hatten den Aufmarsch zunächst als versprengtes Überbleibsel einer Anti-Europa-Demo gedeutet, wie sie die Verfassungsgegner vor dem Referendum in Frankreich überall angezettelt hatten. Die jungen Männer hatten ihre Theorie jedoch in dem Moment verworfen, als sie zum Eingang des Kommissionsgebäudes gelangten. Links und rechts davon postierten sich weitere Hasen, die, als sich die beiden näherten, sogleich »Tierquäler, Tierquäler« skandierten. Der Sicherheitsdienst war auch da und filzte die Sachen von drei Demonstranten. Offenbar handelte es sich um Oberhasen, die drinnen eine Besprechung hatten.

Für Martin Kurz war Rudy ein wichtiger Mann. Die Dossiers des Kommissars waren nicht gerade eingängig. Wenn er sie der Presse anständig verkaufen wollte, brauchte er jemanden, der sie ihm vorher beibrachte. Rudy Prager konnte das. Manchmal ging er zur Pressekonferenz selbst mit und lieferte dort ohne Konzept druckreife Statements ab. Die Veranstaltung mit den eilig zusammengetrommelten Praktikanten würde zwar ein bisschen peinlich werden. Aber was zählte das schon, wenn man jemandem, der wichtig war, einen kleinen Gefallen tun konnte.

Kurz hatte sich absichtlich ein wenig verspätetet. Schließlich konnte niemand von ihm verlangen, dass er diese sinnlose Veranstaltung auch noch übertrieb. Er wollte seine Einlassungen eigentlich mit der

Schlappe beim Referendum beginnen. Doch fragte die Polin sogleich, ob er wisse, was es mit dem gewaltigen Auftrieb an verkleideten Demonstranten auf sich habe.

»Das ist ein Beispiel, wie schwierig es hier manchmal ist«, sagte Martin Kurz.

Das nun war untertrieben. Dossiers, die mit Gesundheit oder Lebensmitteln zu tun hatten, waren die heißen Kartoffeln. Martin überlegte, wie viel Lust er hatte, darüber zu reden. Er entschied sich für eine Kurzversion, in der ein antiker Held vorkam, der etwas länger als geplant unterwegs war. Der Held hatte schon vor einiger Zeit erleben müssen, dass es Situationen gab, die auf jeder Seite ungefähr ähnlich bescheidene Aussichten boten.

»Fangen wir mal hinten an«, begann Martin Kurz. »In der Regel funktioniert der europäische Binnenmarkt nach dem Prinzip der gegenseitigen Anerkennung. Das heißt so viel, dass die Mitgliedstaaten die Produkte, die aus den anderen Mitgliedstaaten kommen und unter den dortigen Produktvorschriften hergestellt wurden, ungehindert ins Land lassen. Das funktioniert jedoch nicht überall. Bei manchen Produkten liegen die Vorstellungen der Mitgliedstaaten über die Produktsicherheit oder das Herstellungsverfahren so weit auseinander, dass man die Sache gemeinschaftlich regeln muss. Man braucht eine EU-Richtlinie, damit der Binnenmarkt funktioniert. Bei Kosmetikprodukten sollte der Gesetzgeber unter anderem gewährleisten, dass Produkte, die mit der Haut in Berührung kommen, keine Gesundheitsschäden verursachen. Die Industrie hält hierfür Tierversuche für erforderlich. Wenn wir sie daran hindern, riskieren wir, dass Produkte auf den Markt kommen, deren Wirkungen vorher nicht hinreichend getestet werden konnten. Das ist Scylla. Scylla ist die fiese Hautallergie, die wir dem Konsumenten einbrocken, wenn es mal dumm läuft.«

Die Polin befühlte unauffällig ihre Wange. Ein uniformierter Mann vom Sicherheitsdienst streckte hinter ihr den Kopf zur Tür herein, sagte aber nichts.

»Auf der anderen Seite steht natürlich Charybdis, sonst wäre es ja einfach«, fuhr Kurz fort. »Charybdis wird durch die Kundschaft vertreten, die gerade draußen vor der Tür steht. Und sie hat Recht: Die Tests mit den Viechern, denen man die Cremchen, Puderchen und Lippenstiftchen in die herzigen Augen schmiert, sind wirklich nicht sehr schön. Von uns wollen sie, dass wir ein Vermarktungsverbot für alle Kosmetikprodukte vorschlagen, die an Tieren getestet wurden. Und am besten schon für morgen oder, noch besser, für gestern.«

»Und was macht die Kommission?«, fragte die Polin.

Martin Kurz konnte sich ein Lächeln nicht verkneifen.

»Sie denkt nach. Wie immer.«

X

Angelo hatte sich davon überzeugt, dass der Besuchersaal besetzt war. Niemand würde ihm vorhalten können, dass er etwas übersehen hatte.

Mit vier weiteren Mann geleitete er die Delegation ins Innere. Waffen hatte man keine gefunden. Die junge Frau hatte zwar zuerst etwas protestiert, am Ende aber doch am Eingang ihren Fotoapparat abgeliefert. Überhaupt, so fand er, sahen die drei nicht gerade gefährlich aus, jedenfalls nicht gefährlicher als der schwarzgraue Nadelstreifeneintopf, der hier zuweilen in ganzer Mannschaftsstärke aufmarschierte. Heute war also wieder mal komische Welt: Im Besuchersaal saßen gerade mal vier Leutchen, und hier eskortierte man mit fünf Wachmännern drei Frauen durch die halbe Kommission. Bloß weil ein offenbar überspannter Beamter sich etwas zusammenphantasierte.

Allerdings war die Aussicht auf ein wenig Gesellschaft mit der verhinderten Fotografin auch nicht schlecht. Angelo hatte sich mit etwas Abstand ans Ende der Gruppe gesetzt, wo er Gelegenheit hatte, unauffällig ihre Beine zu studieren.

»Drei bis vier«, dachte er bei sich. Dabei handelte es sich nicht um eine von ihm vorgenommene Schönheitsbewertung, denn diese wäre, einmal unterstellt, Angelo operierte im deutschen Schulnotensystem, zweifellos besser ausgefallen. »Drei bis vier« war vielmehr seine Expertenmeinung über die Zahl der wöchentlichen Besuche im Fitnessclub, die man sich, wenn man nicht zufällig zur äußerst raren Gruppe der genetischen Naturtalente gehörte, für solche Beine angedeihen lassen musste. Am liebsten wäre er zurück zum Eingang geeilt, hätte dort den Apparat vom Tisch gefischt und selbst ein paar Bilder gemacht.

Stattdessen ließ Angelo die Kolonne anhalten und ging nun alleine voraus in den Sitzungssaal. Dort befand sich, entgegen der Gepflogenheiten des Hauses, bereits der Gastgeber. Angelo stutze. Normalerweise ging das Ritual andersrum und die Besucher wurden gebeten, sich zunächst in einen Wartesaal zu begeben, um dort ihrer Audienz zu harren. Das Warteritual wurde von manchen Spezies zur Unterstreichung der Bedeutung der europäischen Institutionen und der eigenen Persönlichkeit mit wahrer Hingabe betrieben. Allerdings war nicht zu übersehen, dass vom tollen Anfangseindruck sogleich wieder etwas abblätterte, sobald die Gäste nach den schäbigen Plastikbecherchen griffen, in denen die Kommission ihren Besuchern das Wasser reichte.

Angelo erschrak, denn Rudolf Prager sah ganz anders aus, als er ihn sich vorgestellt hatte. Er war bestimmt mindestens zwei Meter groß, war etwa so breit wie der berühmte Kleiderschrank und wirkte auch sonst nicht so, als habe er jemals überhaupt vor irgendetwas Angst gehabt. Schon gar nicht vor ein paar zierlichen Frauen, mit oder ohne Hasenkostüm. Angelo sah an ihm hinauf wie an einem Baum, als ihm der Baum eine riesige Pranke entgegen streckte.

»Bonjour«, sagte Angelo. »Drei Damen. Für Sie ungefähr so gefährlich wie ein Striptease im Radio.«

Angelo ging einen Schritt zurück und vermaß sein Gegenüber mit einem unverhohlenen Ganzkörperblick.

»Zumindest wenn man es von der Gewichtsklasse her sieht. Wie viele Leute sollen als Bodyguards im Raum bleiben?«

Fast hätte Rudy über den ironischen Italiener lachen müssen. Er spielte jedoch sein Spielchen bis zum Schluss.

»Das müssen Sie entscheiden, Monsieur. Ich bin nur der Experte für die Sicherheit von Salben«, sagte er.

Wenn wenigstens das stimmte, dachte Rudy. Er hatte versucht, die Note der Generaldirektion, die ihm der Riese am Morgen in seiner unvergleichlichen Güte hinterlassen hatte, zu entschlüsseln. Offenbar gab es ein zähes Hin und Her zwischen den beiden gesetzgebenden Instanzen, dem Ministerrat und dem EU-Parlament. Jedoch hatten die Verfasser zwar respektable Fähigkeiten bei der kollektiven Blitztauchung, aber leider nicht beim Vorsatz entwickelt, den Schmerz über ihre Abwesenheit durch einen halbwegs verwertbaren schriftlichen Beitrag zu lindern.

Bei dem Thema, dachte Rudy, eiert man lieber rum. In der Kosmetikabteilung eiern sie lieber rum. Und Rudy würde auch gleich rumeiern. Das Wort an sich war ja großartig. Als Angelo wieder durch die Tür ging, um den Besuch zu holen, probierte Rudy, wie es sich anhörte, wenn er es durchkonjugierte. Wenigstens waren keine Übersetzer da. Es wäre ihm peinlich gewesen, wenn jedes Wort, das er hier sagte, auch noch x-fach multipliziert würde.

Rudy guckte zur Sicherheit noch einmal in ihre Kabinen, die im rechteckigen Sitzungssaal gegenüber den Fenstern hinter großflächigen Glasscheiben angebracht waren. Aus irgendwelchen geheimnisvollen Gründen wurde in den offiziellen Kabinettssitzungen simultan Englisch ins Französische und umgekehrt Französisch ins Englische übersetzt. In den Sitzungen der Kommission und des Ministerrats war das anders, aber bei den Kabinetten stand Deutsch oder gar noch etwas exotischeres nicht auf der Karte.

Das war eigentlich gemein, und nur damit, dass Deutschland einmal selbst ziemlich gemein gewesen war, konnte man diesen Unfug natürlich nicht mehr begründen. Seit der letzten Erweiterung der Union war es allerdings zu spät für Nachbesserungen. Denn die Zeiten, in denen man mal eben schnell mittendrin die Finger heben konnte und die anderen dabei friedlich und bescheiden zusahen, waren unwiederbringlich vorbei. Nun ging es den multikulturellen Sprachtalenten ähnlich wie weiland dem stolzen König Mithridates im Kampf gegen die Einheitssprache Latein und die Römer: Es nützte am Ende nichts mehr, wenn man 15 oder 20 Sprachen verstand, weil alle anderen sich darauf geeinigt hatten, dass es effizienter war, wenn man nur noch eine einzige sprach. Die Ökonomisierung machte in der Kommission vor nichts mehr Halt. Das Tollste war aber unbestritten die Feminisierung. Es gab eine stattliche Anzahl großartiger Programme für die Förderung von Frauen, die jedem Mann, der sich auf einen Job bewarb, kalte Schauer über den Rücken trieben.

Die Tierschützer brauchten, wie Rudy sogleich feststellte, nichts von alledem. Sie waren schon auf der Höhe der Zeit: Die Oberhasen bestanden ausschließlich aus Frauen, und sie begannen sofort auf Englisch.

X

Rudy schüttelte den Besucherinnen die Hände, bot ihnen Plätze an und setzte sich den drei Frauen gegenüber. Während der Sitzungen gehörte der Sessel dem Präsidentenkabinett, er besaß eine erkennbar höhere Lehne als die anderen, und so sollte es auch sein.

Möbel und Fenster waren in der Kommission etwas ganz besonderes. Hier regierte nicht nur schnöde Zweckmäßigkeit. Diese Dinge waren wie heilige Kühe, und die Verwaltung hatte einen Riesenspaß, sie als Statussymbole zu hüten. Rudy verstand das. Denn was wäre auch ein Leben in einer Verwaltung, würde man immer bloß dröge verwalten. Viel lustiger war es, wenn man den Leuten einredete, die Zahl der Bürofenster oder das Sessellehnenniveau seien für ihr Image ganz enorm wichtig. Schon war der Verwalter nicht mehr nur ein Verwalter, sondern durfte ab und zu ein bisschen Gott spielen.

Die anwesenden Damen hatten offenbar andere Glückskriterien. Es schien ihnen jedenfalls egal zu sein, wer auf welchem Sesselchen saß. Anders als sonst war auch nicht sofort an den Gesichtern abzulesen, wer hier der Boss war. Und das Gespräch begann für Rudy völlig unerwartet, nicht etwa im geographischen Zentrum, sondern am linken Flügel der Gruppe.

»Vielen Dank für den warmen Empfang«, begann Linksaußen mit dänischem Akzent. »Wir durften nicht damit rechnen, dass wir gleich eine ganze Eskorte bekommen.«

Rudy wagte einen flüchtigen Seitenblick hinüber zu Angelo, der die Eskorte inzwischen zurück zum Eingang beordert und somit allein die Verantwortung übernommen hatte. Rudy fand, dass er dafür ziemlich lässig an der Tür lehnte. Vor lauter Lässigkeit schien sogar die ironische Spitze der Dänin unbemerkt an ihm vorbei gezischt zu sein. Das konnte freilich auch daran liegen, dass er allein auf physische Gefahren geeicht war. Jedenfalls blickte er ausschließlich auf die junge Frau, die rechts am Rand saß. Diese trug offenbar Schuhe mit bedrohlichen Absätzen. Wie es schien, war Angelo bemüht, die von dort ausgehende Gefahr fest im Auge zu behalten.

Rudy nickte und lächelte ein wenig. Die passende Antwort für die ironische Dänin lag ihm auf der Zunge, aber heute war er Profi. Profis gucken bedeutsam, schweigen bedeutsam und lassen, wenn immer es geht, erst mal die anderen kommen. Es wäre einmal einer genauen Untersuchung wert, warum es so ungemein intelligent wirkt, wenn einer gar nichts sagt. Aber wahrscheinlich gab es die Untersuchung schon und der Riese hatte jeden Satz daraus gelesen. »Intelligent schweigen« war jedenfalls seine Lieblingslosung und heute Morgen hatte er sie für Rudy ausgegeben.

Ganz so einfach war das heute allerdings nicht. Zwar konnte es vom Inhalt her keinen großen Unterschied machen, wer hier gleich rumeierte. Aber man musste dem Besuch wenigstens sagen, dass hier nicht der angekündigte Riese, sondern der subalterne Rudy Prager auf dem Präsidentensesselchen saß. Rudy sagte es. Wäre er in seiner vollen Turmhöhe stehen geblieben, hätte man das auf der Gegenseite bestimmt nicht glauben wollen. Aber nun saß man ja. Rudy entschuldigte den plötzlichen Personalwechsel, der, wie er sehr aufrichtig sagte, ihm persönlich ganz besonders Leid täte.

»Wir übergeben der Kommission heute eine Petition für ein sofortiges Verbot für Tierversuche bei Kosmetikprodukten«, sagte die Dänin. »Wir wollen nicht, dass für neue Lippenstifte noch mehr Tiere elend zu Tode gequält werden.«

Rudy schwieg. Die Dänin sah nicht danach aus, als ob ihr das Ausbleiben neuer Lippenstifte in irgendeinem Stadium ihres Lebens einmal den Schlaf rauben könnte, dachte er. Aber wer demonstrierte schon für oder gegen etwas, was einem selbst weh tat?

»Ein Verbot für Tierversuche für die Prüfung fertiger Produkte reicht nicht aus«, kam es jetzt endlich doch aus der Mitte. »So lange neue Inhaltsstoffe an Tieren getestet werden dürfen, werden sie weiter nur für Geschäfte mit Schönheitsprodukten sterben müssen.«

Rudy deutete so etwas ähnliches wie ein Nicken an. Aber er nickte nicht wirklich.

»Die Industrie geht den für sie billigsten und einfachsten Weg«, fuhr die Mittelfrau nun fort. »Es ist heute möglich, auch neue Inhaltsstoffe mit alternativen Methoden zu testen. Der Gesetzgeber muss die Industrie dazu zwingen, diese Methoden zu entwickeln und anzuwenden. So lange es Ausnahmen gibt, werden sie genutzt, weil das eben einfacher und billiger ist. Im Ergebnis müssen Zehntausende von Tieren leiden und sterben.«

Die beiden Rednerinnen sahen ihn nun auffordernd an, aber Rudy sagte immer noch nichts. Er versuchte, intelligent zu schweigen. Man hörte nur Angelo, der immer noch an der Tür lehnte, dort aber dreimal hintereinander niesen musste. Das tat, wie Rudy fand, seiner Lässigkeit ein wenig Abbruch. Die Dame, der seine ungeteilte Aufmerksamkeit galt, schien es allerdings nicht bemerkt zu haben. Sie kritzelte etwas auf einen Schreibblock. Was sie erst kritzeln wird, wenn er erst mal mit seinen Nebelkerzen anfing, dachte Rudy. Aber so weit war es noch nicht. Da er weiter schwieg, zog erstmal Linksaußen ein Papier hervor und setzte sich dazu eine Brille auf. Es war die Petition ihres Verbandes. Sie begann, den Wortlaut vorzulesen. Dabei wirkte sie ein wenig gehemmt und wagte es nicht, beim Lesen vom Blatt aufzublicken. Was blieb, war der wunderbare Abba-Akzent einer Skandinavierin und das tadellose Englisch.

Dänen können beides, Abba-Akzent und Englisch, dachte Rudy. Vielleicht haben sie tolle Schulen und noch bessere Lehrer. Oder die Gnade, dass ihr Land nicht so groß ist wie Deutschland oder Frankreich, weshalb es sich daher für die Filmindustrie nicht lohnt, die Hollywood-Filme zu synchronisieren. Auf diese Weise konnte ein nachkriegsdänisches Kind gar nicht anders, als Englisch mit dem Fernseher aufzusaugen.

Rudy hörte aufmerksam zu. Manchmal kann man noch während einer Sitzung das Zipfelchen Wissen erwischen, das man braucht, um sich zu retten. Offenbar flog das Bällchen in den verschiedenen Stufen des Verfahrens zwischen den Mitgliedstaaten und dem Parlament schon eine Weile hin und her. Irgendwann musste man Kompromisse machen. Die gab es für niemanden umsonst und auch nicht ohne eine riesige Menge von technischen Details. Wollte man mit der Kosmetikrichtlinie ein bisher angewandtes Testverfahren vollständig verbieten, so war das allenfalls langfristig durchsetzbar. Es gab nur eine Mehrheit, wenn den Gegnern des Verbots für eine Übergangszeit eine Reihe von Ausnahmen konzediert wurde. Diese mussten bis ins letzte Detail gesetzlich geregelt werden, sonst lief das Verbot ins Leere.

Die Kommission hatte bei der Änderung der Kosmetikrichtlinie keine radikale Position eingenommen, sondern versucht, die erforderliche

Mehrheit durch eine umfassende Regulierung der Ausnahmen zu finden. Das hatte wie gewöhnlich seinen Preis. Durch die Schwierigkeit, eine politische Einigung finden zu müssen, wurde die Richtlinie unerträglich kompliziert. Der Regulierungsteufel taumelte von Sieg zu Sieg, und in der Zeitung stand zu lesen, dass die Bürokraten in Brüssel ihren Verstand verloren hatten. Im Kern war jedoch schuld, dass sich Europa auf einen Ausgleich der Interessen festgelegt hatte. Die Annahme eines Vorschlags im Bereich des Binnenmarktes brauchte nicht nur eine einfache, sondern eine qualifizierte Mehrheit im Ministerrat. Die Tatsache, dass sogar weit mehr als die Hälfte aller Stimmen für ein europäisches Gesetz notwendig war, schützte die kleineren Mitgliedstaaten davor, dass sie von den Großen nicht einfach über den Tisch gezogen werden konnten. Freilich, dadurch wurde es auch schwieriger, Kompromisse zu finden. Um das zu verstehen, brauchte man eigentlich nur einmal mit der Ehefrau oder Freundin über die Anschaffung eines Sofas zu verhandeln. Schon hatte man eine ungefähre Ahnung davon, wie knifflig bereits eine Demokratie in einer ganz kleinen Union mit nur zwei Mitgliedern war.

Wahrscheinlich, so dachte Rudy, waren die in Brüssel versammelten Korrespondenten der Krawallpresse allesamt Singles. Oder sie konnten von ihren eigenen Erlebniswelten im geheimnisvollen Geschäft der zwischenmenschlichen Beziehungen einfach wunderbar abstrahieren.

Die Dänin las immer noch. Rudy ließ seinen Blick über die Runde schweifen. Derartigen Besuch hatte man hier nicht alle Tage. Die beiden Sprecherinnen machten offenbar keinerlei Aufhebens um ihr Aussehen. Beide trugen weite, dunkle Hosen und Pullover und hatten die Haare streng nach hinten gepeitscht. Ein schlichtes Haarband hielt sie hinter dem Kopf zusammen. Seine sonstigen Besucher verstanden sich zwar auch in der inoffiziellen Meisterschaft des Einheitsdress', hingegen sah es bei den Sprecherinnen nach Zufall aus.

Die Anwaltsbüros und die Unternehmen hatten ihren Einheitslook derart perfektioniert, dass man sie von hinten gar nicht mehr auseinander halten konnte. Das Kleid der Protokollantin war dafür schon zu hell, und der enge und kurze Schnitt erlaubte viel zu interessante Blicke auf ihre Beine. So etwas kam beim normalen Besuch nie vor. Sollte sich je einmal eine der jungen Anwältinnen aus einem der klimatisierten Glaskästen hinaus in die Wildnis verirrt und dabei einen interessanten Teint zugezogen haben, so wurden alle Anzeichen kühner Freizeitexzesse umgehend liquidiert.

Die Protokollantin passte weder zu den Tierschützerinnen noch zu den Uniformierten, die sonst hier verkehrten. Andererseits verwendete die sportliche Dame aber auch keine Mühe darauf, ihre feminine Ausstrahlung zu verbergen. Rudy sah genauer hin. Ahnte er nicht sogar etwas wie den zarten Hauch eines Lippenstifts?

Komisch, dachte er. Irgendetwas stimmt hier nicht.

X

Rudy konnte nicht weiter darüber nachdenken, denn die Verlesung der Petition war nun zu Ende. Er drückte unauffällig auf den weißen Knopf, der auf der Unterseite des Sitzungstisches angebracht war. Es war der Knopf für die Saalboten, die während der offiziellen Kabinettsitzungen Nachrichten abholten. In dieser Zeit bildeten sie das einzige Verbindungsglied zur Außenwelt. Die Mitteilungen wurden von den Boten sogleich an die Sekretärinnen weitergereicht, die bei Bedarf dann überall anriefen, Ehefrauen trösteten oder Abendessen abbliesen.

Die Damen sahen ihn wieder erwartungsvoll an. Es sah nicht danach aus, als ob sie beabsichtigten, noch etwas zur Unterhaltung beizutragen. Rudy ergriff das Wort und wollte damit beginnen, ein wenig rumzueiern. Er hatte den zweiten Satz noch nicht vollendet, da kam Bewegung in die Szene. Angelo, der immer noch an der Saaltür lehnte, bekam von hinten einen Stoß und stolperte mit vernehmlichem Ächzen nach vorne. Petra war etwas unvermittelt eingetreten und hatte die Sicherheitstür, an der ohnehin jedes Klopfzeichen verhallte, etwas rüde aufgestoßen.

Angelo hielt sich den Kopf und sah nun überhaupt nicht mehr lässig aus. Er fluchte etwas auf Italienisch in Petras Richtung, was Rudy, so oder so ähnlich, in einem neapolitanischen Taxi schon einmal gehört hatte.

»Mister Prager«, rief Petra auf Englisch und mit ihrer wichtigsten Stimme.

Die wichtigste Stimme sprach etwa einen Halbton höher, ein Dezibel lauter und mindestens 30 Prozent schneller.

»Der Kabinettchef des Präsidenten möchte Sie dringend sprechen. Sie mögen bitte gleich nach oben kommen.«

So ein Blödsinn. Wer mit wem sprach und wer mit wem nicht, das war in der Kommission genau geregelt. Kleiderordnung hieß das. Und der Kabinettchef des Präsidenten traf sich vielleicht mit Politikern oder gleich mit dem Teufel, aber nicht mit ihm. Petra hätte nicht gleich so übertreiben brauchen, dachte Rudy. Aber wahrscheinlich fiel das dem Besuch ohnehin nicht auf. Manche Herrschaftsrituale und Gebräuche waren in der Kommission zwar für ihn selbst augenscheinlich nicht verschieden von denen, die im Reich der Tiere galten. Aber woher sollten die Tierschützer das wissen? Er verabschiedete sich schnell.

Im Hinausgehen bedankte sich Rudy noch beim Vertreter des Sicherheitsdienstes, der inzwischen wieder seinen Kopf hielt. Der Mann konnte beim besten Willen nicht behaupten, dass man ihn vor Gefahren nicht gewarnt hätte. Rudy hätte jetzt auch einfach loslachen können.

Aber er war ja Profi.

X

Das Perroquet liegt in der Nähe vom Grand Sablon. Die Gegend ist geradezu ideal, um die Geldbörse ein wenig von unnötigem Ballast zu befreien. Man kann bei Wittamer in ulkigen Farben belegte Schnittchen probieren, sich in einem Marmor-Schokoladentempel kunstvoll dargebotenen Trüffeln hingeben oder den ganzen Ballast gleich auf einmal in einem Antiquitätengeschäft abwerfen. Ökonomen sinnieren schon seit Ewigkeiten über die Frage, ob die Leute manche Sachen nur deshalb kaufen, weil sie geradezu unverschämt teuer sind. Zunächst begnügte man sich mit der Beschreibung von inversen Nachfragekurven. Irgendwann jedoch fand jemand doch noch eine pfiffigere Formel: Der Snobeffekt war geboren.

Für einen Ökonomen gehört es zu den Verlockungen seines Fachs, die Theorie im spontanen Selbstversuch zu testen. Bisweilen ist das allerdings von vorneherein ausgeschlossen. So kann man einen Snobeffekt nur untersuchen, wenn man selbst einer ist. Gleichermaßen sind aber auch alle anderen Situationen untauglich, wo das Versuchskaninchen gegen jedes Prinzip der ökonomischen Vernunft immun ist.

So war es bei Mark Stadler, wenigstens am Sablon. Als er mit einem flüchtigen Seitenblick an den Antiquitätenläden vorbeiging, war leicht zu sehen, dass alte Möbel keine großen Bäume bei ihm ausreißen würden. Vermutlich hätten die ansässigen Halsabschneider die Preise getrost halbieren oder verzehnfachen können, ohne dass ihm irgendetwas aufgefallen wäre. Am unteren Ende des Platzes schien es interessanter zu werden, denn da stand das Schokoladengeschäft. Tatsächlich regte sich bereits im Angesicht des Tempels bei Mark ein unwiderstehliches Verlangen nach den berühmten und zweifellos göttlichen Trüffelchen und Mark wandelte, von unsichtbarer Hand geleitet, wie ein Automat in die Richtung des Eingangs. Die letzte Widerstandslinie brach der kleine Ventilator, der ein geheimnisvolles Gemisch aus hundert verschiedenen Schokoladendüften ebenso unwiderstehlich wie subtil im Raum verteilte.

Die ökonomische Wissenschaft untersucht jedoch auch keine Willenlosen. Ihr war es deshalb egal, dass Mark der Verkäuferin selbstvergessen dabei zusah, wie sie mit ihren langen, weißen Handschuhen jede einzelne Praline so andachtsvoll in die kunstvollen Design-Schachteln füllte, als handelte es sich um die Zettelchen für die Auslosung der Fußballweltmeisterschaft. Schon allein diese Vorführung war ihm jedes Eintrittsgeld wert. Immerhin nahm Mark sich vor, eine der beiden Schachteln zu verschenken.

X

Mark steckte die Trüffel zu dem Buch in seiner Umhängetasche. Ein Buch war bei Verabredungen mit Rudy unerlässlich. Jetzt war es zwar nur noch eine halbe Stunde bis zu ihrem Treffen, aber nur wenn man keine Verspätungs-R einrechnete. Mark nahm den kürzesten Weg und betrat nur wenig später das Lokal.

Das Perroquet war kein Ort, an dem man sich komisch fühlte, wenn man eine Weile alleine dort saß. Wie auf den ersten Blick erkennbar, regierte hier der Jugendstil. Der Name hatte sich zwar seit dem Ende des 19. Jahrhunderts, als die Kunstrichtung von England nach Belgien herüber schwappte, ein wenig überlebt. Dennoch kamen heute eher jüngere Semester her. Vielleicht war das der Grund, warum die blumenumgarnten Frauenzimmer zwischen den großen Fenstern so sinnlich von den Wänden schmachteten. Mark gefielen vor allem die asymmetrischen Formen, die zu den Stilarten, die tagsüber am Arbeitsplatz zelebriert wurden, das richtige Gegenprogramm lieferten. Schokolade gab es natürlich auch. Im Perroquet hatte sie die Gestalt einer außerordentlich tiefbraunen Torte und sie war nicht im Mindesten weniger sündhaft als die Trüffel vom Sablon. Sicher nicht ganz zufällig stand sie ganz vorn am besten Platz des Tresens, denn von dort sprang sie überall ins Auge. Mark wartete eigentlich nur noch darauf, dass sie den Ventilator vom Schokoladengeschäft herüber holten.

Das Lokal war gut gefüllt. Einige Gäste hatten bereits erfolgreich das schwierige Studium der Pitta-Karte absolviert und waren im Begriff, die Konsequenzen ihrer Entscheidung zu verarbeiten. Die Teigtaschen waren dermaßen mit Salatblättern, Maiskörnern, Speckwürfeln oder Käsestückchen voll gestopft, dass es einem Kunststück gleichkam, etwas davon abzubeißen, ohne dass sich einige hübsch in Soße getränkte Teile, der Erdanziehungskraft folgend, sogleich talwärts in Richtung Hose davon machten. In jedem Fall war es für Mark ein Kunststück, und zwar eins von denen, die er niemals lernen würde. Wie er meinte, befand er sich in dieser Disziplin gegenüber den normalen Menschen unzweifelhaft in einem genetischen Nachteil, denn er hatte, wie seine Mutter auf Anfrage bereitwillig bestätigte, von Geburt an zwei linke Hände. Er bildete sich jedoch ein, wenigstens manchmal aus Erfahrung klüger zu werden. Seit zwei dramatischen Lunch-Unfällen hatte er es sich verboten, im Perroquet noch einmal Pitta zu bestellen.

Umso mehr faszinierte ihn die Tischnachbarin, die angestrengt auf den Bildschirm ihres Laptops starrte, während sie mit der linken Hand ein noch jungfräuliches Salatmonstrum nach oben hielt. Ohne mit dem Lesen aufzuhören, biss sie ab und brachte Hand und Pitta wieder in die anfängliche Kerzenstellung, von wo aus sich der Vorgang noch ein paar Mal schnörkellos wiederholte. Kein winziges Maiskorn, nicht ein einziges Soßentröpfchen sank herab. Mark konnte nicht davon lassen, das Schauspiel mit halb offenem Mund zu betrachten.

»Ist Ihnen Ihr Buch nicht interessant genug?«, fragte sie plötzlich auf Deutsch und ohne Mark anzusehen.

Er brauchte ein paar Sekunden. Das war bei einem derartigen Überraschungstreffer kein Wunder.

»In meinem Buch steht leider nicht drin, wie sich Salatsoße auf einem Apple macht. Deshalb wollte ich bei Ihnen ein bisschen gucken. Aber offensichtlich tut sich da nichts.«

Die Nachbarin lächelte, klappte den Laptop zu und drehte ihren Kopf zu ihm herüber.

»Sie sind also Wissenschaftler«, sagte sie.

»Vielleicht. Wenn auch nicht unbedingt in der Salatbranche.«

»Wieso vielleicht? Haben Sie abends schon vergessen, was Sie tagsüber gemacht haben?«

»Das nicht. Aber manchmal vergesse ich, ob das, was ich gemacht habe, eine Wissenschaft oder nur eine Spielerei ist. Aber Sie wollen ja nicht an meinen Existenzfragen rütteln, oder?«

»Wieso? Ich liebe Existenzfragen. Wenn man schon irgendwo rüttelt.«

Das war ja Blitzschach. Und normalerweise musste man als männliches Wesen die ersten 15 Züge einer Partie immer mit Weiß spielen. Hier nicht.

»Wenn Ihnen das bloß nicht zu schwerblütig wird. Aber gut. Ich bin Ökonom und helfe der Kommission dabei zu erraten, was passiert, wenn zwei Unternehmen miteinander fusionieren. Die wissenschaftliche Kunst besteht nun darin, solche Modelle zu verwenden, die normale Menschen, einschließlich derer, die den Deal eingefädelt haben, nicht mehr verstehen.«

»Warum will die Kommission überhaupt so etwas Komisches wissen?«

»Sie hat die Zuständigkeit für große Fusionen mit europäischer Bedeutung. Die Wissenschaft hat vorgeschlagen, dass wir bei der Prüfung unserer Fälle mathematische Methoden verwenden. Wir sollen alle möglichen Marktdaten in ein Simulationsmodell stopfen und ausrechnen, wo nach der Fusion der Preis hingeht. Geht er hoch, geht der Daumen runter und die Sache wird verboten. Sinkt er, wird die Fusion genehmigt.«

Die Tischnachbarin zog erstaunt zwei sorgfältig gezupfte Augenbrauen hoch.

»Das ist doch geradezu ein wunderbares Existenzprogramm für Ökonomen. Und wenn das tatsächlich niemand versteht, was Sie da machen, können Sie dazu noch prächtig Orakel spielen. Wenn Sie schon der richtigen Zunft angehören, wie können Sie sich da beherrschen, nicht in hemmungslosen Jubel auszubrechen?«

»Ich bin leider Moralist. Und bedauerlicherweise glaube ich nicht daran, dass man mit Mathematik oder mit einer ökonomischen Wissenschaft Preise vorhersagen kann.«

»Moral kommt gleich hinter Religion, aber in der Wissenschaft geht es doch um Wissen. Kann es nicht sein, dass Sie da einfach nur ein wenig zu pessimistisch sind?«

»Überlegen wir mal, was passiert, wenn jemand so etwas wirklich mit hinlänglicher Wahrscheinlichkeit vorhersagen könnte. So ein Simulationsmodell ist nichts anderes als eine Gewinnanalyse, in der eine optimale Preis-Mengen-Kombination errechnet wird. Warum aber gibt es dann noch eine Börse?«

»Warum?«

»Weil niemand wirklich über die künftig erzielbaren Preise und Gewinne von Unternehmen Bescheid weiß. Die Unternehmer und Spekulanten haben Erwartungen, sonst nichts. Und die sind eben unterschiedlich, deshalb gibt es die Börse. Es gibt Akteure, die darauf setzen, dass der Gewinn und damit der Kurs der Aktien eines Unternehmens steigen werden. Deshalb wollen sie die Papiere kaufen. Es gibt aber nur einen Deal, wenn es auf der anderen Seite Leute gibt, die erwarten, dass sie mit den Papieren kein gutes Geschäft mehr machen werden und verkaufen wollen: Wenn alle das gleiche Wissen haben, läuft nichts mehr.«

Die Bedienung schwenkte zwei Teller mit der tiefbraunen Schokoladentorte an ihnen vorbei und stellte sie vor die beiden Studentinnen am Nachbartisch. Mark maß im Augenwinkel die Entfernung, die zwischen seinem Mund und der Torte noch verblieb und stellte mit Besorgnis fest, dass sie auf Armlänge geschrumpft war. Wenn seine Gesprächspartnerin jetzt noch eine zweite Front aufmachte, würde er wohl aufgeben müssen. Miss Apple jedoch ignorierte die Torte und hörte aufmerksam zu. Also fuhr Mark fort:

»Wenn also die Wissenschaft je einmal herausfinden kann, wie man mit hinlänglicher Sicherheit die künftigen Gewinne eines Unternehmens ausrechnet, ziehe ich meinen Hut. Am nächsten Tag gibt es dann allerdings keine Börse mehr. Zurzeit sieht es allerdings noch so aus, dass ganze Hundertschaften von Börsen-Analysten täglich neue Empfehlungen herausbringen.«

Die letzten Sätze klangen wie die Brandrede eines italienischen Fußballtrainers nach der Heimniederlage gegen den Tabellenletzten. Mark bemerkte es und begann sich zu wundern. Normalerweise neigte er in der Gesellschaft von Frauen eher zu Sanftmut. Sie bemerkte seine Verwirrung und veränderte ein wenig ihre Stimmlage.

»Sind Sie nun ein ökonomischer Moralist oder eher ein moralischer Ökonom?«

Mark hörte einen Hauch von Schönbrunn, so wie damals, als er noch spät in der Nacht mit dem Transistorradio Ö3 hörte. Der Hauch kam aus dem fernen Wien bis in sein kleines Dachzimmer. Dort lag er unter der Bettdecke und man sah in diesen verbotenen Stunden nichts als eine kleine Spitze der Antenne, die vorsichtig darunter hervor lugte. Nicht nur einmal hatte er sich im Dunkeln vorzustellen versucht, wie die Ansagerin aussehen mochte, die in der Stunde vor Mitternacht »Musik zum Träumen« moderierte und nichts davon ahnte, dass es die wunderbare Melodie ihrer eigenen Stimme war, die irgendwo draußen in der Nacht einem dreizehnjährigen Jungen den Schlaf raubte.

»Ich bin Mark.«

Er streckte ihr die Hand hin. In gewisser Hinsicht hatten die lokalen Pferchattitüden durchaus ihre Vorteile.

»Louise. Aber das ist hoffentlich nicht Ihre Antwort auf meine Frage.«

»Eine Behörde ist nichts für Moralisten, Louise. Denn ein richtiger Moralist muss natürlich irgendwann einmal für seine Überzeugungen wirklich die Fahne hochhalten, dabei siegen oder wenigstens sterben. Wenn ein riesiger Apparat wie die Kommission erstmal angefangen hat, sich in eine bestimmte Richtung zu bewegen, endet eine Revolte jedoch entsetzlich unspektakulär. Sie wird einfach überrollt und der Widerborstige irgendwohin verfrachtet, wo er keine weiteren Flurschäden anrichten kann. Vielleicht muss er dann für einige Zeit irgendwo verlassen und allein in einem Büro herum sitzen, aber es wird niemand einen Weltroman darüber schreiben, wie ein Beamter einmal mutig gegen die Windmühlen gekämpft hat. Es gibt keine Rosinante und keinen Sancho Pansa. Die Leute denken nur, dass da ein riesengroßer Esel sitzt.«

Louise sah ihn mit sanften grünen Augen an. Sie lächelte.

»Der Geist aber hat den Rang in der Absonderung. Fand damals schon Herr Aristoteles. Ich denke das übrigens auch. Jedenfalls fände ich schon als Frau eine Welt ohne Absonderungen abscheulich langweilig, dafür brauche ich mir noch nicht mal die primordiale Ursuppe vorzustellen. Für die eher praktisch veranlagten Moralisten unserer Zeit gibt es allerdings den Beruf des Philosophen. Denn da ist man von Haus aus einsam, unabhängig davon, was man sagt.«

Sie schaute auf die Uhr und rief die Bedienung.

»Leider muss ich das, was ich mir gerade angeschaut habe, noch einmal durchsehen und heute Abend wegschicken. Ich nehme nicht an, dass Sie wieder zuschauen wollen. In meinem Hotelzimmer kann ich Ihnen die Salatnummer bedauerlicherweise nicht vorführen.«

Mark zog eine von seinen neuen Designtrüffelschachteln aus der Tasche und legte sie ihr auf den Tisch.

»Probieren Sie es mal mit Schokolade. Sie kriegen natürlich nicht die gleiche A-Note wie bei der Salatpitta. Aber Sie werden staunen, wie Ihnen die Hand unruhig wird, wenn Sie eines meiner Trüffelchen gegessen haben.«

»Für einen moralischen Ökonomen sind Sie ziemlich charmant«, sagte Louise.

»Beethoven hat für Elise noch ganz andere Sachen gemacht.«

»Gibt es ein Zauberwort, damit ich Ihnen sagen kann, ob Sie Recht hatten?«

Mark zog einen Kugelschreiber hervor und schrieb seine E-Mail-Adresse auf einen Bierdeckel. Louise zahlte und verabschiedete sich. Er sah ihr nach, bis sie zur Tür hinaus war.

Was für Beine. Schönheit spricht glücklicherweise für sich alleine, dachte Mark. Er wollte gar nicht so genau wissen, welche Gedanken der Geist absonderte, wenn er ihn jetzt ließe.

X

Wenig später stolperte Rudy herein. Er sah ganz anders aus als am Mittag. Wo vorher noch die blanke Panik regierte, glühten jetzt freudig die Bäckchen.

»Nanu?«, wunderte sich Mark. »Wenn man dich so sieht, könnte man meinen, deine Protest-Hasen hätten sich plötzlich in niedliche kleine Schoko-Häschen verwandelt. Oder in etwas Ähnliches mit zwei Beinen.«

»Haben sie nicht«, strahlte Rudy noch im Stehen.

Er setzte sich hin und hätte in der Aufregung fast Louises Glas umgesäbelt, das noch verlassen auf dem Nachbartisch stand.

»Dafür bin ich als Chef einer neuen Pro-Europa-Kampagne vorgeschlagen worden, die unser Präsident nach dem Debakel bei Marianne vom Stapel lassen will.«

»Grandios, dieser Paradigmenwechsel. Man sollte mal ein Buch über dich schreiben. Soeben fast noch gelyncht von rabiatem Getier und schon gleich danach irgendwo der Boss. Von was genau wirst du der Boss?«

»Mal abwarten, ich bin erstmal nur in der Verlosung. Und es ist nicht mal sicher, ob überhaupt etwas passiert. Der Präsident will noch warten, wie den Niederländern die Verfassung gefällt. Wenn das Referendum dort auch in die Hose geht, will er allerdings etwas unternehmen. Man macht sich bereits Sorgen.«

Kann man sich vorstellen, dachte Mark. Jetzt, wo das Kindchen in den Brunnen gefallen ist. Man hätte Rudy mitsamt der Kampagne vielleicht ein wenig früher bringen müssen. Der französische Präsident hatte sich in den letzten Tagen zwar mit aller Kraft und mit schönen, europablauen Krawatten gegen das drohende Unheil gestemmt, war aber am Ende gegen das sich abzeichnende Debakel machtlos. Dasselbe konnte sich bald wiederholen. Und das nicht nur, weil der nationale Präsident bei seinem Volk gerade in Ungnade gefallen war.

»Wer ist sonst noch in der Verlosung?«, fragte Mark.

»Anscheinend außer mir nur noch Brandstetter und Lee. Der Kabinettchef von Monsieur le Président hat durchblicken lassen, es sähe gut für mich aus. Aber es kann natürlich jederzeit noch einer aus dem Hut kommen. Bekanntlich weiß ja kein Mensch, wer und warum hier einer irgendetwas wird. Ich zaubere im Erdgeschoß gerade nichts ahnend mit einer Delegation von Hasen herum. Derweil ziehen sie mich im 13. Stock aus dem Zylinder.«

»Magischer Tag heute«, sagte Mark und dachte dabei ein wenig an Louise. »Wäre bloß der Anlass nicht ein wenig traurig.«

»Traurig? Ich wäre fast gar nicht zur Castingshow gegangen, weil ich die Sache für einen Witz hielt. Ich bin erst los, als mir Petra damit gedroht hat, ich müsste anderenfalls sofort wieder zu den Tierschützern.«

»Das Sein bestimmt das Bewusstsein. Der Autor ist im Moment zwar nicht sonderlich populär, aber wo er Recht hatte, da hatte er Recht.«

»Wenn Mark Marx zitiert, hört sich das in etwa so an wie ein Vortrag von Tom Beurre über die Schönheit der platonischen Liebe. Den er in diesem Leben freilich nie halten wird.«

Da sagst du was, dachte Mark.

X

Tom kannte Eva schon lange. Ausführlichere Damenbekanntschaften waren für ihn keineswegs selbstverständlich, sondern die Ausnahme. Wenn man sich mit Frauen zu lange einließ, hinderten sie einen daran, andere Frauen kennen zu lernen. Und was wäre das Leben ohne das Abenteuer?

Er hatte Herzen gebrochen, das wusste Tom. Aber andererseits war es nicht seine Schuld, dass die Evolution, nur um die Menschheit zur Aufzucht von Nachkommenschaft zu bewegen, ein paar äußerst drollige Sachen erfunden hatte. Frauen waren bei der Partnerwahl einfach komplizierter, aber das war noch lange kein Grund, warum er es auch sein musste.

Frauen waren überhaupt komplizierter. Das lag unzweifelhaft an der Biologie. Für Tom galt, was die Wissenschaft beweisen konnte, und mit der Entdeckung des Barr-Körpers im Zellkern war nun mal bewiesen, dass es sich bei Weibchen der meisten Säugetierarten, genetisch gesehen, um Zwitterwesen handelte. Und damit brauchte er sich nicht mehr darüber zu wundern, dass die Damenwelt zu übertriebener Zwiespältigkeit neigte.

Wenn es um Fortpflanzung ging, kamen noch ein paar andere Dinge hinzu. Frauen mochten vielleicht länger leben und womöglich sogar auch schöner aussehen, aber fortpflanzungsökonomisch zogen sie gegenüber den Männern schon immer eindeutig den Kürzeren. Immerhin konnte ein Mann an einem einzigen Tag 300 Millionen Spermien produzieren und das reichte für eine ganze Stadt. Dagegen wog der Einsatz einer weiblichen Eizelle, deren individueller Vorrat relativ begrenzt ist, ungleich schwerer. Und natürlich mussten bis vor ein paar zeitgeschichtlichen Millisekunden die Mütter ihre Kinder über eine relativ lange Zeit noch selbst stillen und aufziehen, und, wenn Toms Beobachtungen nicht sehr täuschten, war das schon früher nicht gerade ein Schleck gewesen. Ein Fehlschlag bei der Partnerwahl hatte, jedenfalls galt das für die hunderttausend Jahre vor der Novellierung des deutschen Scheidungsrechts, für Frauen erheblich gravierendere Konsequenzen als für Männer. Wenn sie nicht höllisch aufpassten, kamen sie ganz schön in die Miesen.

Tom konnte es also nicht für ein Wunder halten, dass sich die Damen im Laufe der Jahrtausende allmählich angewöhnt hatten, Bekanntschaften mit dem anderen Geschlecht ein wenig umständlich anzugehen. Eine schnelle Eroberung war deshalb in aller Regel nur möglich, wenn es gelang, der Begegnung eine gewisse Scheinromantik zu verleihen. Tom nannte es »das romantische Schleifchen«. Er hatte oft erlebt, wie schwer sich seine Bekanntschaften taten, einem Mann und vielleicht sogar sich selbst einzugestehen, gleich beim ersten Rendezvous an Sex zu denken. Die Fassade musste so lange wie möglich aufrechterhalten werden, das war die Spielregel. »Bei mir ist aber nicht aufgeräumt«, war der Standardsatz, auf den er, wenn es soweit war, stets wartete. Natürlich saß dann selbst der Teddybär wie hingemalt auf dem Kopfkissen, bevor er von dort, meistens ziemlich rasch nach Toms Eintreffen, im hohen Bogen durchs Schlafzimmer flog.

Kurzum, Tom war sich gewiss, dass es das Schleifchenspiel noch eine Weile geben würde. Und so spielte er es. Keine Zurückweisung konnte ihn aufhalten, die jedem anderen Mann den Mut gebrochen hätte. Er schmeichelte, er log, er brillierte und mutierte, notfalls sogar zum Romantiker.

Vor allem war Tom Beurre aber der geborene Jäger, und die Frauen fielen für ihn, egal wo er war.

X

Eva hatte eigentlich ernsthafte Absichten mit Männern, jedenfalls sagte sie das. Tom begann jedoch schon bald zu ahnen, dass sie so etwas wie eine Ehe nie überleben würde. Die Männer waren viel zu verrückt nach ihr, und wen sie nicht völlig blind gemacht hatte, musste erkennen, dass sie nichts mehr brauchte als das. Das war schwer zu glauben, denn sie war so etwas wie die Inkarnation von Sexappeal, oder wenigstens war sie die perfekte Inszenierung von Sexappeal. Die schier unendlichen Versionen von Netzstrümpfen, Stöckelschuhen und hautengen Designerkleidchen, die sie auf begleiteten Streifzügen irgendwo in Paris oder Milano erbeutet hatte, gehörten einfach zu ihr, und Eva wirkte, so fand Tom, trotzdem edel.

Im Gegensatz zu ihm, dem Wissenschaftler, war Eva eher intuitiv beim Umgang mit dem anderen Geschlecht. Vielleicht war es auch einfach Erfahrung. Jedenfalls, so glaubte Tom, hatte sie verinnerlicht, wonach das Männerherz verlangte. Mal machte sie an der richtigen Stelle süße kleine Komplimente, mal gab sie das schnurrende Kätzchen und trotz ihrer unvergleichlichen Vamp-Auftritte wirkte sie weich, weiblich und verletzlich.

Andere, komplizierte Seiten gab es auch. Aber bevor diese ans Licht drängten, war sie bereits wieder verschwunden. Am Anfang ihrer Freundschaft war Tom verwirrt. Doch irgendwann begriff er, dass Eva auf diese Weise für viele Männer zu einer Traumfrau wurde, ohne dass sie viel von sich hergeben musste. Die Verehrerschaft schien nicht zu erahnen, wie sehr sie selbst dabei träumte, und Eva sagte natürlich nichts. So wurde mit kleineren Varianten immer dasselbe Stück aufgeführt, auch wenn sich gelegentlich immer mal wieder jemand wegen ihr scheiden lassen wollte.

An Tom gefiel Eva, dass er, ganz im Gegensatz zu ihrer Fangemeinde, cool war. Er forschte und drängte nicht und meistens sahen sie sich höchstens ein- oder zweimal im Monat. Es gab ohnehin zu viele Menschen, die alles von ihr wollten und nicht viel von ihr begriffen. Tom und Eva waren vielleicht sogar Freunde, wenn sie auch von dem, wie sie aussahen und was sie mit ihrem Leben tun wollten, unterschiedlich waren. Beide waren Abenteurer, das verband. Es gab weder Eifersucht noch Groll, und sie erzählten sich, was sie erlebten.

X

Eva war neugierig auf ein Erlebnis mit einer anderen Frau und das war der Grund, warum Tom und Eva an diesem Abend Gesellschaft hatten. Wir steigen ein, als rund um das große Ledersofa bereits große Teile der Abendgarderobe herumlagen. Das Trio war inzwischen vor den riesigen Spiegel in Evas Diele gezogen. Dort standen sie nebeneinander und sahen sich zu. Die Abendsonne warf ihre allerletzten Strahlen durch das offene Wohnzimmerfenster, Evas Unterwäsche schimmerte darin in dunkelroter Unwiderstehlichkeit, und wir müssen annehmen, dass die Sünde selbst an diesem Abend nicht anders ausgesehen hätte.

Die drei sahen, wie vier schlanke Hände über Toms Brust wanderten. Gelegentlich berührten sie sich, neugierig und schüchtern zugleich, fast so, als seien sie an einem Sonntagnachmittag unangemeldet irgendwo zu Besuch erschienen und wüssten noch nicht so recht, ob sie willkommen sind. Allmählich jedoch begannen sich die Wege der Hände zu kreuzen, zunächst wie zufällig. Die Hände spürten, dass sie sich finden wollten. Tom schloss die Augen. Er wollte sich das, was kommen mochte, ein wenig ausmalen.

Als er die Augen wieder aufschlug, waren noch zwei Hände da, Evas Hände. Jetzt trug sie nur noch ihre Schuhe, nackt, wie sie war, drückte sie sich von hinten an ihn heran, während ihre elfenhaft weißen Arme ihn dabei fest umschlangen. So tanzten sie den Tanz aller Tänze, und die schwarzhaarige Schönheit stand nun direkt vor ihnen.

Tom sah ihr im Spiegel zu, wie sie langsam ihren Slip unter dem Kleid auszog. Nun kam sie näher, und die beiden Frauen sahen sich an. Sie schlossen die Augen, und wie vorher schon die Hände, fanden sich jetzt ihre Münder. Während sie sich küssten, stöhnte Eva leise, fast so leise, wie sie Tom bei ihrer allerersten Begegnung noch im Fahrstuhl »fick mich« ins Ohr geflüstert hatte. Es war ein magischer Moment, an den er jetzt dachte.

Marcella wich mit einem Lächeln zurück. Ohne die beiden anderen aus den Augen zu lassen, schob sie ihr Kleid ein wenig nach oben und presste sich rücklings gegen den Spiegel. Langsam beugte sie sich nach vorn und kam wieder näher. Eva und Tom sahen, was sie sehen sollten. Nun kniete Marcella sich nieder. Mit ihren Händen umfasste sie Tom fest an seinen Hinterbacken, zog ihn an sich heran und presste ihren Mund auf seinen Slip. Tom stöhnte laut auf, als Marcella sein letztes Kleidungsstück am Bund zwischen die Zähne nahm und es so langsam nach unten zog. Eva begann damit, das, was frei geworden war, mit kreisenden Fingernägeln ins Visier zu nehmen.

Plötzlich fuhr Marcella zurück. Mit einem Satz war sie auf den Beinen und verpasste Tom, ehe er sich versah, eine klatschende Ohrfeige. Wild hastete sie zu ihren Sachen, warf sich das Notwendigste über und verschwand fluchend mit dem Rest im Treppenhaus.

X

Tom war danach ins Bad geflüchtet, wo er sich unter normalen Umständen über die hübschen Lippenstifte gefreut hätte, die, selbstverständlich ordentlich nach Farbtönen gegliedert, zu ihm herüber lugten. Er mochte Evas Vamp-Ausrüstungen und ganz besonders die Schuhabteilung, die gleich mehrere Schränke füllte. Aber heute ließ ihn selbst das ungeheuerliche Negligee kalt, das griffbereit an der Tür hing. Wer über Nacht blieb, durfte damit am Morgen Bekanntschaft machen, wenn die Gastgeberin zu aller Überraschung ein sehr artiges Frühstück servierte.

Tom hatte andere Sorgen. Er sah an sich herab und kam nicht daran vorbei, dass die Sache mit der Pille zu tun haben musste, die er kurz vor Beginn der Party auf dem Klo geschluckt hatte. Einerseits war ein gewisser Erfolg nicht zu übersehen. Die Wirkung hatte sich prächtig entfaltet und ließ sich offenbar auch nicht durch eine psychologische Katastrophe beeinträchtigen. Andererseits waren die roten Punkte, die sich weitflächig über die markante Stelle verteilten, nicht schön. Je länger er auf dem Badewannenrand saß und die Dinge betrachtete, umso mehr verstand er, warum Marcella so plötzlich und herzlos davon gestoben war.

Es klopfte an die Badezimmertür.

»Darf ich reinkommen?«

Tom nahm ein Badetuch vom Halter. Er nahm an, dass Herr Dior heftig protestieren würde, könnte er nur ahnen, was hier soeben mit seinem kostbaren Tuch verhüllt wurde. Eva vielleicht auch. Aber außer Marcella und den Fingernägeln hatte niemand etwas gesehen.

»Das war aber ein kurze Party«, sagte Eva im Eintreten, »was um Himmels Willen ist passiert?«

Sie schaute in die Gegend des Badetuchs, wo sich, obwohl Tom hastig mehrere Schichten übereinander gefaltet hatte, immer noch eine ziemliche Delle auftat. Das war nun die umgekehrte Version der pascalianischen Wette. Hier lagen die Tatsachen eindeutig auf der Hand oder, besser gesagt, unter dem Tuch. Die Frage war jetzt, ob es noch eine Chance gab, dass er dafür den lieben Gott verantwortlich machen konnte.

Andererseits war das mit Eva und dem Geschichten erzählen so eine Sache, selbst wenn der liebe Gott gar nicht drin vorkam. Auch Eva konnte nicht völlig auf die Schaffung von Schleifchenwelten verzichten. So war das eben, wenn man eine Frau war. Tom war naturwissenschaftlich gebildet und konnte das einordnen. Es war ihm inzwischen sogar möglich, die positiven Seiten zu sehen: Eva erzählte immer wieder neue, lustige Geschichten, die in Grimms Märchen hätten vorkommen können. Meistens tauchten rechtschaffene Edelmänner auf, die, von hehren Motiven getragen, die Prinzessin beschenkten. Wie Eva vorgab, wollten sie mit der heißesten Granate der Stadt nur so mal über Probleme reden, nett essen gehen oder Musik hören.

Trotz allen Theaters, Schleifchenspiele brauchte Eva nur zur Verschönerung eigener Geschichten. Tom konnte sich nicht erinnern, dass sie von etwas, was er ihr erzählt hatte, jemals in Ohnmacht gefallen wäre. Wenn er es bedachte, war sie die einzige Frau, mit der er halbwegs offen redete.

»Ich habe ein Medikament ausprobiert«, sagte er schließlich. »Es gibt leider offenbar... hm... sagen wir... eine unangenehme Nebenwirkung.«

»Ist die Beule da die Nebenwirkung oder eher so was wie der Haupteffekt?«, fragte Eva und deutete mit dem Finger auf das Badetuch.

Tom rutschte unruhig auf dem Rand der Wanne herum. Er wäre gern mit einer schlanken Version durchgekommen, aber so ging das natürlich nicht.

»Ich habe ein grandioses Potenzmittel erfunden, das offenbar sogar unter Katastrophenbedingungen funktioniert. Aber aus irgendwelchen Gründen kann der Wirkstoff wohl eine Reaktion der Haut auslösen. Und zwar genau in der Gegend, wo Marcella zuletzt ihre Nase hatte.«

»Ach du lieber Himmel«, rief Eva.

»Tut mir Leid«, sagte Tom für ihn ungewöhnlich kleinlaut und ging an ihr vorbei nach draußen in die Richtung seiner Hose.

Schnell zog er sich an.

»Ich muss beobachten, was passiert. Die Sache ist wahrscheinlich ungefährlich, und in ein paar Stunden wird der Spuk hoffentlich zu Ende sein. Schlimmer trifft es mich, wenn ich meine Erfindung auf den Müll werfen muss.«

Eva hatte sich wieder gefangen.

»Weißt du, lieber Tom, vielleicht solltest du die Dinge mal aus der Sicht von uns Frauen sehen. Tut mir Leid, wenn du mit deinem Mittelchen jetzt keine neue Welle allzeit vögelbereiter Rüden in die Welt setzen kannst. Ich weiß auch nicht, ob dich das sonderlich tröstet. Aber lass dir mal aus der Erfahrung einer Frau was sagen. Bei manchen ist das besser so.«

X

Mark sah durchs Fenster seines Büros auf den großen Innenhof. Das Gebäude, das ihn einrahmte, machte ein eckiges U, und da der Abstand zwischen beiden Längsseiten, die den Hof begrenzten, nicht besonders groß war, konnte man sich gegenseitig in die Büros sehen.

Den besten Überblick hatte der Generaldirektor, der sein Office im obersten Stock der Stirnseite hatte. Nie wusste jemand, was er dort oben dachte. Er war ungemein charmant, und wer aus seinem Büro kam, wurde von dem wunderbaren Gefühl durchflossen, dass dieser liebenswürdige, freundliche Mann niemals jemandem etwas Böses tun könnte.

Das stimmte natürlich nicht. Im Grunde war Winston Smylle das Paradebeispiel des machtbewussten Kommissionsaufsteigers. Die Karriere, die er hingelegt hatte, war alles andere als Zufall. Winston spielte nur alles perfekt über die Bande. Er war schlau, geschickt und geschmeidig und wenn seine Leute noch steif auf ihren Prinzipien herumritten, hatte er längst schon damit begonnen, irgendwelche lauen Kompromisse einzufädeln. Leute mit Kanten mied er wie eine ansteckende Krankheit, blieb dabei aber äußerst diskret. Als die Kommission gegen seinen perfiden Widerstand den intellektuell-ungemütlichen Samuel Camier zum Direktor ernannte, ließ Winston eine Mail herumschicken, in dem Camier als der künftige Heilsbringer der Generaldirektion angekündigt wurde. Kurzum, Winston Smylle war so glatt wie ein Fisch. Doch hinter seiner Maske hielt er etwas versteckt, von dem niemand etwas ahnte. Winston hatte Humor. Und ein Fernglas.

Hin und wieder schloss er sich ein, um sich von seinem Hochsitz aus ein wenig umzusehen. Ganz heimlich hielt er die von der Verwaltung ausgegebene Losung, die wichtigste Aufgabe des Managements sei das allumfassenden »Monitoring« der unteren Ebenen, für reichlich dämlich. Die damit verbundene Bürokratie war ihm nicht nur lästig, sondern hinderte ihn daran, sich den inhaltlichen Aufgaben zu widmen, die ihm viel mehr Spaß machten. Natürlich hätte Winston Smylle niemals etwas Kritisches über die Verwaltung gesagt. Das verboten ihm seine Prinzipien. Aber dort oben hinter seiner abgedunkelten Glasscheibe machte er sich einen riesigen Spaß daraus, den von der Administration verfügten Kontrollwahn auf seine eigene Weise auszuüben. Winston legte die Füße auf den Schreibtisch, zückte sein Fernglas und schaute, was seine Leute so machten.

X

Vor ein paar Monaten hatte ein Fotograf unten im Hof Aufnahmen gemacht. Die Chefs, deren Chefs und von denen wiederum die Chefs standen zum Gruppenbild gereiht. Alle waren großartig herausgeputzt. Die Seidenkrawatten funkelten nur noch so auf den stolz geschwellten

Brüsten. Irgendwie glich die Szene einer Siegerehrung nach einem großen Tennisturnier. Die, die es geschafft hatten, durften auf das Treppchen. Die anderen saßen auf der Tribüne und sahen zu. Wenn es auch nicht angebracht war, dass jemand vom Fenster aus Beifall klatschte, so durften die Akteure in der Arena darauf hoffen, dass ihnen von oben wenigstens ein wenig Neid gezollt wurde.

Freilich, bei einem Tennisturnier gibt es nur einen einzigen Sieger und nicht gleich drei Dutzend.

Der wichtigste Unterschied betrifft jedoch die Spielregeln. Beim Tennis sind sie (sieht man mal von der albernen Zählerei ab) relativ einfach. Dazu gibt es noch einen Haufen Schieds- und Linienrichter, die aufpassen, dass niemand schummelt. Das Ganze führt dazu, dass Tennisspieler ihre Fähigkeiten Match für Match in einem offenen Wettkampf beweisen müssen. Man kann somit sehr leicht herausfinden, wer der Beste ist. Weil es so gerecht ist, gibt es unter den Tennisspielern auch niemanden, der einem großen Champion nicht den Sieg gönnt: Aufs Treppchen kommt nur, wer es auf dem Platz allen anderen gezeigt hat. Beim nächsten Turnier zählt alles nichts mehr. Dann steht es wieder 0:0, bevor der erste Ball ins Spiel kommt.

Auf diese Weise macht Tennis die meisten Menschen bescheiden. Jedenfalls war es bei Mark so. Er war eine Weile lang auf dem Sprung zum Profi gewesen und hatte viele schöne, aber auch bittere Erfahrungen gemacht. Die wichtigste war: Es gibt Leute, gegen die ist schlicht und einfach kein Kraut gewachsen. Er hatte auch gegen echte Topspieler hin und wieder nur knapp verloren. Aber, und nur darauf kam es letztlich an, er hatte eben verloren.

Manchmal scheint es, dass zwei Kontrahenten in einem Match gleichermaßen kurz vor dem Sieg stehen. Die Zuschauer werden dazu verleitet zu glauben, die Spieler seien sich absolut ebenbürtig. Sie glauben, der Ausgang der Partie sei nun mehr oder weniger vom Zufall abhängig. Das ist ein Irrtum. Mark wusste das, spätestens seit Patrick Morris sein Trainer wurde. Patrick war Südafrikaner und erfand eigens ein Übungsspiel, das er »Sudden Death« nannte. Er wollte Mark auf den Weg bringen ein guter, nervenstarker Profi zu werden, und Sudden Death gehörte dabei so unlösbar zu seiner Strategie wie damals das Handtäschchen zu Margaret Thatcher. Bevor Patrick Marks Trainer, Frauenschwarm und

Backgammon-König wurde, war er selbst Profi gewesen. Er wusste, wovon er redete.

»Stadler«, dozierte Patrick, »we must train the brain.«

Dann sah er Mark fest in die Augen, machte dazu ein Gesicht wie Jack the Knife und sagte: »I must bring out the killer in you.«

Sudden Death war kurz und einfach. Patrick pflanzte sich oben auf den Schiedsrichterstuhl und ließ unten Tiebreaks spielen. Allerdings, und das war die eigentliche Gemeinheit, begann die Angelegenheit schon beim Stand von 4:4. Einen Tiebreak spielt man normalerweise, bis der erste Spieler sieben Punkte hat. Mit dieser kleinen Modifikation musste einer der Kontrahenten also bereits spätestens nach dem dritten gespielten Punkt Matchball haben. Stand es 6:6, so verfügte Patrick in einer weiteren Abänderung, kam es zum Showdown und der nächste Punkt entschied. Der Verlierer musste gleich nach dem Matchball ein paar Trockenübungen ausführen, meistens in der Form der unter allen Tennisspielern der Welt verhassten Kängurusprünge. Bei dieser Übung hüpft der Delinquent mehrmals aus einer tiefen Hocke im Strecksprung in gerader Richtung himmelwärts, während der Sieger betont relaxt auf seiner Bank lümmelt und mehr oder weniger unauffällig in sich hineingrinst.

Patrick hatte gehofft, dass sich sein Schützling dadurch an Situationen gewöhnte, in denen die berühmten »big points« über den Ausgang eines ganzen Matches entscheiden. Ob es letzten Endes etwas half, wusste niemand. Allerdings kreierte die Plackerei ein paar sichtbare Nebeneffekte. Nach zwei Jahren Patrick und mindestens zwanzigtausend Kängurus zeichnete sich ab, dass die Hopserei eine interessante Beinmuskulatur gedeihen ließ. Das war ein kleiner Trost, aber es war einer. Schließlich begann sich die mit Mark heranwachsende Damenwelt allmählich für solche Sachen zu interessieren. Und man konnte, selbst als angehender Profi, ja nicht die ganze Zeit nur Tennis spielen.

Trotzdem, so wusste Mark, den richtigen Killerinstinkt der ganz Großen kann man nicht lernen. Er war angeboren oder nicht wie ein Buckel oder ein Muttermal. Nur die wirklichen Champions denken im entscheidenden Moment eines großen Turniers nicht an den Spielstand. Sie kriegen einen Tunnelblick und haben nur noch das Geschehen selbst im Auge. Die Folgen des nächsten Punktes interessiert sie in diesem Augenblick nicht. Aber genau diesen Ball spielen sie unwiderstehlich auf dem höchsten Niveau.

Bei Sampras konnte man das besonders gut sehen. Gerade wenn das Match eng wurde, spielte er unglaubliches Tennis. Er schien sich dabei nicht einmal besonders lang zu konzentrieren. Aber der Aufschlagslinienrichter in Wimbledon hüpfte schon vor dem Aufschlag nervös umher, wenn Pete einen Breakball gegen sich hatte. Meistens zielte er in die Mitte. Wenn es warm und trocken war, stob eine kleine Kreidewolke von der Mittellinie. Sogleich blickten die Zuschauer auf den armen Lines Man, der reichlich komisch wirkte, wie er versuchte, schnell noch das richtige Handzeichen zu geben, bevor Petes Aufschlaggranate unerreichbar für den Returnspieler auf ihn zuraste. Schlug er einmal kein Ass, tänzelte Pete nach dem Service federleicht ans Netz und versenkte den Return mit einer Ruhe und Gelassenheit, als spiele er gerade daheim in Florida ein wenig mit seiner Mutti. Danach sah man weder epileptische Veitstänze noch eine von diesen komischen Luftsägen. Pete streckte ein wenig die Zunge heraus, was wie ein kleiner Tick von ihm aussah, ließ sich von einem Balljungen einen neuen Ball zuwerfen und stellte sich, als sei nichts gewesen, mit der Ruhe eines Bären wieder hinter die Grundlinie.

Sudden Death war jedenfalls kein schönes Spiel für die Beteiligten. Es kam allerdings auch ein wenig darauf an, wer gerade mit einem auf dem Platz stand. War Boris da, wurde es ungemütlich. Patrick warf eine Münze, und wenn man die Wahl verloren hatte, konnte man eigentlich einpacken. Selbst wenn Mark bei eigenem Service grandios spielte und seine Punkte gewann, musste er immer noch einen »Big point« bei Boris' Aufschlag holen. Hier stand er, wie alle anderen auch, vor seinen Grenzen. Es reichte einem schon, wenn man Boris jedes Mal dabei zusehen musste, wie er sich hinter der Linie aufpflanzte und mit dieser immer gleichen, komischen Aufschlag-Prozedur anfing. Vier Mal genau tippte er den Ball vor sich auf den Boden, tipp tipp tipp tipp. Danach ruderte er noch einmal kurz mit dem Schläger hin und her. Aber dann krachte diese unglaubliche Rakete übers Netz. Tipp tipp tipp tipp bum, der Ball zischte ohne die leiseste Chance zur Erwiderung links oder rechts an einem vorbei, und man konnte schon mal in die Hocke gehen.

Als Mark damals von seinem Bürofenster auf das Gruppenbildchen sah, hatte er sich gewünscht, dass er dort Leute gesehen hätte, die wie Boris Asse schlagen konnten. Dann wäre er wie damals klaglos nach hinten an die Plane gegangen, hätte den Ball aufgesammelt und ihn mit einem bewundernden Nicken zurückgegeben.

Womöglich hatte aber auch nur Winston Smylle, von hoch oben und mit dem Fernglas, den richtigen Überblick.

X

Der Computer gab sein Lautzeichen für hereinkommende Mails. Mark blickte vom Hof auf den Schirm und sah eine Nachricht von Paris Joyce.

Paris Hilton und James Joyce kannte man ja, aber gegen die Wahrscheinlichkeit einer Heirat der beiden standen, obschon das schrille Amerika schon einmal für eine ziemlich unglaubliche Liaison zwischen einer Blondine und einem Schriftsteller gut gewesen war, einige natürliche Hindernisse. Doch auch im glücklichen Stand der Ehe stand Paris nicht sofort im Verdacht, Mark Stadler eine Mail zu schicken. Mark bugsierte die Maus in die Richtung der Löschtaste, überlegte es sich dann aber anders.

Nein, lieber Mark, ich heiße nicht Paris Joyce, das ist nur ein hübscher kleiner Name, den ich mir für die Cyberwelt zugelegt habe. Eine schauspielernde Erbin bin ich auch nicht, eher schon so etwas wie das Gegenteil davon. Aber Philosophie ist zuweilen eine brotlose Kunst, und so verstehe ich mich inzwischen auf ein paar nicht immer nur Wahrheit stiftende, aber wenigstens einträgliche Tätigkeiten.

Wahr ist allerdings, dass diese Trüffel eine unmoralische Ungeheuerlichkeit sind. Bis gestern Abend hätte ich noch geschworen, dass ich bei der Kontingentierung ungesunder Lebensmittel unerschütterlich bin, aber bei Ihrem Teufelszeug musste ich kapitulieren. Ich schätze, das wird mich ein paar zusätzliche Stockwerke auf dem Trimmer kosten, und Sie, ja Sie, Mark, sind schuld daran.

Trotzdem, lieben Dank erstmal. Man lernt ja schließlich nicht jeden Tag etwas Neues über sich.

Louise

PS: Sie sind gar kein Moralist.

X

Mark freute sich. Louise mochte ein wenig Pingpong spielen. Und sie spielte das Bällchen offenbar mit Vorwärtsdrall. Aber war das anders zu erwarten gewesen?

Unten gingen Hank Van Broudworst und Miller über den Hof in die Cafeteria. Mark sah den beiden nach. Hank sah anders aus als früher wo er stets ein wenig einsam und unglücklich drein blickte. Vor einiger Zeit hatte die Verwaltung jedoch ein neues Verfahren für Beförderungen eingeführt, und dieser Umstand hatte alles verändert. Wurde Hank als vermeintlicher Underperformer vorher mehr oder weniger von oben herab belächelt, kümmerten sich seit ein paar Monaten zwei Kollegen sehr herzlich um ihn. Sie stellten frische Blumen in sein Büro, legten die von ihm bevorzugten Zeitungen auf den Tisch und nahmen ihn jeden Morgen mit in die Cafeteria. Seit etwa einem Monat ging Hank dazu über, sich dort zwei oder manchmal sogar drei Stück Kuchen zu bestellen, die Miller anstandslos bezahlte. Nach dem ersten Törtchen gab es einen Schichtwechsel. Miller piepste mit seinem Handy ein Codewort und schon erschien Bodo Ludens, der mit ihm kooperierte.

Zuerst konnte man sich Hanks kometenhaften Aufstieg auf der Popularitätsskala nicht erklären. Doch dann schimmerte durch, dass Miller offenbar einen Plan hatte. Er war enorm ehrgeizig und hatte herausgefunden, dass es für seine Karriere besser war, wenn sich in seiner Abteilung eine überall abgestempelte Niete befand. Im Grunde hing alles damit zusammen, dass die neuen Beförderungsregeln auf einer Art Nullsummenspiel aufgebaut waren. Ähnlich wie das deutsche Skatspiel sah das Spiel vor, dass die Beamten um Punkte kämpfen mussten, deren Summe von vorneherein genau festgelegt war (beim Skat sind es 120 »Augen«). Bildlich gesprochen balgten sich alle Beamten der Kommission um ein möglichst großes Stück eines riesigen, aber in seiner Größe endlichen Kuchens, sozusagen ein Punktekuchen, oder, wie Miller es nannte, ein Pustekuchen.

Beim Skatspiel spielen nur zwei Parteien gegeneinander, der Alleinspieler und die Gegenpartei. Deshalb kann ein Skatspieler seine Gewinnstrategie relativ einfach bestimmen. Er muss von maximal 120 mindestens 61 Augen erhalten, dann hat er gewonnen. Ein Nullsummenspiel, an dem 20.000 Parteien teilnehmen, hat jedoch weit komplexere Dimensionen. Miller war zwar Jurist und es gab von daher nichts, was er nicht konnte, doch hatte er eine Weile lang Mühe, sich für eine vernünftige Gewinnstrategie zu entscheiden. Dann aber half ihm die Information, dass sämtlichen Organisationseinheiten der Behörde ebenfalls ein festes Punktekontingent zugewiesen wurde. Miller ortete blitzschnell einen Minipustekuchen und schöpfte, angetrieben durch die plötzliche Reduktion der Komplexität, neue Hoffnung.

Das Reglement verlangte, dass die Abteilungsleiter die ihnen zur Verfügung stehende Gesamtpunktzahl unter den Mitgliedern ihrer Abteilung aufteilen sollten. Freilich, und das war ein weiteres Problem, durften die Spieler beim Spielen eigentlich gar nicht richtig mitmachen. Denn anders als beim wirklichen Skat hatte in der Kommission immer der Kartengeber alle Asse auf der Hand. Folglich war das Spielergebnis nicht unbedingt von den Geschicken der Mitspieler abhängig. Auch Miller bekam seine Punktzahl einfach vom Chef runtergeblättert. Der Score landete sodann nach zwei zwar möglichen, aber reichlich aussichtslosen Revisionsinstanzen auf einem von der Verwaltung hübsch gestylten elektronischen Konto, und da war er dann erst mal.

Nach der Theorie der Erfinder des Beförderungsspiels sollten sich mit den Jahren auf dem Konto so viele Augen angesammelt haben, dass dem Besitzer irgendwann von dort das Wort »befördert« entgegen leuchtete. Dazu musste der erfolgreiche Beamte über die Jahre eine bestimmte, von der Verwaltung festgelegte Augenzahl kumulieren. Das beunruhigende daran war für Miller, dass die dafür erforderliche Augenzahl von der Verwaltung jedes Jahr stets neu festgelegt wurde. Auf das Skatspiel übertragen wäre das ungefähr so, als ob nach jedem Spiel ein Schiedsrichter ein Zettelchen hoch hielte, auf dem dann drauf stand, mit welcher Augenzahl man gewonnen hatte.

So kann man natürlich nicht vernünftig spielen, dachte Miller und machte sich Sorgen. Ihm schwante, dass sein Score, der über ein paar Spielrunden hinweg solide, aber keineswegs übermäßig über dem Durchschnitt seiner Abteilung gelegen hatte, niemals für eine Beförderung reichen würde. Sein Chef war bei den Beurteilungen immer zu brav gewesen und hatte eine lästige Tendenz, den Pustekuchen aus Sorge um den Zusammenhalt seiner Truppe möglichst gleichmäßig zu verteilen. Miller hatte Angst, dass es in der Kommission immer wieder ein paar gewieftere Kartengeber gab, die der Konkurrenz ein paar Trümpfe mehr in die Hand spielten. Er hielt die Angelegenheit deshalb für existenziell und orderte im Internet ein Lehrbuch über die Theorie der Spiele.

Von dort kamen die entscheidenden Hinweise, die das Arbeitsumfeld von Hank Van Broudworst nachhaltig verändern sollten. Miller begriff, dass der individuelle Erfolg bei diesem Spiel nicht nur von der eigenen objektiven Leistung, sondern vor allem von der Relation der Mitglieder in der eigenen, kleinen Gruppe abhängig war – denn bei einem hypothetischen Spiel mit zehn Einsteins kann in einem Nullsummenspiel logischerweise kein einziger Einstein mehr Augen bekommen als ein gewöhnlicher Depp, der zufälligerweise das Glück hatte, in einer Abteilung mit lauter Vollidioten zu sitzen.

Um Miller einen sehr hohen Score geben zu können, musste der Chef also in der gleichen Runde entweder gleich mehrere Kollegen unter den Durchschnitt punkten oder, und das war wesentlich aussichtsreicher, ein Opferlamm finden. War ein Opferlamm erst in der Abteilung, brauchte Miller dem Chef nur noch das Spielsystem zu erklären: Da sowieso niemand auch nur daran denken konnte, dass Van Broudworst je noch einmal befördert würde, brauchte man bei ihm auch keine besonderen Hemmungen zu entwickeln. Hank, das war die Ultima Ratio, musste bei den nächsten beiden Spielrunden eine riesige Klatsche bekommen. Ohne noch irgendjemand anderen ärgern zu müssen, würde damit aus einem Pustekuchen endlich ein richtig fetter Punktekuchen werden. Hanks Klatsche würde die Spielräume schaffen, die man brauchte, um einen ausgezeichneten Mann wie Miller endlich auf den Weg nach oben zu bringen.

Während viele Leute noch ihre Zeit damit verbrachten, gegen das neue Beförderungsreglement zu protestieren, implementierte Miller im Stillen seine Personalpolitik. Seine erste Handlung bestand darin, dass er mit Bodo Ludens, der ebenfalls auf eine Beförderung spekulierte, heimlich einen Fonds gründete, der einige der Van Broudworst-Aktivitäten finanzierte. Die Aktion vereitelte zunächst einmal, dass Hank, der schnöden Behandlung durch die Kollegen müde, deprimiert das Handtuch warf und sich in eine andere Abteilung versetzen oder frühpensionieren ließ. Miller sponserte jedoch nicht nur über seinen Fonds Blumen, Zeitungen und die von Hank inzwischen ritualisierten Beutezüge zum Kuchenbuffet, sondern erweiterte seine Charmeoffensive auch auf andere, gerüchteweise ebenfalls nicht besonders hoch gehandelte Kollegen aus anderen Bereichen, von denen er hoffte, er könne sich für sie einmal bei der Besetzung einer frei gewordenen Stelle in seiner Abteilung verwenden.

Miller, so dachte Mark, hatte eindeutig bewiesen, dass es auch bei undurchsichtigen Spielen möglich war, eindeutige »win-win«-Situationen zu finden. Wenn Hank auch in den vergangenen Monaten ein wenig zugenommen hatte, so war ihm dennoch deutlich anzumerken, dass es ihm besser ging. Seit bekannt wurde, dass die Verwaltung den sogenannten Langzeit-Underperformern einen Weg zu einer besonders lukrativen Frühpensionierung öffnete, begann Hank sogar damit, sich selbständig Gedanken zu machen, und das war etwas, was seit Jahren nicht mehr in seinen Dienstzeugnissen gestanden hatte. Trotz allem hatte er jedoch noch keinen schlüssigen Plan darüber gefasst, wie er seinem zwar ziemlich mageren, aber für die lukrative Frühpensionierung bei weitem noch nicht hinreichend katastrophalen Punktekonto einen weiteren, entscheidenden Schlag versetzen konnte.

Hank hätte gerne mit Miller oder Bodo Ludens darüber sprechen wollen, denn die beiden waren fast rührend liebenswürdig zu ihm. Zwischen Miller, Ludens und ihm hatte sich in den letzten Monaten schon fast so etwas wie Freundschaft entwickelt, etwas, wovon er in der frostigen Kälte seiner Generaldirektion noch nicht einmal zu träumen gewagt hätte. Aber wenn Hank den beiden anderen von seinen Absichten erzählte, würden sie womöglich denken, dass er in Kauf nähme, sie in dieser herzlosen Kälte allein zu lassen. Ging das Spiel mit der Frühpensionierung nicht auf, würde Hank noch einige Jahre in der Kommission bleiben müssen. Dann könnte sich das rächen. Seine neuen Freunde, sollten sie sich enttäuscht von ihm abwenden, würden ihm dann sicher sehr fehlen.

Wie er es drehte, Hank kam nicht umhin: Er musste hier wohl selbst überlegen, wie er zu der verheerenden Beurteilung kam, die er brauchte.

X

Ob er, so fragte sich Mark, Louise von dem Mist, den er hier manchmal erlebte, etwas erzählen sollte? Es schien so unwirklich, dass es an der Schaltstelle des großen Europa offenbar nicht anders zuging als auf einer Paketannahmestelle. Interessante Phänomene hatten bei Philosophen wahrscheinlich andere Konturen. Aber Mist erlebte man überall und man konnte nur so lange nach einem Sinn kramen, wie man ihn dort nicht fand.

Mark, schrieb:

Dass Sie im Umgang mit Süchten nicht erprobt sind, konnte ich natürlich nicht vorhersehen, liebe Louise. Gerade kam hier ein Mensch vorbei, der jeden Tag drei Stück Kuchen verdrücken kann. Alles ist relativ. Selbst der Wahnsinn.

Obwohl ich in Wahrheit nur ein verhinderter Moralist und ganz sicher kein Philosoph bin, möchte ich ab und zu auch etwas wissen. Zum Beispiel: Warum heißt Louise denn nicht mehr Louise?

Herzlich

Mark

Die Antwort kam schnell.

Weil manche Leute für Louise auch schon andere Sachen gemacht haben, lieber Mark. Nur waren die nicht so musikalisch wie unser Ludwig Van. Und vor allem hatte Louise ihre liebe Not, ein paar langweilige Stücke, die gar nicht gut waren, wieder abzubestellen.

L.

PS: Ich muss zum Flughafen. Sonst hätte ich bestimmt noch ausprobieren wollen, ob ich die Pitta-Nummer im Perroquet auch vorführen kann, wenn ich einem moralisch verhinderten Monsieur le Ökonom gegenübersitze und einige – hoffentlich mehrheitlich moralische – andere Seiten kennen lerne. Seit gestern Abend nehme ich allerdings nicht mehr so leicht Wetten an.

X

Petra hatte lange auf diesen Tag gewartet.

Rudy Prager schöpfte keinen Verdacht. Tom hatte darauf bestanden, dass er nichts von ihrer Verabredung wissen sollte, und Petra war das nur Recht. Rudy konnte zwar nicht übersehen, dass bei ihm alles andere als das Aschenputtel im Vorzimmer saß. Doch brauchte er noch lange nicht zu wissen, wenn seine Sekretärin eine Geschichte mit einem seiner Freunde anfing. Während seiner Geburtstagsfeier war Rudy ziemlich aufgekratzt von einem Gast zum anderen gewandert und hatte nicht bemerkt, wie sich Petra und Tom im Laufe des Abends näher kamen. Neben ein paar Freunden war auch eine ganze Reihe von Leuten gekommen, die in die Abteilung »wichtige Beziehungen« gehörten. Ganz mit seinem Netz beschäftigt, hatte Rudy offenbar auch den Augenblick verpasst, als Tom Petras Hand genommen und sie ohne ein Wort auf den Balkon hinaus gezogen hatte. Jedenfalls fiel nie irgendeine Bemerkung, und das war ein gutes Zeichen.

Seit ihrer Begegnung auf dem Balkon war einige Zeit vergangen. In der Zwischenzeit hatte sich für Petra leider ein kleines familienpolitisches Problem ergeben. Anders als früher konnte sie nicht mehr einfach am Wochenende eine Freundin besuchen, und wie es aussah, schien das auch für die kommenden Monate so gut wie ausgeschlossen. Ihr Mann Ralf war für Petra völlig unerwartet auf einer deutschen Internet-Kontaktbörse für Seitenspringer aufgetaucht. Durch einen blöden Zufall waren sie sich dort mitsamt ihren Decknamen über den Weg gelaufen.

Bei Petra war es zunächst eher Neugier gewesen. Kurz nachdem sie ihren Steckbrief ins Netz gestellt hatte, begann sich jedoch in ihrem Postkästchen ein rasch wachsender Stapel von mehr oder weniger eindeutigen Bewerbungen aufzutürmen. Petra hatte etwas unbedarft, wie sie später fand, ungefähr ihre Maße und dazu noch als Haarfarbe »blond« eingegeben, und sofort schwappte eine riesige Woge der Begeisterung durch das Netz. Sie brauchte eine Weile, um den Rummel zu begreifen und badete noch ein wenig in der Anerkennung, die man Frauen mit ihrem Format hier offenbar schenkte. Schließlich entschied sie sich für ein Techtelmechtel mit einem heißblütigen Jüngling. Er war bereits heftig in Petra verliebt, bevor er sie gesehen hatte. Anfangs wurde Petra von der überschäumenden Verehrung des Jünglings einfach mitgerissen, doch legte sich das wieder, als er damit begann, Pläne für einen Umzug in das eine Autostunde entfernte Aachen zu schmieden. Petra fand letzten Endes, dass er noch zu grün war, um richtig zu wissen, wie man sich einer verheirateten Frau gegenüber verhält und ging fortan dazu über, einem etwas reiferen Verehrerkreis zu antworten. Es kam zu einem eher verheerenden Outdoor-Flop an einem Flussufer in der Gegend von Wallau-Massenheim. Der an und für sich vielversprechende Herr war bei der Anbahnung des Treffens zwar sehr zielstrebig vorgegangen, konnte jedoch leider im entscheidenden Moment die Spannung nicht überzeugend aufrechterhalten.

Dermaßen enttäuscht von ihren Erlebnissen, wollte sich Petra eigentlich wieder vom Netz nehmen. Doch dann fiel ihr Blick auf »Dante«. Sie antwortete ihm, und die ersten Kontakte ließen sich gut an. Dante wohnte im Ausland und formulierte für einen operativen Seitenspringer überraschend originell. Es entwickelte sich ein kleines Spielchen, in dem das Zielgebiet nicht sofort so deutlich und aufdringlich umrissen wurde, wie ihr das vorher bei einigen anderen Kandidaten aufgefallen war. Irgendwann begannen die Botschaften jedoch etwas persönlicher zu werden. Was Dante über sich erzählte, erinnerte Petra mehr und mehr an ihren Mann. (Wobei Ralf freilich nichts darüber erzählte, dass er nachts schnarchte, eine Mitarbeiterin seiner Firma gebumst hatte und gegen Katzen allergisch war). Als Dante schließlich gestand, er sei süchtig nach weißen belgischen Neuhaus-Pralinen, zog Petra die Reißleine.

Ganz sicher, dass sich hinter Dante ihr Ehemann verbarg, war sie sich indessen nicht. Petra hatte eine Weile lang mit sich gehadert, ob es die richtige Entscheidung war, »Sunshine Babe« so abrupt vom Schauplatz des Geschehens abzuziehen. Wenigstens hätte sie für Dante einen neuen Köder auswerfen sollen. Als sich Petra nach einer Woche marternder Unschlüssigkeit endlich dazu entschied, ein neues Pferdchen ins Rennen zu schicken, meldeten sich innerhalb weniger Stunden zwar fast alle anderen ehemaligen Fans von »Sunshine Babe«, aber Dante war verschwunden.

Zu ihrem großen Entsetzen benahm sich Ralf danach merkwürdig misstrauisch. Petra bildete sich ein, dass er spätestens nach dem spurlosen Verschwinden von »Sunshine Babe« seinerseits an der Entwicklung einer Theorie arbeitete, die sich nicht sehr positiv auf ihr Vertrauensverhältnis auswirkte. Ralf ließ sie nicht mehr aus den Augen. An den Wochenenden bewegte sich keiner mehr ohne den anderen und Ralf kam sogar von seinem wöchentlichen Jour fixe im Rotary Club schon zu einer Stunde zurück, wo er sich vorher vielleicht einmal den zweiten oder dritten Drink bestellt hätte. Durch das bizarre Theater wandelten sich die schwelenden Vermutungen Stück für Stück in die Richtung einer schleichenden Gewissheit, aber Petra und Ralf spielten tapfer weiter. Keiner der beiden sprach darüber und Mark Stadler hätte, wäre er in seiner Funktion als Ökonom dazu befragt worden, wahrscheinlich eine interessante Variante des berühmten »Gefangenendilemmas« ausgemacht.

Das Gefangenendilemma beschreibt eine Situation, in der der Erfolg einer Entscheidung eines Spielers von der Entscheidung eines anderen Spielers abhängt. Erfunden wurde es schon kurz nach dem Zweiten Weltkrieg, aber es galt über Jahrzehnte als das bekannteste Strategiespiel der Sozialwissenschaften. Zwei Komplizen werden in getrennten Räumen verhört, so dass sie nicht miteinander sprechen können. Jeder Gefangene hat zwei Möglichkeiten, er kann das Delikt gestehen oder schweigen. Schweigen beide Gefangenen, erhält jeder ein Jahr Strafe, sagen beide aus, erhalten beide acht Jahre. Tritt jedoch einer als Kronzeuge auf, während der andere geschwiegen hat, erhält der Kronzeuge drei Monate Strafe, während der andere zehn Jahre einsitzen muss.

Werden die beiden Gefangenen zusammen betrachtet, so geht es ihnen eindeutig besser, wenn keiner das Delikt gesteht, das heißt, sie »kooperieren«. Doch liegt es in der Gefangenendilemma-Situation nahe, dass sie genau dies nicht tun werden: Da jeder der beiden weiß, dass der »Andere« einen Anreiz hat, seine eigene Strafe durch ein Geständnis zu verkürzen, muss man erwarten, dass beide Komplizen die Tat gestehen. Es handelt sich um eine »dominante Strategie«, bei der das Strafmaß aus der individuellen Sicht der beiden Gefangenen minimiert wird, und zwar unabhängig davon, wie der andere aussagt.

Die Analyse der Situation von Petra hätte Stadlers ganzes Können verlangt, und es ist nicht sicher, ob er sich auf eine dominante Strategie hätte festgelegen wollen. Die Spielsituation war mit einigen Abwandlungen, umgekehrten Vorzeichen und etwas Phantasie in der Grundstruktur des Gefangenendilemmas analysierbar: Petras Problem war, dass sie nicht wusste, ob Ralf, wenn sie ihm ihre Aktivitäten auf der Seitensprungseite gestanden hätte, ebenfalls gestand und damit »kooperierte«. Behielt Ralf dagegen seine eigenen Aktivitäten für sich, hatte

Petra, um es in der Sprache eines bekannteren Spiels auszudrücken, den schwarzen Peter in der Tasche.

Allerdings, und spätestens an diesem Punkt wäre die Analyse für Mark schwierig geworden, ist das Gefangenendilemma ein so genanntes »einmaliges« Spiel, während man sich in einer Ehe normalerweise sogar mehrmals am Tag begegnet.

Um eine dominante Strategie ermitteln zu können, hätte Mark also wissen müssen, wie sich die Kooperation der beiden Partner auf künftige Situationen auswirkt, d. h., ob es wahrscheinlich ist, dass sich die Kooperation auch in einem »wiederkehrenden Spiel« für beide lohnt. Wenn Offenheit in einer Ehe nicht ein Gewinn für sich ist, wird das Ergebnis der Alternative »Kooperation« uneindeutig, denn es ist nicht sicher, ob das Misstrauen von Ralf und Petra und die damit verbundenen wechselseitigen Einschränkungen der Bewegungsfreiheit durch ein einmaliges, beidseitiges Geständnis der Aktivitäten auf der Seitensprungseite beseitigt werden.

Hätte Mark angenommen, dass die Geständnisse von Ralf und Petra künftige Spielsituationen nicht beeinflussen, war Petras Schweigen rational, denn ihr Geständnis hatte keinerlei Vorteile: Eine »Kooperation« mit Ralf brächte unter dieser Voraussetzung keinen Gewinn. Anders wie in der modellhaften Spielsituation wurden Petra und Ralf darüber hinaus nicht getrennt voneinander von einem Dritten verhört. Für Ralf hätte sich also die Möglichkeit ergeben, seine eigene Strategie nach Petras Geständnis festzulegen. In dieser Situation war nicht auszuschließen, dass Ralf blitzschnell die gestiegenen Vorteile einer weißen Weste erwogen und sich dafür entschieden hätte, die Privilegien der ihm unverhofft zugefallenen moralischen Überlegenheit zu nutzen.

Theoretisch hätten Petra und Ralf, angetrieben durch das erleichternde Erlebnis eines offenen Gesprächs über die Internetgeschichte, bei der Planung und der Verarbeitung zukünftiger Seitensprünge auch zu einer dauerhaft kooperativen Strategie finden können. Dieses Spielergebnis gab es nach Marks unvollständiger Erinnerung in einem Buch von Simone de Beauvoir. Mark hätte sicher auch eine Dunkelziffer in Rechnung stellen müssen, denn nicht alle toleranten Paare waren Intellektuelle, und die, die es waren, schrieben darüber nicht unbedingt Bücher. Andererseits hörte man häufig über gestiegene Scheidungsraten und kompromisslose Treue-Ultimaten, die verletzte Ehepartner nach einseitigen Geständnissen in unüberwindlicher Eifersucht verhängten.

Wie auch immer, wir wissen nicht, wie Mark die Wahrscheinlichkeiten gewichtet hätte, denn er wurde, wie wir jedoch wissen, mit dem Problem gar nicht befasst (und glaubte, im Gegensatz zu vielen anderen Ökonomen, ohnehin nur sehr begrenzt daran, dass man soziale Phänomene modellieren kann). Petra hingegen kannte das Gefangenendilemma nicht, schwieg aber trotzdem. Und im Ergebnis, und darauf kam es an, war es verdammt schwierig für sie geworden, sich am Wochenende von zu Hause auszuklinken.

Als Kabinettssekretärin war es für Petra allerdings nicht gerade einfach, unter der Woche frei zu kommen. Prager bekam bei jedem kleinen Urlaubsantrag einen regelrechten Panikanfall. Seine Fragerei, wie und wann Petra im Notfall erreichbar war, hatte etwas von einem Untersuchungsausschuss, den die Opposition beantragt, um einen populären Minister aus seinem Amt zu kippen. Die Lage besserte sich auch nicht sonderlich, wenn es Petra gelang, die Verwaltung erfolgreich um eine Aushilfe aus dem so genannten »Pool für Reparaturen« anzubetteln. Der äußerst hoffnungsträchtige Name des Pools hielt leider nicht, was er versprach. Rudy rief ungerührt aller Anstrengungen der Reparatur im 30-Minuten-Takt auf Petras Handy an und wollte irgendetwas wissen.

Petra freute sich zwar irgendwie, dass es noch jemanden gab, der sein Vertrauen in sie setzte. Aber eine romantische Stimmung konnte in einem derartigen kurzen Zeitintervall kaum aufkommen. Freilich besaß Tom Beurre auf diesem Gebiet in Petras Erinnerung erstklassige Referenzen, denn Tom waren während Rudys Geburtstag auch nicht viel mehr als 15 Minuten geblieben, bis, zu ihrem wechselseitigen Bedauern, andere Partygäste auf dem Balkon erschienen. Immerhin hatte Tom ihr bis dahin bereits den Slip unter ihrem Kleid ausgezogen. Wenn es Petra richtig bedachte, war er in puncto Leidenschaft spielend in der Lage gewesen, in einer Viertelstunde jede literarisch überlieferte Balkonszene zu überbieten.

Trotzdem, so dachte Petra, musste sie sich für Rudy etwas einfallen lassen. Sie hatte ihren Plan sorgfältig ausgearbeitet. Offiziell diente ihre Reise einem Besuch der Vertretung der Europäischen Kommission in München. Petra hatte sich auf eine freie Stelle beworben und bekam wie erhofft eine Einladung für ein Vorstellungsgespräch. Zwar dachte sie nicht wirklich daran, Brüssel zu verlassen. Aber das konnte ja niemand wissen.

Rudy Prager selbst hatte, das war sozusagen die Grundlage ihres Plans, mit der Kommission nur einen für die Dauer des Mandats des Kommissars befristeten Zeitvertrag. Wollte er nicht eines Tages auf der Straße sitzen, musste Rudy rechtzeitig einen neuen Job finden. So würde er es ihr kaum verübeln können, wenn auch sie sich inzwischen ein wenig umsah. Nebenbei, so hoffte Petra, würde es Herrn Prager vielleicht sogar noch einleuchten, dass sie an einem so wichtigen Tag einmal nicht ans Telefon ging.

Prager wurde zwar kreidebleich, als er etwas von einem Vorstellungsgespräch hörte, aber er schluckte die Kröte und unterschrieb sogar den Antrag für eine Dienstreise. Eine Kopie davon gelangte sodann nach Hause und lag nicht ganz zufällig eine Weile zwischen Petras Sachen herum. Als sie Ralf beim Stöbern endlich entdeckte, murmelte Petra beiläufig etwas von einer Veranstaltung, die sie im Auftrag ihres Chefs vor Ort vorbereiten sollte. Ralf sagte nichts, und Petra schien, als sei er nachher sogar seltsam vergnügt aus seinem Arbeitszimmer gekommen, das er, aus welchen Gründen auch immer, unmittelbar nach seinem Fund aufgesucht hatte. »Bingo«, dachte Petra und buchte den Flug.

Tom hatte Petra mehrmals geschrieben und ab und zu rief er sogar im Büro an. Er konnte so ungeheuer romantisch sein. Sie kannte ihn nur von einem einzigen Abend, an dem sie außerdem die meiste Zeit nicht einmal alleine gewesen waren. Aber seine ganze Art, was er schrieb und wie er sprach, gefiel ihr. Er war ihr Traummann. Eigentlich wusste sie selbst nicht mehr, warum sie sein Angebot, nach dem spontanen Besuch des Balkons noch ein Gläschen Champagner auf seinem Hotelzimmer zu trinken, so überhastet ausgeschlagen hatte. Vielleicht hatte sie Monatsbeschwerden oder Migräne. Keine Ahnung.

Aber heute war heute. Als Petra ins Flugzeug stieg, glaubte sie fest daran, dass sie wusste, was sie wollte.

X

»Herr Prager«, sagte Petras Vertretung aus dem Pool für Reparaturen, »Ihr Kabinettchef will Sie sprechen. Sie mögen bitte gleich zu ihm kommen.«

Rudy stellte den PC aus, schwang sich aus seinem Sessel und streckte den Kopf ins Vorzimmer.

»Hat er gesagt, was er will?«

»Nein«, antwortete die Vertretung.

Rudy zog sein Jackett an und machte sich auf den Weg. Er musste den ganzen Gang und dann noch einen weiteren durchqueren, denn das Büro von Colin G. Rijse lag am gegenüberliegenden Ende des Stockwerks. Da für das Image eines Beamten nicht nur die Anzahl seiner Fenster, sondern auch die geographische Lage seines Büros ausschlaggebend war, sah man es selten, dass alle Büros der Mitarbeiter einer Abteilung im gleichen Teil des Gebäudes untergebracht waren.

Bei den Kabinetten gab es so etwas so gut wie nie: Irgendjemand war auf die Idee gekommen, dass die Kommissare auf kurzem Wege direkt miteinander kommunizieren sollten und hatte infolgedessen deren Büros nahe zueinander gelegt. Der Raum, der dazwischen noch übrig blieb, wurde vollständig von den Kabinettchefs aufgebraucht. Das machte insbesondere der hierarchisch aufstrebenden, zweiten Reihe zu schaffen, denn ihre hervorgehobene Stellung konnte unter diesen Umständen nur schwer visualisiert werden. Schließlich gab es für einen erfolgreichen Karriereplaner keine wichtigere Maxime als die Sichtbarkeit des eigenen Operationsfelds. Und was gab es hier segensreicheres als ein Büro, an dem die Leute auf ihrem Weg zum Kommissar in Scharen vorbei kamen und vorne auf dem Türschildchen den eigenen Namen lasen.

Wirft man einen Stein ins Wasser, bilden sich um den Mittelpunkt nach außen strebende, konzentrische Kreise. Die weitere Aufteilung der Büros sollte ungefähr diesem Muster folgen, wobei die zweite Reihe darauf bestand, dass man sie, da der innere Zirkel besetzt war, innerhalb des nächstgelegenen Kreises ansiedelte. Dabei erwies es sich als kleiner Nachteil, dass das Gebäude nicht rund, sondern eckig war. Die ernsthaften Bemühungen der Verwaltung um die Visualisierung der individuellen Bedeutung der zweiten Reihe waren daher nur begrenzt erfolgreich und wurden infolgedessen von den Betroffenen nicht sonderlich goutiert. Immerhin waren die Mitarbeiter der Kabinette bei der Quadratur des Kreises jedoch einigermaßen bunt durcheinander gewürfelt und über das ganze Stockwerk verteilt worden.

Rudy hatte es anfangs nicht gestört, dass man ihn in die Prärie der Subalternen geschickt hatte. Für einen Quereinsteiger wie ihn war das hinnehmbar. Würde der neue Posten geschaffen und das Schicksal wollte es, dass er ihn bekam, war das ohnehin vorbei. Und solange er noch auf Knopfdruck bei seinem Chef antreten musste, tat es ihm ganz gut, wenn er vorher noch ein wenig spazieren ging. Im Gehen rätselte Rudy, was der Riese von ihm wollte. Petras Aushilfe hatte leider nicht danach gefragt.

Die Tür des Vorzimmers von Colin G. Rijse stand offen. Rudy trat ein. Marietta, Rijses Sekretärin, schwenkte eine grüne Gießkanne. Hatten die Damen nur eine Gemeinschaftsgießkanne oder gab es grüne Gießkannen für alle? Rudy überlegte, wie man in der Kommission die Sekretärinnen differenzierte. War diese Kanne hier nicht ein bisschen größer als die von Petra? Unsinn, dachte Rudy, das fiele zu wenig auf.

»Hallo, Marietta. Sag mal, hat Petra eigentlich schon einen reservierten Parkplatz?«

»Wieso schon? Du weißt doch, für so was gibt es hier Regeln. Dafür muss sie erst....«

O nein, sag es bitte nicht, flehte Rudy bei sich. Er beschloss, lieber gar nicht erst so lange zu warten.

»Schon gut, schon gut, Marietta. So dringend ist das nun auch wieder nicht. Ist Colin frei?«

Marietta sah auf die Schaltfläche ihres Telefons, auf der ein paar aufgeregte rote Lämpchen flackerten. Das Lämpchen ganz oben war das vom Riesen. Es flackerte nicht, sondern zuckte nur noch kläglich vor sich hin. Offensichtlich hatte es einen Hitzschlag erlitten.

»Er telefoniert wieder mit dem Kabinettchef des Präsidenten. Den halben Vormittag geht das hin und her. Hat deine Audienz etwas damit zu tun?«

»Könnte sein. Nur dass ich paranoid bin, heißt allerdings noch nicht, dass man nicht doch hinter mir her ist.«

Der Spruch war geklaut und passte hier nicht richtig. Aber er stammte von einem Engländer. So blieb als Eigenleistung immerhin eine flüssige deutsche Übersetzung. Marietta war es egal. Sie lachte.

»Wir haben vorhin die letzten Prognosen für das Referendum in den Niederlanden hereinbekommen. Nachdem Frankreich am Sonntag gegen die Verfassung gestimmt hat, ist die Stimmung dort endgültig in den Keller gesackt. Colin meinte, es gäbe eine Katastrophe.«

»Au weh«, sagte Rudy und setzte sich auf einen Stuhl, den man für das wartende Personal aufgestellt hatte.

Er schaute aus dem Fenster zu dem Flugzeug hinauf, das hoch oben einen neuen Kondensstreifen in den Himmel malte. Manchmal überschnitten sich einige Linien, doch die meisten liefen, wie an der Schnur gezogen, parallel nebeneinander her.

Rudy wollte lieber nicht so genau wissen, was er über das heraufziehende Debakel dachte. Aber manche Gedanken kommen von allein, sie brauchen keine vorhergehende Einladung. An der Tatsache, dass ein Scheitern des Verfassungsentwurfs die europäische Integration hart treffen würde, kam man schwer vorbei. Andererseits konnte sich ein Desaster nach Lage der Dinge sehr günstig auf seine persönliche Zukunft auswirken, denn wie es aussah, bekam er einen Job auf Lebenszeit angeboten. Und was nutzte ihm die europäische Verfassung, wenn er hier bald abtreten musste?

Mit seinem gegenwärtigen, befristeten Vertrag war er in der Kommission ein kleiner Herrscher auf Zeit. Es war der berühmte Niccolo Machiavelli, der davon sprach, dass das Handeln des Herrschers nicht immer moralisch sein könne. In Rudys eigenem Fall war dagegen klar, dass er selbst noch nicht mal handelte. Er saß nur im Vorzimmer seines Chefs und sah eine Spur zu lässig dabei zu, wie das Debakel nun seinen Lauf nahm. Rein philosophisch betrachtet, waren die niederschmetternden Abstimmungsergebnisse also ein Widerfahrnis. Wenn, dann handelten hier und heute die Bürger. Ob diese wiederum – ebenfalls rein philosophisch – im Sinne Machiavellis überhaupt machiavellistisch handeln konnten, hatte Machiavelli nicht untersucht, denn zu dessen Zeiten gab es noch keine Abstimmungen über die Staatsräson.

X

Colin. G. Rijse war natürlich ein echter Vollprofi, sonst wäre er niemals dort hingekommen, wo er war. Vielleicht verhandelte er schon mit dem Präsidentenkabinett über die Modalitäten von Rudys Wechsel ins Kampagnengeschäft. Jedenfalls sähe ihm das ähnlich. Personal stand auf Colins Agenda immer ganz oben. Vor allen Dingen liebte er es, wenn der Präsident ihn für etwas brauchte. Eine wichtige Personalsache war fast schon so schön wie eine Leiche, die er für einen Kommissar im Keller verscharren durfte. Ein großer Teil von Colins Gehirn war ausschließlich für derlei Sachen reserviert und funktionierte wie eine riesige Buchhaltung: Dort wurde genau bilanziert, wann er wem einen Gefallen getan hatte und wo er gerade hinten lag. Unter dem Strich kam es darauf an, dass die Rechnung im entscheidenden Moment aufging, und das war der Zeitpunkt, wo Colin G. Rijse selbst einmal den großen, finalen Gefallen brauchte. Denn er wusste: Wenn er seine begrenzte Zeit als Kabinettchef nicht dazu nutzte, Generaldirektor zu werden, würde er es während des gesamten Rests seines irdischen Daseins nie mehr werden.

Rudy war davon überzeugt, dass der Riese auch an der Börse seinen Mann gestanden hätte. Colin war intelligent und begriff Situationen in Sekundenschnelle. Rudy verglich ihn in dieser Hinsicht ein wenig mit Mark. Aber Mark war ein störrischer Esel und verschleuderte seine Talente, denn, anders als Rijse, fehlten ihm klar umrissene Ziele und die Bereitschaft, sich die richtige Unterstützung zu beschaffen. Colin G. Rijse war kein Ökonom, sondern Jurist, doch war er es, der sich wie ein cleverer Investor verhielt. Colin hatte ein Händchen dafür, womit man in der Kommission handeln konnte. Dass der Riese mit allen seinen Tauschgeschäften irgendwann einen fetten Ertrag einfahren würde, wurde von niemandem bezweifelt.

Zuallerletzt von Rudy, der sich vorstellte, wie Colin am Telefon soeben den Preis in die Höhe trieb. Vermutlich log er dem Präsidentenkabinett gerade vor, wie hart ihn ein Weggang des talentierten Herrn Prager treffen würde. Wahrscheinlich bogen sich gleich die Balken. Rudy schaute an die Decke, ob sich da schon etwas wölbte.

Drinnen wurde aufgelegt und der Riese erschien an der Tür.

»Komm herein«, strahlte Colin G. Rijse und streckte Rudy die Hand entgegen. In manchen Momenten konnte man sich glatt darüber wundern, warum Colin bei den Leuten im Rufe stand, dass er, im Zweifel und nach der Zahlung eines angemessenen Preises, vermutlich auch seine eigene Großmutter verkaufen würde. Er war die charmante Herzlichkeit in Person.

»Setz dich doch bitte«, säuselte er und deutete auf einen Sessel in der Sitzgruppe.

Normalerweise setzte Colin die Leute aus dem Kabinett an den Sitzungstisch und ließ sich selbst majestätisch oben an der Stirnseite nieder. Die Sitzgruppe offerierte er vorzugsweise anderen Kabinettchefs, frisch gewählten Vorstandsvorsitzenden, Ministerpräsidenten und, sollte er einmal vorbei schauen, dem lieben Gott.

Rudy setzte sich. Bestimmt kamen gleich noch Kaffee und Kuchen, dachte er.

X

»Du kennst dich doch hier aus.«

Rudy klang ungewohnt nervös am Telefon.

»Was um Himmels Willen ist das?«

»Mein lieber Rudy«, antwortete Mark. »Wenn du deinem Chef nacheifern willst, solltest du dich mal langsam in seine Fachterminologie einarbeiten.«

Insgeheim wertete Mark Rudys Frage als Zeichen, dass dieser offensichtlich noch nicht in die Liga der Teppichhändler gewechselt war.

»Wie du dich sicher noch erinnerst, lieber Mark, bin ich mehr oder weniger zufällig hier gelandet. Da ich nun aber schon mal da bin, kann ich mir es nicht mehr aussuchen, ob ich mit den Wölfen heulen will oder nicht. Entweder ich heule oder ich werde gefressen. Und leider hat die Volkshochschule keinen Kurs darüber angeboten, wie man sich in der Verwaltung eines kafkaesken Schlosses zurrecht findet.«

Solche Statements waren bei Rudy selten. Die Sache schien ihn zu beunruhigen.

»Du bist aber sensibel heute«, sagte Mark.

»Also, sag schon, was bedeutet nun bidon-bidon?«

»Bidon-bidon sieht so aus wie Tennis, geht aber im Prinzip umgekehrt: Man schreibt einen riesigen Wettbewerb aus und engagiert ein paar Schiedsrichter. Dann gibt es ein großartiges Spektakel. Nur steht schon vorher fest, wer gewinnt.«

»Aber auf so eine Ausschreibung melden sich doch jede Menge Kandidaten. Was ist, wenn die den Braten riechen?«

»Die riechen nichts, sonst würden sie sich ja nicht bewerben. Man stellt ihnen im Auswahlverfahren ein paar Fragen. Man schickt ihnen dann ein nettes Briefchen ins Büro, in dem drin steht, dass es leider nicht gereicht hat.«

»Da kann also nichts schief gehen?«

»Theoretisch gibt es noch den Europäischen Gerichtshof. Aber der hebt, was sehr selten vorkommt, höchstens die Ernennung des erfolgreichen Kandidaten auf. Das dauert ein paar Jährchen. In der Zwischenzeit hat sich der Kläger im Fach Anpassungsfähigkeit einen Imageschaden zugezogen. Das wirkt sich in einer Behörde so aus, als ob dir der Oberschiedsrichter mitten im Tennisturnier sagt, dass du bloß noch mit links spielen darfst. Da kannst du auch gleich aufgeben. Glaub' mir, normalerweise klagen Beamte nicht, wenigstens nicht vor Gericht. Wer hier Karriere machen will, geht in die Gewerkschaft oder in die CDU. Oder am besten in beides.«

Rudy war noch nicht zufrieden.

»Der Riese hat gesagt, dass die neue Kampagnenstelle auf Direktorenebene angesiedelt wird. Damit ich die Stelle bekommen kann, müsste ich aus meinem jetzigen Zeitvertrag aussteigen.«

Mark sah auf das Bild von Max, das vor ihm auf dem Schreibtisch stand. Manche Kinder wirken so arglos, dass man ihnen und sich selber wünscht, das Erwachsen werden, und die damit verbundenen Fragen blieben ihnen erspart.

»Da könnte was dran sein. Vielleicht ist es so, dass die neue Stelle extern ausgeschrieben wird. Wenn sie eine Direktorenstelle aus dem Job machen wollen, könntest du dich intern nur schwer bewerben, weil du die erforderlichen Schulterklappen nicht hast. Dafür brauchtest du einen Dienstgrad, der maximal eins unter diesem Level liegt. Du bist aber zwei Grad drunter. Da der Präsident die Stelle offensichtlich politisch für bedeutsam hält, will er sie aufwerten und hat sie deshalb an einen Direktorposten gekoppelt. Und wenn du wirklich sein Mann bist, dann muss man hier ein wenig über die Bande spielen. So könnte das sein. Eigentlich alles ganz logisch. Bidon-bidon.«

»Und das kann wirklich nicht schief gehen?«, fragte Rudy noch einmal.

»Hat er nur bidon oder bidon-bidon gesagt? Der einfache bidon ist nicht so gut. Da wird die Stelle nach objektiven Kriterien ausgeschrieben. Man ist der Meinung, dass man den gesetzten Kandidaten im Auswahlverfahren schon durchbringen wird. Beim bidon-bidon kommt einer von der Personalabteilung, guckt sich deinen Lebenslauf an und ermittelt deine speziellen Kompetenzen. Die Ausschreibung wird dann genau auf dein Profil zugeschnitten.«

Mark musste lachen.

»Bei deiner Stelle würde bestimmt drin sehen, dass der Kandidat mindestens zwei Meter groß sein muss. Friedrich der Große hat das auch schon so gemacht. Nicht für den gleichen Posten, aber immerhin.«

»Woher diese gute Laune und diese großartigen Vergleiche, Stadler? Aber im Ernst, kann das wirklich nicht schief gehen?«

»Wie gesagt, normalerweise nicht. Allerdings laufen hier eine ganze Menge Leute rum, die eindeutig paranoid sind. Und von irgendwoher muss die riesige Anhäufung von Angsthasen ja kommen.«

Die Geschichte vom Ei und vom Huhn, dachte Rudy. Wird man Beamter, weil man von Natur aus ängstlich ist oder wird man erst zum Hasenfuß, wenn man erstmal eine Weile da ist. Sie legten auf.

Rudy fragte sich, warum sein Freund, der so viel von derlei Sachen wusste, für sich selbst davon keinen Gebrauch machte.

X

Das mit der Schokolade, liebe Louise, ist hier in Brüssel so eine Sache. Man kriegt das hin oder nicht.

Max ist fünf. Das ist, wie ich finde, ein ziemlich privilegiertes Alter. Man darf den halben Tag Fußball spielen und wird von den eher uner-

quicklichen Dingen des Lebens wie »Küchenarbeit« oder »Einkaufen« freigestellt. Max' Onkel ist allerdings auch nicht sonderlich dafür bekannt, dass es ihn bei diesen Tätigkeiten unwiderstehlich nach vorne drängte. Das ist der Grund, warum sich Max eines weiteren Privilegs erfreut: Er ist ein Mann und wird trotzdem ins Restaurant eingeladen. Sein Onkel ist bekennender Ökonom und behauptet, es sei in manchen Situationen angemessen, den Faktor Arbeit (Einkaufen, Küchenarbeit) durch den Faktor Kapital (also etwa: 21,30 Euro ohne Trinkgeld) zu substituieren.

Außerdem trifft man in Lokalen Leute. Neulich, und damit kommen wir zur eigentlichen Geschichte, sogar schon vor dem Restaurant. Max und ich dachten an nichts Böses, da gewahrten wir just an dem Tisch, an dem normalerweise immer wir essen, den Chef eines Freundes. Ich musste zweimal hinsehen, denn es war ja erst halb acht. Aber er war es tatsächlich. Zuerst dachte ich, die Kommission hätte ihren Rücktritt eingereicht, aber anscheinend hatte nur jemand Geburtstag. Jedenfalls saßen der Herr Kabinettchef (NL), dessen katalanische Gattin (ES) und zwei Kinder (NL/ES) genau dort, wo immer wir essen.

Max verstand das gar nicht. Er erklärte seinem Onkel, er zöge es unter diesen Umständen vor, ein anderes Lokal aufzusuchen (Max hat schon Sinn für Tradition). Wir zottelten also ungerührt und erhobenen Hauptes an der Terrasse vorbei, bis uns auf halber Höhe die beiden Kellner (B/IT) erblickten. Die beiden Herren sind ein Paar und dazu umwerfend liebenswürdig. Sofort eilten sie herbei und hatten die kleinen, köstlichen Schokoladentäfelchen mitgebracht, die es im Lokal immer zum Kaffee gibt.

Jeder von uns kriegte zwei davon, und auf der Straße standen vier Menschen (B/IT/A/D), die strahlten. Es war rührend. Der große Kabinettchef schaute unbeteiligt irgendwohin in die Gegend, aber diese wunderbare Szene hatte natürlich jeder gesehen. Seine Frau auch. Im Augenwinkel sah ich, wie sie lächelte. Aber sie dachte: Warum passiert so was nie mit Colin?

Belgische Schokolade ist magisch, Louise. Glauben Sie mir das.

Mark

X

Komisch, dachte er.

In der Tat, so richtig verstand er die Welt nicht mehr. Er hatte schließlich alles erlebt, was ein Mann erleben konnte. Er wusste, warum Frauen sind, wie sie sind, und auch, was die Y-Chromosomen und das Testosteron einem Mann so alles antun können. Aber dass ausgerechnet ihm, Tom Beurre, etwas Derartiges widerfahren konnte?

Biochemisch ähnelt Verliebtheit einer Neurose. Die Nervenzellen, die Neuronen, kommunizieren untereinander mit Hilfe von chemischen Botenstoffen, den so genannten Neurotransmittern. Verliebten und Zwangspatienten ist eines gemeinsam: Ihnen fehlt der Botenstoff, das Serotonin. Der Mangel an Serotonin führt zu Störungen in der Kommunikation zwischen den Neuronen, und das Gehirn gerät aus dem Gleichgewicht. Aber wem nutzte das schon? Viel interessanter wäre gewesen, wenn er hätte wissen können, wie das Serotonin überhaupt aus seinem Gehirn ins Freie gelangt war.

X

Am Morgen war er noch sehr vergnügt aus dem Haus gegangen, so wie immer, wenn irgendwo am Horizont die Silhouette einer neuen Eroberung erschien. Wie immer zu diesen Gelegenheiten hatte er einen lässigen Anzug an und wie immer ließ er an solchen Tagen den Firmenwagen zu Hause. Für die besonderen Anlässe gab es seit vergangenem Jahr ein gebrauchtes Cabriolet. Den Vormittag über blieb es bis zum eigentlichen Einsatz auf dem Parkplatz des Supermarktes, der sich, wie Tom dachte, in sicherer Entfernung zur Firma befand.

Maier und Lehmann hatten sich wieder einmal verhohlen zugezwinkert, als Tom in seiner Anzugmontur in der Firma erschien. Maier erbot sich sogleich, zum Supermarkt hinüber zu fahren, um die Getränkevorräte der Abteilung ein wenig aufzufrischen. Wenig später kam er mit Mineralwasser und Kaffee, aber auch mit dem nach oben gestreckten Daumen zurück. »Bingo«, fanden Lehmann und Maier. Tom stand, das war nicht ganz zu übersehen, in einem etwas zweifelhaften Ruf.

Alles begann damit, als ihn die mit Sonnenbrille und Strohhut urlaubende Dolores Balz-Kaderli am Gardasee mit der Marketingleiterin beim Knutschen erwischt hatte. Das anschließend von Balz-Kaderli entfachte Getuschel hielt sich hartnäckig und sorgte, zusammen mit dem Gerücht, Marketingleiterin Gaby Winter stände kurz vor der Scheidung, in gewissen Kreisen für erstklassige Zerstreuung. Gabys Assistentin, mit der sich Tom seit einer zufälligen Begegnung im Nymphenburger Weinzelt bis dato ebenfalls glänzend verstanden hatte, schnappte die Story auf und stellte ihn zur Rede. Entrüstet verbat sich die Assistentin jede weitere private Kontaktaufnahme und drohte anderenfalls mit dem Rechtsanwalt. Tom wurde von dem plötzlichen Wirbel völlig überrascht, blieb aber geistesgegenwärtig. Umgehend beraumte er mit Frau Kollegin Winter eine Krisensitzung an, in welcher man darin überkam, den bisher zweiwöchentlich ausgetragenen Jour fixe im Insider-Hotel »Zur goldenen Stunde« auf unbestimmte Zeit auszusetzen.

Damit hörte das Gerede natürlich nicht auf. Doch war Tom fachlich unangreifbar und machte sich wegen der immer noch blubbernden Gerüchteküche keine weiteren Sorgen. Wenn er es schaffte, die Nebenwirkungen seiner Potenzpille in den Griff zu bekommen, würden sie ihn hier zum Ritter schlagen müssen.

Der Zufall wollte es, dass sich vor seiner Verabredung mit Petra ein Termin in der Stadt arrangieren ließ. Alles schien perfekt: Eine Journalistin hatte vorige Woche angerufen und ihn zum Mittagessen ins Rizzi eingeladen. Tom hatte die Einladung ohne Zögern angenommen, denn das Interview lieferte eine herrliche Vorlage, den Nachmittag über unterzutauchen.

Die Kunst des Untertauchens war nach Toms Einschätzung fast genauso wichtig wie die des Verführens. Schließlich kommt einer, der im entscheidenden Moment nicht verschwinden und an der richtigen Stelle wieder auftauchen kann, gar nicht erst dazu, sein Können auf dem zweiten Gebiet vorzuführen. Verheiratete Frauen haben in aller Regel ihre Slots zu sehr komischen Uhrzeiten. Wer in dieser Liga mitmischen will, braucht ein solides logistisches Fundament, auf dessen Grundlage ein flexibles Zeitmanagement entwickelt werden muss. Hier reichen keine zweitklassigen Lösungen. Sonst ergeht es einem wie dem todsicheren Schützen einer Fußballmannschaft, der vor dem Schlusspfiff des Endspiels ausgewechselt wird und sich von draußen aus ansehen muss, wie die nervenschwachen Kollegen nacheinander ihre Elfer versemmeln.

Was passt, das passt, dachte Tom. Zwar klangen die von der Journalistin vorgeschlagenen Themen nicht gerade appetitlich. Und wenn er ganz ehrlich war, hatten weder er noch die Firma im Augenblick ein großes Interesse an Interviews über Ethik und Tierversuche. Aber wer verstand hier schon was von »cherchez la femme« ?

Cherchez la femme war etwas, was Franzosen interessierte. Nach Frauen suchen sie immer dann, wenn sie nicht dahinter kommen, warum ein rationaler Mensch partout etwas tut, was partout nicht rational ist. Gut, die Franzosen hatten Descartes und befinden sich daher gegenüber den Deutschen in Bezug auf die durch Intuition gewonnenen Grundsätze (und der daraus deduktiv abgeleiteten Schlussfolgerungen) philosophisch gesehen eindeutig im Vorteil. Andererseits hatten sie immer schon diese großartigen Rotweine und wie man weithin weiß, lässt sich mit diesen köstlichen Fläschchen über fast jede noch so brutale Tatsache ein wunderbar sanfter Schleier der Gutmütigkeit senken. Ist es daher selbstverständlich, dass es ausgerechnet das genussfreudige Nachbarvolk ist, das im richtigen Moment messerscharf die richtige Frage stellt?

Aber hier war München, Germany. Auf so was kam man hier nicht. Tom war sich sicher. Die zwei Stunden bis zum Date mit Petra würde er mit der Journalistin schon ohne Kollateralschaden herumbringen.

X

Nein, nicht schon wieder Flussufer, dachte Petra.

»Überraschung«, sagte der Mathematiker etwas später und zog einen Picknickkorb, eine Decke und eine Flasche französischen Rotweins hervor.

Was sollte sie machen? Außer Ralf, der in den vergangenen Ehejahren eher im konventionellen Bereich geblieben war, verspürten die Herren ihrer Wahl anscheinend einen unüberwindlichen Drang, das Erlebnis ihrer Gesellschaft in Sichtweite deutscher Flüsse auszukosten. Hätte Petra ein Auge dafür gehabt, wäre ihr sicherlich aufgefallen, dass die Landschaft um die Isar ein wenig lieblicher und heimeliger war als die Gegend von Wallau-Massenheim. Möglicherweise hätte sie sich sogar der Hoffnung hingeben können, auf diese Weise ihre schon verschollen geglaubten Kenntnisse der deutschen Geographie etwas aufzufrischen. Doch war sie, so viel war klar, für derlei Betrachtungen heute einfach zu aufgeregt. Tom hatte am Flughafen ihre Hand genommen, an der Champagner-Bar einen Drink bestellt und sie gleich nach dem ersten Anstoßen stürmisch geküsst. Petra bekam noch mehr Herzklopfen, als sie ohnehin schon hatte und es nahm auch nicht ab, als die beiden ins Cabriolet gestiegen waren. Oben spielte der Wind mit ihren Haaren und weiter unten Toms Hand unter dem Kleid mit ihren Beinen. Diesmal zog er ihr das Höschen nicht aus. Freilich wäre dies ohnehin nicht gegangen, denn das hatte Petra auf der Damentoilette bereits selbst erledigt.

Sie ließen sich auf der Decke nieder. Petra war beeindruckt vom kulinarischen Programm, das Tom für sie aufgefahren hatte. Bei Wallau-Massenheim gab es nur Schnittchen. Hier gab es alles, wahrscheinlich sogar vom Delikatessengeschäft. Die Frage war nur, wann man es essen sollte. Sie lagen schon sehr gefährlich beieinander. Es konnte sich nach allem Ermessen nur noch um Sekunden handeln, bevor hier etwas anderes losging.

»Wollen wir ein wenig schwimmen gehen?«, hörte Petra sich fragen und sprang auf.

Warum das gerade jetzt aus ihr herauskommen war, wusste sie nicht. Vielleicht war es der typisch weibliche Reflex, der automatisch einsetzt, wenn die Dinge ein wenig zu schnell gehen. Andererseits wollte Petra aber auch nicht spießig wirken. Sie stellte sich deshalb ein wenig provozierend vor ihn hin und zog ihr Kleid aus. Tom sah, was er bereits im Auto geahnt hatte, und griff begehrlich nach ihrer Hand. Doch Petra machte sich los, zog ihre Schuhe und den BH aus und ging, splitternackt wie sie nun war, hinunter zum Ufer. Das Wasser war sehr viel kälter, als sie gedacht hatte, aber jetzt musste sie tapfer bleiben. Mutig machte sie einige Schritte und tauchte schnell bis zum Kopf hinein.

Inzwischen hatte auch Tom sich ausgezogen, aber er blieb, wo er war. Als Petra zurück zum Ufer sah, bemerkte sie, wie er seine, anscheinend bereits schon sehr gut in Fahrt gekommene, männlichste Stelle begutachtete. Eigentlich hielt sie die Selbstvergewisserungsrituale der Männer schon so für reichlich albern. Zu ihrem Erstaunen zog sich die Inspektion jetzt jedoch noch ziemlich in die Länge. Schließlich griff Tom nach seiner Unterhose, zog sie sich hastig über und legte sich auf die Decke.

Was hatte er plötzlich? Petra, die ihren Ausflug inzwischen ein wenig bereute, entschied sich angesichts der Lage, nun selbst das Heft des Handelns in die Hand zu nehmen. Sie entstieg dem Fluss, kehrte zur Decke zurück und legte sich ohne Umschweife auf ihn. Wohl spürte sie seine Erregung, aber irgendetwas war anders. Er erwiderte ihren Kuss nur zögerlich. Petra tastete sich mit ihrem Mund nach unten, aber Tom zog sie rasch zurück. Mit sanfter Gewalt drehte er sie auf den Rücken. Ohne ein weiteres Wort schob er seine Unterhose ein wenig nach unten, kam über sie und das Objekt der Inspektion war nicht mehr zu sehen.

Es handelte sich, allen medial vorgeführten Variationen des Liebesspiels zum Trotze, zwar um Petras Lieblingsstellung. Auch blieb er die ganze Zeit in der richtigen Position, kam aber für ihren Geschmack dann doch etwas überhastet zum Ende. Das Ganze dauerte nur etwa eine Minute. Dafür hatte Tom es versäumt, sich der Mühe zu unterziehen, die körperliche Vereinigung rechtzeitig zugunsten einer sicherheitspolitisch etwas höher eingestuften Variante zu lösen.

Auch danach benahm sich Tom äußerst merkwürdig. Noch nie hatte Petra einen Mann erlebt, der unmittelbar nach einem Orgasmus den Einfluss der in diesem Moment alles lähmenden Milchsäure derartig wegsteckte. Wie wild stürzte sich Tom innerhalb der ersten zehn postkoitalen Sekunden in seine Sachen, gerade so, als ginge es ins Finale einer neu ins Programm genommenen olympischen Disziplin. Dafür ebbte die Körperspannung hernach umso mehr ab und verharrte für den gesamten Rest ihrer Begegnung nahe dem Nullpunkt. Tom stocherte nur noch lustlos und halbherzig in seiner Gänseleber herum. Petra fragte ihn besorgt nach irgendwelchen Ursachen, aber er hörte überhaupt nicht mehr richtig zu.

Sie hatte sich lange auf diesen Nachmittag, ein galantes Abendessen und die Nacht gefreut. Und nun das. Nicht einmal für das Dinner reichte es. Tom faselte etwas von einem überraschend hereingekommenen Termin mit einer Journalistin und fuhr sie geistesabwesend in ihr Hotel.

Auf der Fahrt spielte niemand mehr mit ihr, weder oben noch unten. Tom drückte auf einen Knopf, das Autodach fuhr schnurrend nach oben und der Wind blieb draußen. Die Hand, die vorhin noch ziemlich munter zwischen ihren Beinen hin und her gewandert war, krallte sich ans Lenkrad, als sei sie aus purem Stein. Petra war den Tränen nahe. Sie war nicht traurig, sie war wütend.

Na warte, dachte sie, als sie die Tür des Cabriolets zuschlug. Na warte.

X

Bei einem PD5-Hemmer wird der Abbau von Stickoxid durch ein Enzym gehemmt. Der Abbau des Stickoxids ist ein chemischer Ablauf, der dafür sorgt, dass die glatte Muskulatur gestrafft und die Blutzufuhr des Gliedes gedrosselt wird, wodurch es im schlaffen Zustand gehalten wird. Das Enzym macht allerdings leider manchmal, was es will, und der Penis bleibt schlaff, obwohl das Gehirn eine andere Anweisung gegeben hat. Ein PD5-Hemmer inaktiviert das hierfür verantwortliche Protein, womit die Chancen erheblich steigen, dass die Kommandozentrale ihre Befehle an den Mann bringen kann. Nirwana, die Mutter aller Potenzmittel, beruhte auf diesem Wirkungsmechanismus. Auch Toms Pille setzte im Prinzip hier an, doch hatte er versucht, das Eintreffen der Wirkung durch Veränderungen des Enzyms zu beschleunigen. Dass dabei andere, bisher unbekannte Nebenwirkungen auftreten konnten, war nicht sonderlich überraschend.

Aber das? Tom begriff es einfach nicht. Wie kann es passieren, dass eine Nebenwirkung auftritt, ohne dass der Proband den Wirkstoff überhaupt zu sich nimmt? Schließlich waren die komischen Punkte bereits am Morgen nach der Katastrophe bei Eva wieder verschwunden. Und warum um Himmels Willen kamen sie ausgerechnet zurück, als es gerade wieder interessant wurde?

Wie gesagt, Tom Beurre verstand die Welt nicht mehr.

X

Lieber Mark,

ich weiß nicht, was Ihnen das nette Paar geschenkt hat. Ihre Schokolade wirkt jedenfalls nachhaltig. Haben Sie darin einen Zaubertrank versteckt?

Gestern war ich in München. Eigentlich wollte ich da ein kleines Interview machen, aber anstatt meinen Interviewpartner mit ein paar kitzeligen Fragen ins Schwitzen zu bringen, war es genau umgekehrt.

Am Ende landete man noch irgendwo, wo ich sonst so gut wie nie mit jemandem hingehe. Noch seltener (um nicht zu sagen »niemals«) kam es bisher allerdings vor, dass ich, zwischenzeitlich zum Huhn mutiert, auch noch meine Handynummer rausrücke. In Ihren Trüffeln steckt offenbar der Teufel.

Ich sagte es ja: Sie sind schuld! Und was

a) schreibe ich jetzt nur über ethische und unethische Erfinder?

b) mache ich bloß mit den rührenden SMS, die man mir schickt?

c) und vor allem mit Ihnen, wo Sie mir das alles eingebrockt haben?

Im Mindestfall müssen Sie mir das Gegengift besorgen. Sie haben doch das Gegengift, ja?

So geht das jedenfalls nicht weiter.

Louise

X

Mark hatte die Mail kaum gelesen, da klingelte das Telefon.

»Es ist passiert«, sagte der Mathematiker. »Ich transformiere mich.«

»Von Dr. Jekyll nach Mr. Hyde oder umgekehrt?«

»Bitte heute keine Späße, liebster Mark. Heute nicht.«

Derzeit waren die Kumpel anscheinend alle ein wenig dünnhäutig, dachte Mark. Und dass Tom Beurre das Wort »lieb« oder sogar »liebster« überhaupt in den Mund nehmen konnte, war noch vor drei Sekunden völlig undenkbar.

»Ich dachte, du wolltest deine Pille erst ausprobieren, wenn wir den geordneten Rückzug organisiert haben. Was ist los?«

»Ich kriege Punkte. Und zwar nicht von denen, mit denen wir früher die Damenwelt benotet haben, sondern welche, die man sieht, wenn ich einen ...«

Das Ende des Satzes verlor sich in einer Mischung aus Gurgeln und Würgen. Aber Mark verstand auch so, was gemeint war.

»Dann probier deine Pille doch lieber erst an irgendwelchen Mäusen aus. Die finden das bestimmt lustig. Den Primäreffekt, meine ich.«

»Zu spät! Das rettet den Freund nicht mehr.«

Immerhin schillerte wieder etwas Menschliches durch. Aber es klang doch ziemlich nach Galgenhumor.

»Stell dir vor, die Punkte haben sich selbstständig gemacht. Ich habe die Pille nur ein einziges Mal genommen und seither nimmt das Unheil unabwendbar seinen Lauf. Inzwischen gehorchen die Punkte nur noch… wie soll ich sagen…. dem Aggregatzustand. Sobald es interessant wird, eilen sie herbei. Wie eine Sittenfeuerwehr.«

Vielleicht war die Sittenfeuerwehr Teil eines göttlichen Racheplans, dachte Mark. Der Fall Tom Beurre konnte wahrscheinlich nicht bis zum Jüngsten Gericht aufgeschoben werden. Wenn man noch vierzig oder fünfzig Jahre damit wartete, würde das Gericht damit so überlastet, dass man alle anderen Sünder freilassen musste.

»Das ist aber noch nicht alles«, sagte Tom kleinlaut. »Gestern war ich mit einer Neuen zusammen. Kurz bevor man so weit war, kam plötzlich die Feuerwehr. Ich hatte wirklich nie und nimmer damit gerechnet und war völlig perplex. Die nestelte aber schon gefährlich nahe in der gefährlichen Gegend herum. Ich… musste… verstehst du… irgendwie die Notbremse ziehen.«

»Na, dann ist ja alles in Ordnung.«

»Eben nicht. Ich habe das Corpus delicti ziemlich schnell an einen Ort gebracht, an dem sie nicht mehr nesteln konnte. Und vor allen Dingen konnte man es dort nicht sehen.«

Originelle Beschreibung, dachte Mark. Chapeau. In der Not frisst der Teufel Fliegen und der Mathematiker findet zu fast schon literarisch verwertbaren Stilwendungen.

»Ist die Feuerwehr wenigstens nicht ansteckend?«

»Nach aller Wahrscheinlichkeit nicht. Aber was ist hier noch wahrscheinlich.«

Mark merkte, dass da noch was kam. Die Beichte war wohl nicht vorüber.

»Vorhin hatte ich eine Nachricht auf der Mailbox. Sie hat gesagt, dass es die kritische Phase war.«

»Ach, du liebes Lieschen«, sagte Mark »Hast du ihn wenigstens vorher....?«

»Mach ich sonst immer. Immer, hörst du? Aber ich hatte solche Angst, dass sie mir dabei zugucken oder ihn anfassen wollte. Du ahnst gar nicht, wie schlimm diese grauseligen Punkte aussehen.«

»Ach, du liebes, grünes, heiliges Lieschen!«

Sie wurden unterbrochen, weil bei Mark die Alarmsirenen schrillten. Der Lärm kam dem, was nach Lage der Dinge Toms Verhandlung vor dem Jüngsten Gericht zwangsläufig folgen musste, bereits bedenklich nahe.

»Was ist denn das für ein Höllenlärm bei euch?«

»Bomben-Evakuierungsübung«, brüllte Mark in den Hörer. »Ich muss hier raus. Ich rufe dich an, wenn dieser Krach vorbei ist!«

X

Was für ein Tag. Bei Mark schrillten wenigstens die Sirenen, wenn Gefahr im Verzuge war. Leider gab es so etwas nur für Bomben, aber nicht für Frauen. Vielleicht sollte man es mal erfinden.

Als Mann weiß man nie genau, was eine Frau tun wird. Die in einem Moment noch beherzt und vergnüglich lustwandelnde Damenwelt konnte im nächsten Augenblick ansatzlos von einem schlechten Gewissen überfallen werden. Es kam auch vor, dass die drückende Last den unüberwindlichen Drang auslöste, dem Ehegatten das Herz auszuschütten.

Die Dinge pflegten sich dann in aller Regel ein wenig unangenehm zu entwickeln. Die Möglichkeit eines »Auge in Auge« mit einem erzürnten Gatten hatte schon grundsätzlich etwas Ungemütliches, vergleichbar etwa mit der Begegnung mit einem Säbelzahntiger. Wurde ein Mensch dazu noch unvermittelt aus dem Stadium des emotionalen Tiefschlafs in einen Wahn der Eifersucht versetzt, war der Spaß endgültig vorbei. Bei der letzten Veranstaltung dieser Art kam es zu einer Rangelei mit dem Ehemann einer arbeitslosen Modeverkäuferin, in deren Verlauf Tom etwas von seinem Ruf und mehrere Knöpfe seines Jacketts einbüßte.

Tom wusste nicht, was Petra als nächstes tun würde. Es stand auch noch nicht fest, ob sie tatsächlich schwanger war. Von daher war ein Teilgeständnis nicht wahrscheinlich. Es würde nur dazu führen, dass Petras Mann Witterung aufnahm und damit anfing, ganz genau nachzurechnen. Tom hätte gerne gewusst, was Petra vorhatte. Inzwischen wusste er aber leider nicht einmal mehr, was mit ihm selbst los war.

X

Vielleicht war es das Licht von der Leuchtreklame gewesen. Ein gelber, schwacher Schimmer fiel durch den Vorhang auf das Hotelbett und blieb auf ihrem Gesicht liegen. Tom musste sie immer wieder ansehen, er musste einfach. Sanft und zärtlich sah sie aus. Meistens hielt sie ihre Augen geschlossen und Tom stellte sich vor, dass sie genau so weich und verwundbar war wie das Licht, das sich so niemand ausgedacht hatte. Er fühlte, wie sie ihm in diesen Stunden fast unwirklich vertraut wurde, während er gleichzeitig immer weniger von sich begriff. Tom war wehrlos in die Arme einer fremden Frau gesunken, gleichermaßen wort- und ziellos, und er hatte in diesen Stunden nichts mehr weiter hören wollen als nur ihren Atem.

X

Das Telefon klingelte. Tom sah auf dem Display, dass die Bombenübung vorbei war.

»Bist du evakuiert?«

»Mächtiges Gedrängel auf der Treppe. Ejakulieren ist zweifellos schöner, wenngleich offenbar auch gefährlicher. Womit wir beim Thema wären: War's wenigstens gut?«

»Lass mal gut sein, Mark. Widerrufen kann man so was ja leider nicht, aber wenigstens bereuen. Und das mach ich grad auch so.«

»Kann ich denn irgendetwas tun?«

»Na ja, vorläufig noch nicht. Vielleicht später. Die Dame wohnt in Brüssel....«

»Petra«, keuchte Mark.

Das war keine Frage, sondern eine Feststellung.

»Woher weißt du das?«

»Na, so oft bist du ja nicht in Brüssel. Aber wenn du länger als 15 Minuten mit der gleichen Frau herumstehst und du verschwindest danach mit ihr auf den Balkon, so hege ich gewisse Vermutungen. Außerdem hättest du diskreter weise vielleicht ihren Slip ein klein wenig tiefer im Blumentopf versenken sollen. Der argentinische Botschafter wollte seinen Zigarillo dort entsorgen und hat einen ziemlich lauten Lachanfall bekommen, als er ihn sah. Aber da warst du schon weg. Sicher ist: Wenn Rudy das mit Petra erfährt, hetzt er Interpol oder die Mafia auf dich.«

»Wieso? Hat er etwa auch was mit ihr?«

»Du denkst ja wie immer sehr gradlinig, mein Lieber. Noch haben glücklicherweise nicht alle Leute deine Talente. Rudy quält sich seit ein paar Jahren nur noch in Sitzungen.«

Tom überlegte, ob er Mark von der Fortsetzung des gestrigen Tages erzählen wollte. Über Gefühle zu reden, fiel ihm schwer. Überhaupt hatte er sich den ganzen Tag schon gefragt, ob er bei seinen Abenteuern je besonders viele gehabt hatte. Gestern allerdings war es ganz anders gewesen.

»Mir ist gestern noch etwas passiert«, sagte er schließlich. »Es hört sich ungemein irre an, ist es ja auch. Ich habe mich am Abend noch mit einer Journalistin getroffen und da...«

»Nein, Tom. Sag es nicht. Du hast nicht noch einmal…«

»Das war ja das Unglaubliche. Ich hätte die Hose wegen der blöden Punkte sowieso anlassen müssen. Aber als ich eine Weile lang mit ihr einfach so auf dem Bett lag, wollte ich nur noch bei ihr sein, sonst nichts.«

»Vielleicht hat deine Pille ja auch langfristige psychosomatische Nebeneffekte. Warst du schon beim Arzt?«

»Spotte nicht, es ist ziemlich ernst.«

»Wie heißt sie denn?«, fragte Mark

»Louise«, sagte Tom.

X

Petra war zu früh am Flughafen. Ihr Flugzeug nach Brüssel ging vom Terminal D ab. Sie landete deshalb wieder an der gleichen Bar, an der sie vor 24 Stunden schon gestanden hatte. Was heißt gestanden? Die halbe Zeit hat sie mehr oder weniger gelegen, nachdem sie der zu dieser Stunde noch sehr heißblütige Tom Beurre zum Zwecke der Ausführung stürmischer Küsse quer über den Barhocker gezogen hatte. Der Barkeeper grinste abscheulich. Petra hoffte, dass ihr bei der Begrüßungsorgie das Kleid nicht zu sehr in die Höhe gerutscht war. Der Kerl sah nicht danach aus, als ob man ihm die tieferen Einsichten, die gestern unter bestimmten Umständen möglich gewesen waren, unbedingt hätte gönnen müssen. Petra lehnte mit dem Rücken demonstrativ am Tresen, damit sie ihn nicht ansehen musste.

Das Vorstellungsgespräch am Morgen in der Vertretung war sehr angenehm verlaufen. Der Leiter war ein hinreißend intelligenter und netter Mensch. Dabei blieb er so unaufgeregt und uneitel, dass sich Petra gewünscht hatte, man möge die ganze Belegschaft der Kommission für eine Weile hierher versetzen. Wahrscheinlich waren die frische Luft und die Biergärten gut für die Nerven.

Johann Ehret hatte sie nicht nur interviewt, sondern auch offen über seine Arbeit in der Vertretung gesprochen. Man müsse hier von der großen Sache Europa wirklich überzeugt sein, hatte er gesagt. Das, was man von den Bürgern darüber hörte, könne auf Dauer ziemlich entmutigend sein. Er selbst liebe die Aufgabe, hier an Ort und Stelle dafür zu kämpfen. Er wolle, dass die Leute ein wenig mehr über die europäische Idee erfuhren und dann vielleicht anders darüber dachten. Eigenheiten der Bürokratie gäbe es überall, meinte er. Aber sie dürften eigentlich nichts wiegen gegen die große Vorstellung eines friedlichen, erfolgreichen Europas. Die Eseleien, die es überall gäbe, nähme er mit Humor.

Petra kannte die Geschichte, an die eine deutsche Zeitung durch eine Indiskretion herangekommen war. Das Ganze wurde damals ziemlich groß aufgemacht. Die Vertretung war zwei Wochen außer Stande, ihr Dienstauto zu benutzten. Es hatte in München überraschend früh und sehr heftig geschneit, aber der Fahrer war nicht in der Lage, die Winterreifen aufziehen zu lassen. Zur Vermeidung von Betrügereien verlangten die internen Vorschriften, dass die Dienststellen der Kommission, bevor sie Anschaffungen in einer bestimmten Größenordnung tätigten, ein Ausschreibungsverfahren durchführten. Die Münchener Reifenhändler tippten sich, als man bei ihnen mit diesem Ansinnen vorstellig wurde, mit dem Zeigefinger gegen die Stirn. Die Transportkrise konnte erst beendet werden, als der verzweifelte Ehret eigenes, bares Geld einsetzte, dessen Wiederbeschaffung ihm eine mehrwöchige Papierschlacht mit der Verwaltung eingetragen hatte.

Petra wollte gerade einen zweiten Kaffee bestellen, da sah sie ihn. Sie stand schnell auf und versteckte sich hinter einer Säule. Tom Beurre hielt sanft die Hand einer Frau, mit dem anderen Arm drückte er sie zärtlich an sich. Die Augen geschlossen, roch er sinnlich an ihrem Haar, unbeweglich und schweigend standen sie beieinander. Sie brauchten offenbar keine Worte. Hände, Gesten und Augen sprachen genug. Wäre sie nicht so verletzt gewesen, hätte Petra womöglich gedacht, dass es schön war, diesen beiden zuzusehen. Nun verabschiedeten sie sich. Die Frau drehte sich um und winkte Tom noch einmal lächelnd zu. Dann ging sie durch die Tür zur Sicherheitskontrolle. In diesem Moment wusste Petra, dass sie dieser Frau schon einmal begegnet war.

Tom blieb noch eine Weile dort stehen. Endlich ging er in die Richtung des Ausgangs. Er lächelte, aber vielleicht ist lächeln nicht das richtige Wort. Da war etwas, was gestern noch nicht da gewesen war. Die Leute drehten sich nach ihm um, als er an ihnen vorbei nach draußen ging. Es schien so, als würde die Abflughalle des Terminals für einen Moment zu einer großen Bühne. Die Handlung bestand darin, dass ein Mann durchs Publikum schritt. Seine Gedanken waren nicht hier. Vielleicht waren sie irgendwo zwischen den Wolken. Tom merkte gar nicht, dass jeder, dem er begegnete, ihn ansehen musste.

Petra beeilte sich und folgte der Frau in den Abflugbereich. Sie war noch nicht sehr weit gekommen. In der Reihe, wo sie für die Sicherheitskontrolle anstand, hatte es offenbar Probleme gegeben. Petra brauchte sich nur in der Nachbarreihe anzustellen, um unbemerkt aus der Nähe ein paar Blicke riskieren zu können.

Ja, ohne Zweifel. Das war sie, dachte Petra.

X

Der Flug nach Wien war verspätet. Louise saß nicht an ihrem Abfluggate, sondern vor dem Gate für den späteren Flug nach Berlin. Dort war es leerer. Sie öffnete ihre Handtasche und zog ein Buch heraus. Petra las von der gegenüberliegenden Stuhlreihe Autor und Titel: »Lars Gustafsson. Die Tennisspieler.«

Petras Entschluss hatte nichts mit dem Buch zu tun. Er folgte auch keiner anderen logischen Überlegung. Petra ging einfach hinüber und setzte sich hin.

»Entschuldigung, darf ich Sie etwas fragen?«

»Das haben Sie schon. Gern.«

Louise legte das Buch auf den leeren Stuhl zwischen ihnen und sah Petra neugierig an.

»Ich glaube, wir haben uns neulich in der Kommission gesehen«, sagte Petra.

»Stimmt, ich erinnere mich. Sie waren ungeheuer dynamisch und haben der Sicherheit im Raum einen unerwarteten Schlag versetzt.«

»Angelo ist der Vorstopper der Kommissions-Fußballmannschaft. Der macht jede Woche im Training freiwillig an die Dutzend Kopfbälle und stellt sich bei den Freistößen des Gegners mitten in die Abwehrmauer. Der hält schon was aus.«

»War trotzdem nicht so nett, was er danach gesagt hat. Ich hoffe, Sie verstehen kein Italienisch.«

Petra hielt kurz inne, aber eigentlich überlegte sie nicht. Ihre Frage kam wie von allein.

»Sie sind doch bei den Tierschützern. Ich würde mich da auch gern engagieren. Mein Freund ist Biochemiker und arbeitet an der Entwicklung von Medikamenten. Ich habe mitbekommen, was die mit den armen Tieren so alles machen.«

Louise blickte nun nicht mehr neugierig, sondern irritiert in Petras Gesicht. Sie fummelte nervös in ihrer Tasche nach der Zigarettenschachtel. Sie fand ihren Autoschlüssel und ein verschollen geglaubtes Pfefferminzbonbon. Außerdem wurde gerade ihr Flug aufgerufen.

»Darf ich Sie fragen, wie Sie heißen?«, fragte Louise.

»Petra. Ich gebe Ihnen mal meine Karte.«

Louise nahm sie, ohne genauer hinzusehen.

»Ich muss los, Petra. Ich gehöre nicht zu den Tierschützern. Ich war dort aus anderen Gründen.«

Sie erhob sich.

»Ist die Firma Ihres Freundes hier in München?«, erkundigte sie sich noch. »Vielleicht sollten Sie sich mal nach dem örtlichen Tierschutzverein erkundigen.«

»Ja, sie ist in München. Darf ich auch fragen, wie Sie heißen?«

»Maria«, sagte Louise. »Einen schönen Tag noch.«

Petra stand auch auf.

»Auf Wiedersehen«, sagte sie.

Louise verschwand in Richtung ihres Gates. Petra setzte sich wieder hin und sah, dass Louise ihr Tennis-Buch vergessen hatte. Sie zögerte eine Weile. Dann nahm sie es und steckte es in ihre Tasche.

X

Seit der letzten Erweiterung war die Präsidentschaft mit bloßem Auge nur noch schemenhaft zu erkennen. Der Tisch im Sitzungssaal war rechteckig, und der Minister des Landes, das gerade die Ratspräsidentschaft innehatte, saß mit seinen Beamten und dem Ratssekretariat oben an der Stirnseite. Das war schon immer so, aber inzwischen mussten an den beiden Längsseiten des Tisches 25 Delegationen Platz finden. Wenn noch sehr viele neue Mitgliedstaaten dazukamen, würde man am Eingang vielleicht irgendwann einmal Operngläser verteilen lassen.

Das Ganze glich manchmal ohnehin einer Theateraufführung. Wenn sich ein paar Delegationen abgesprochen hatten und gemeinsam ein Dossier blockierten, weil sie bei einer anderen Richtlinie Zugeständnisse für sich herausholen wollten, waren sachbezogene Beiträge zwecklos. Heute war es wieder einmal so. Der Kommissar hörte schon gar nicht mehr richtig hin, er malte lieber. Wenn es ganz dick kam, würde er seine Zeichnung am Ende der Sitzung wieder jemandem schenken. Beim letzten Mal war es der maltesische Staatssekretär gewesen, der in treuer Vertretung seines Ministers in einen nicht enden wollenden, beinahe castroesk anmutenden Monolog ausgebrochen war. Vielleicht gab es auf der Welt auch noch andere Orte, wo man unbehelligt von der Polizei Geiseln nehmen durfte. Aber ganz sicher war, dass Geiselnehmer nirgendwo so viel redeten wie in Brüssel.

Rudy saß links neben dem Kommissar. Durch das Gedrängel gab es vorne am Verhandlungstisch pro Delegation nur noch drei Plätze. Die zweite Garnitur musste nach hinten. Rechts vom Kommissar hatte der Generaldirektor seinen festen Platz. Wer links sitzen durfte, war nicht geregelt. Das war der heiße Stuhl, dort lebte es sich gefährlich. Erstens: Hinten, also an der Wand, konnte unbemerkt ein Biotop von neuen Feinden entstehen, denen man den prestigeträchtigen Platz an der Seite des Kommissars geraubt hatte. Zweitens: Man sagte vorne etwas Falsches.

An einem Tag wie diesem konnte allerdings nicht viel schief gehen. An der rückwärtigen Front herrschte Frieden, denn die Generaldirektion war nicht in der vollen Kriegsbemalung angetreten. Es erschien nur der stellvertretende Generaldirektor und ein paar Beamten des Mittelbaus, die sich, ohne zu murren, sogleich nach hinten verzogen hatten. Beim augenblicklichen Geiselspielchen musste Rudy nur versuchen, dass der Kommissar seinen innersten Wünschen widerstand und es unterließ, seine Kunstwerke unters Volk zu bringen.

Der Kommissar unterbrach die Kunst und griff nach der Presserevue. Er überflog die ersten drei Beiträge der Mappe, die der Pressedienst der Kommission jeden Tag für das Chefpersonal zusammenstellte. Am vierten blieb er hängen. »Aufstand gegen die Bürokraten«, stand drüber. Rudy blinzelte. Er versuchte so diskret wie möglich mitzulesen, aber das war nicht gerade einfach. Die Beiträge wurden von der Pressestelle aus Platzgründen in ein kleines Format hineinkopiert. Nach den Abstimmungen in Frankreich und Holland war dies unausweichlich geworden. Die Presse überschlug sich. Hätte man alle relevanten Artikel im Normalformat aneinandergeheftet, wäre ein Buch vom Umfang der Bibel herausgekommen. Nur, dass die meisten der Autoren, sofern sie je einen hatten, vom europäischen Glauben abgerückt waren.

Die Künstlerhand musste offensichtlich ruhen, doch leider tat sie das, aus Rudys Perspektive gesehen, an einem sehr ungünstigen Ort. Das stellte zusätzliche Anforderungen an sein Pressestudium. Trotzdem konnte Rudy eine Fotomontage erkennen, die der Französischen Revolution nachempfunden war. Marianne hielt vor der Fassade des Europäischen Parlaments die blaue Europa-Fahne in die Lüfte. Das Emblem, die zwölf kreisförmig angeordneten Sterne, war mit zwei großen, fetten Balken durchgestrichen. Darüber stand: »Bürgerrebellion gegen Brüsseler Großmachtträume.«

Nun hob sich die Künstlerhand und blätterte um. Rudy schielte noch einmal heimlich hinüber, dann schaute er richtig hin. Der erste, der zweite und auch der dritte Versuch ergaben dasselbe Ergebnis: Da war niemand anders abgebildet als er selbst. Und unter dem Foto, das der Journalist offensichtlich aus dem Internet herausgefischt hatte, stand sein Name. Der Kommissar traute seinen Augen nicht und ging noch einmal vorsichtshalber zum Anfang des Artikels zurück. Sein eigenes Gesicht sah er ja öfter unter unerfreulichen Überschriften. Aber jetzt schon das seiner Leute?

Rudy schwante nichts Gutes. Er kam sich vor wie damals in der Grundschule. Sein damaliger Lehrer war im Nebenberuf ebenfalls Künstler, doch blieb von ihm eher in Erinnerung, dass er eine Macke hatte. Alle Knirpse mussten der Reihe nach zum Lehrerpult kommen, wo Friedrich

Schenker das soeben geschriebene Diktat korrigierte. Die Fehler brandmarkte er, künstlerisch eher unspektakulär, zunächst mit einem überdimensionalen, roten »Z« (das Z sollte vermutlich der vom Erziehungsministerium geforderte Doppelstrich sein. Aufgrund seiner beruflichen Doppelbelastung musste Schenker jedoch Kraft sparen und hielt es daher für angemessen, dass er den Stift dabei nicht absetzte). Anschließend fuhr er seine Hand aus. Er haute zwar nicht richtig zu (das hätte ebenfalls zu viel Kraft gekostet), aber wer zu Friedrich Schenker in die Schule durfte, konnte, ein altersgemäßes Defizit im Umgang mit der deutschen Rechtschreibung vorausgesetzt, schon in einem relativ frühen Lebensabschnitt eine Menge über die psychologische Wirkung vollkommener Hilflosigkeit lernen. Alles was man vorne am Pult noch tun konnte, war, zitternd auf ein Blatt Papier zu starren und darauf zu warten, bis, unabwendbar wie der Tod, Schenkers Strafe auf einen hernieder fuhr.

Rudy wollte immer mal wissen, wo der Mann seine pädagogische Ausbildung genossen hatte. Eine künstlerische Ausbildung war nach Rudys Einschätzung nicht notwendig gewesen. Schenkers Bilder sahen so aus, als habe er eine Leinwand mit Eiern beworfen und dann irgendwie zufällig darin herumgekleckst.

Aber soeben war ihm Schenker egal, obwohl jetzt endgültig feststand, dass der Terror, den er damals entfachte, nicht mal in Bezug auf Abhärtung etwas gebracht hatte. Wie damals starrte Rudy auf ein Blatt Papier wie das Kaninchen auf die Schlange. Er wusste, dass er nichts mehr tun konnte.

Der Kommissar las zu Ende. Mit der Hand passierte nichts. Dafür hatte er keine Lust mehr zu malen. Endlich schob er Rudy die Mappe hin.

»Nettes Foto«, sagte er. »Aber was um Himmels Willen haben Sie diesen Tierschützern getan?«

X

Unter Umständen ginge der Artikel als Witz durch, dachte Rudy Der Autor hatte möglicherweise Sinn für Humor. Vielleicht hatte er aber auch nur nicht besonders viel Sinn für Logik. So oder so, es war grausam. Nach ein paar Abschnitten hatte Rudy genug. Er warf seinem Chef einen Blick zu. Der nickte und Rudy gab den heißen Stuhl frei.

Es gibt Leute, die können immer und überall alles. Sie bleiben selbst noch cool, wenn ihnen die Kugeln schon um Haaresbreite um die Ohren fliegen. Colin G. Rijse war so einer und Humphrey Bogart auch. Rudy nicht. Er zog es daher vor, das Weite zu suchen. Das war klug. Beim Fußball durfte man vor Wut und laufenden Fernsehkameras ruhig mal eine Werbetrommel umhauen, ohne dass etwas Nennenswertes passierte (vielleicht einmal abgesehen davon, dass der Platzwart schräg herüber schaute und man nachher Bundestrainer wurde). Über den Ministerrat war diesbezüglich nichts bekannt. Es war noch nicht einmal überliefert, ob dort je einmal schon einer einen echten Wutausbruch gehabt hatte. Unechte schon. Schließlich musste ja ab und zu Theater gespielt werden. Und wenn schon, dann war das Publikum immer dankbar, wenn mal etwas Emotionales geboten wurde.

Wie auch immer, sicherheitshalber wollte Rudy das Pressestudium lieber draußen beenden. Er ging durch die langen Gänge des Ratsgebäudes hinaus und über den Schuman in den nahe gelegenen Park. Der Jubelpark passte zwar vom Namen her nicht so richtig zu seiner Stimmung, aber das war ihm heute schon egal.

Auf dem Weg begegnete er Miller und Bodo Ludens, die gerade aus einer Bank kamen. Die Köpfe zusammengesteckt, sahen sie sich gerade einen Kontoauszug an. Rudy überlegte kurz, ob sich die beiden nach dem neuen belgischen Gleichstellungsgesetz vielleicht geehelicht hatten, verwarf den Gedanken jedoch wieder. Er nickte ihnen zu und wollte weiter gehen.

»Rudy, how are you?«, sagte Miller eine Spur oder mehrere zu freundlich.

»Not too bad«, sagte Rudy. »And you?«

Er wartete die Antwort erst gar nicht mehr ab und ging weiter. Nach allem, was er von Mark wusste, war es nicht unbedingt ein gutes Zeichen, wenn Miller und Ludens sich für einen interessierten. Vielleicht betrieben sie ihr eigenes, spezielles Pressestudium und hatten ihn schon auf ihrer Kandidatenliste.

»Mein Gott«, dachte Rudy und beschleunigte seine Schritte.

»My God«, sagte Miller zu Ludens. »What happened to him?«

X

Das oberste Lämpchen blinkte und Colin nahm ab.

»Der Kabinettchef des Präsidenten für Sie«, sagte die Stimme im Lautsprecher. »Kann ich durchstellen?«

»Ja, bitte.«

Die Sekretärin legte auf, und Colin G. Rijse hörte im Hörer ein Menuett von Mozart. Es gab im Hause ein paar ungeschriebene Gesetze. Eins handelte davon, wie Vorzimmerdamen ihre Chefs miteinander verbanden. Der Laie verstand bei weitem nicht alles. Aber es musste damit zu tun haben, wer auf wen warten musste. Immerhin gab es dafür Mozart, dachte Colin. Nicht so schön wie in den Häusern von Wien oder Milano, aber immerhin Mozart.

»Einen Moment noch«, kam aus dem Hörer. Dann lief wieder Musik.

Rijse sah noch einmal auf den Artikel und das Foto von Rudy. Er schüttelte den Kopf. Der Beitrag war durchaus informativ und wartete mit einigen Fakten auf. Der Leser gewann den Eindruck, dass er ausgewogen und objektiv informiert wurde.

Freilich, an einigen entscheidenden Stellen hatte es der Journalist mit der Logik nicht mehr so genau genommen und sie durch subtile Anti-EU-Polemik ersetzt. Es musste keineswegs einleuchten, wie man dazu kommen konnte, einerseits den Mangel an Demokratie bei der EU-Gesetzgebung zu geißeln, dann die Ablehnung der Verfassung, die dieses Defizit beheben sollte, als Denkzettel für die undurchsichtigen Beamten zu feiern. Aber mit Logik kam im Moment niemand durch. Das war wahrscheinlich bei den Journalisten auch so. Im Moment kam es gut an, wenn man schrieb, dass in Brüssel dunkle Mächte am Werke seien, die nun, den mündigen Franzosen und Holländern sei Dank, endlich in die Schranken gewiesen wurden.

Die Geschichte, in der Prager vorkam, ging über mehrere Seiten. Es handelte sich um eine Reportage. Offenbar sollte sie den allgemeinen Bericht über die Ereignisse und Konsequenzen der Volksabstimmungen mit der Schilderung von persönlichen Erfahrungen einer Reporterin vor Ort abrunden. Die Reporterin hatte sich mit Hilfe von Besuchergruppen ins Innere der Kommission schleusen lassen und ihre Eindrücke verewigt. Rudy war der unbestrittene Mittelpunkt der Story. Sein Gespräch mit den Tierschützern über die Kosmetikrichtlinie hatte der Reporterin offensichtlich besonders gut gefallen.

Endlich wurde durchgestellt.

»Bonjour, Colin«, sagte der Kabinettchef des Präsidenten.

»Bonjour, Jean-Claude.«

»Was war das denn für ein Katastrophenauftritt von Monsieur Prager? Gerade wollen wir ihn zum Chef einer Informations- und Sympathiekampagne machen und dann so was. Hast du die Bescherung schon gesehen?«

»Nein«, log Colin G. Rijse. »Was hat er denn gemacht?«

»Er hat eben nichts gemacht. Gar nichts.«

»Ich verstehe nicht.«

»Er hat den Verband der Tierschützer empfangen, der eine Journalistin dabei hatte. Die schreibt nun ausführlich, wie arrogant, ignorant und unhöflich wir mit den Leuten umgehen, die etwas für Tiere übrig haben. Offensichtlich hat er 15 Minuten lang Löcher in die Luft geguckt und sich dann aus der Sitzung rufen lassen.«

Hätte Colin über ein gutes Gedächtnis verfügt, hätte er sich erinnert, wie Rudy in diese Situation hinein geraten war. Aber sein Gedächtnis funktionierte je nach Bedarf nur partiell. Außerdem rechnete er bereits nach, wie die Handelsbilanz mit dem Präsidenten aussehen würde, wenn Prager politisch für tot erklärt werden musste, weil er für den neuen Posten nicht mehr in Frage kam.

»Meinst du, Prager ist beschädigt?«

»Komm, Colin. Du weißt doch selbst, wie das hier ist. Bleibt er, wo er ist, dann hat man diese Geschichte bald wieder vergessen. Wenn aber durchsickert, dass wir Prager als Kopf einer neuen Imagekampagne für das bürgernahe Europa bringen wollen, hängen sich unsere geschätzten Freunde vom Boulevard an diese Geschichte dran und reißen ihn in Stücke.«

»Gut. Oder eben nicht gut. Es gibt allerdings noch ein Problem. Er ist Zeitbeamter und hat, weil ihr ihn ja auf einem Direktorensessel haben wolltet, seinen Vertrag zum Ende des Quartals gekündigt.«

Rijse hörte das Kratzen einer Mine. Auf der anderen Seite der Leitung litt man unter notorischem Zeitdruck, Jean-Claude arbeitete während des Gesprächs offenbar Unterschriftsmappen ab. Rijse ärgerte sich insgeheim über diese Respektlosigkeit, obwohl er es manchmal auch so machte. Aber er lernte etwas. Seine Frau hatte ihm vor einiger Zeit zu Weihnachten ein Etui mit schwerem Schreibgerät geschenkt. Das Flaggschiff bestand aus einem Füller, dessen dicke Tinte ihm (im Zusammenspiel mit der überdimensionalen Größe seiner Unterschrift) zu einer Respekt einflößenden Schrift verhalf. Während er Jean-Claudes Gekratze hörte, befand er, dass sein eigenes Flaggschiff in manchen Situationen möglicherweise zu indiskret war. Er beschloss, für diverse Telefoneinsätze einen zweiten, leichtkalibrigen Kugelschreiber zu ordern, dessen herausragende Eigenschaft darin bestehen würde, völlig lautlos über das Papier zu huschen.

»Lässt sich das nicht revidieren?«, fragte der Chef des Kabinetts des Präsidenten.

»Schwierig. Meinem Chef stehen ständig irgendwelche Parteifreunde wegen Kabinettsposten auf den Füßen. Prager war eine ziemliche Provokation für die Partei. Er ist überhaupt nirgends drin, so etwas wie ein Hobby des Kommissars. Als er seinen Vertrag gekündigt hat, kriegte irgendwer Wind davon und alarmierte gleich die Parteizentrale. Am nächsten Tag standen zehn Kandidaten auf meiner Telefonliste. Am übernächsten Tag rief das Büro des Parteivorsitzenden an. Wir mussten eine Personalzusage machen.«

Colin war durch und durch Profi. Er versuchte aus jeder Situation etwas herauszuschinden, er musste einfach. Manchmal wusste er am Anfang noch nicht einmal was. Das ergab sich dann irgendwie.

»Kann er sonst irgendwo unterkommen? Kriegen wir ein Problem, wenn er nichts hat?«, fragte Jean-Claude.

»Ob er belastende Informationen hat, kann ich nicht sagen. Vielleicht so wie jeder, der oben eine Weile mitgespielt hat. Ich glaube zwar nicht, dass Prager etwas ausplaudern würde, der ist nicht der Typ dafür. Aber wenn einer zu hart auf dem Boden aufschlägt, weiß man nie ganz genau, was passieren kann.«

»Wir sollten ihn also versorgen?«

Colin zögerte die Antwort noch ein wenig hinaus. Er wusste aber schon ganz genau, was er sagen wollte.

»Sicherer wäre es schon«, sagte er schließlich. »Ich könnte einen Versuch unternehmen. Bei euch fiele das zu sehr auf.«

»Das ist wohl so. Ich brauche mich also nicht darum zu kümmern?«, fragte der Chef des Kabinetts des Präsidenten.

»Nein«, antwortete Colin. »Ich brauchte allerdings deine Unterstützung in einer anderen Angelegenheit.«

»Müssen wir das gleich besprechen?«

»Nein«, sagte Colin. »Ich komme auf dich zu.«

»Wer sagt es Prager?«

»Ich.«

Sie legten auf. Colin G. Rijse lehnte sich zurück und drehte sich auf seinem Bürosessel herum. Er verschränkte die Arme hinter dem Nacken und sah auf das Organigramm der Generaldirektion, das, sorgfältig von seiner Sekretärin mit Reißzwecken festgemacht, an der Pinnwand hing.

Die Versorgung von Prager in der Generaldirektion, für die sein Kommissar zuständig war, stand nicht auf seiner Prioritätenliste. Ganz oben stand die Schaffung eines Landeplatzes für seinen eigenen Absprung. Jeder Mitarbeiter, den er dort unterbringen musste, verschlechterte die eigenen Chancen auf den großen Wurf, den er seit langem plante. Die Gewerkschaften hassten es, wenn Kabinettsmitglieder an den normalen Beamten vorbei schnell Karriere machten und stimmten bei jedem sogenannten »Fallschirmabsprung« eines Kabinettsmitglieds ein gewaltiges Geheul an. Jeder Kommissar hatte für derlei Operationen innerhalb seiner eigenen Generaldirektion daher nur begrenzt Kredit.

Rijse befand, dass er keine Lust darauf hatte, am Ende für Prager die Rechnung zu bezahlen.

Wenn, dann ging das nur woanders. Er griff zum Hörer.

»Marietta? Geben Sie mir bitte mal Herrn Neapolesi.«

X

Komisches Gefühl. Etwas im Gehirn kramt nach Worten, aber sie passen natürlich nicht. Wie sollten sie auch? Wenn man alle und alles zusammennimmt, gibt es bestimmt ein paar Milliarden Gefühle, die die Menschheit füreinander aufbringen kann. Über die Frage, was ein Einwohnermeldeamt ist, kann man sich mit Hilfe der Sprache relativ leicht einig werden, doch für das innere Sammelsurium der Einwohner gab es vielleicht einmal drei oder vier Worte. Ich habe dich lieb? Ich liebe dich? Ab wann durfte man so was sagen? Gut, er hätte Louise fragen können. Die Philosophen kannten sich mit metaphysischen Sachen besser aus.

Andererseits würde es womöglich nicht gerade besonders intelligent wirken, wenn er Louise danach fragte, was er selbst für sie fühlte. Sie fand es, so sagte sie während des ersten Mittagessens, ohnehin nicht so wichtig, wie man etwas nannte. Wer grundsätzlich nur von Worten oder Begriffen ausgeht und sie mit vorgeprägten Vorstellungen verbindet, erlebt die Dinge nur noch als eine bessere oder schlechtere Variante seiner Vorstellungen.

Aber konnte man überhaupt bewusst etwas tun, ohne vorher in den Kategorien seines vorhandenen Wissens zu denken? Tom erinnerte sich an Poppers Scheinwerfertheorie der Erkenntnis. Sir Karl war in dieser Beziehung ziemlich fanatisch. Für ihn gab es noch nicht mal wirklich neutrale Beobachtungen. Denn wenn ein Wissenschaftler nicht vorher bereits wenigstens eine ungefähre Erwartung über bestimmte Vorgänge hatte, wie würde er sich entscheiden können, was er beobachten will? Und wenn man schon für eine Beobachtung eine Theorie brauchte, wie war das erst beim Verlieben? Ein Verliebter ist wie ein Wissenschaftler, der die eigene Seele aufschneidet. Er sehnt sich danach, begreifen und sagen zu können, wer er ist. Irgendetwas ist passiert, was ihn begeistert und gleichzeitig verunsichert. Es fällt immer schwer, etwas Neues und Unbekanntes in Worte zu fassen. Aber in einer Zeit, in der sich die

Schattierungen so schnell ändern wie während der Phase des Verliebens, ist es unmöglich.

Tom fand, dass es besser war, wenn er das mit sich selbst abmachte. Er kam sich sowieso schon vor wie ein Sechzehnjähriger. Den ganzen Tag dachte er an Louise und wie von magischer Kraft geleitet, zog es seine Finger immer wieder auf die viel zu kleinen Tasten des Mobiltelefons. Von dort klapperte er Nachrichten durch den Äther, sehr viele Nachrichten. Ansonsten ließ er das Telefon keine Minute mehr aus den Augen. In unregelmäßigen Abständen fuhr ein Zucken durch seinen Körper und in Sekundenschnelle ließ er alles andere liegen oder stehen. Beurre wirkte wie ein Pavlow'scher Hund, den man auf die Piepszeichen eines Handys abgerichtet hatte.

Immerhin waren inzwischen die technischen Möglichkeiten in ihrer Entwicklung fortgeschritten. Als er wirklich noch sechzehn war, führte die Nachrichtenübermittlung unweigerlich über die Telefonanschlüsse der Eltern. Mancherorts saß die Mutter wie eine Kreuzspinne im Netz. Wer mutig war, ließ sich vielleicht einmal pro Tag von Kreuzspinne zu Herzdame verbinden, aber alles, was darüber hinausging, führte in den sozialen Selbstmord. Trotz allen Fortschritts, anrufen wollte er Louise lieber nicht.

Er hatte Louise noch nicht einmal zu fragen gewagt, ob sie allein lebte. Mit dem Wissen über ihr Leben und ihre Vergangenheit hätte er vielleicht ein Bild entworfen, und schon hätte das Bild einen Rahmen gehabt. Aber war es nicht schön, einmal nur den blauen Himmel über sich zu sehen, unbelastet von Vergangenheit und Zukunft? Die Grenzenlosigkeit der Phantasie würde sich irgendwann von ganz alleine beugen. Noch hielt sie das Zepter in der Hand und in keinem anderen Moment ist die Welt vielleicht schöner, vielfältiger und interessanter, als wenn alles möglich erscheint.

In ein paar Tagen wollten sie sich wieder sehen. Louise wohnte nicht in München, aber sie würde in der Nähe zu tun haben. Vielleicht würde er sie fragen. Vielleicht aber auch nicht.

X

Die Dinge verändern sich, sobald jemand aus dem Schatten tritt.

Mark wusste zwar immer noch nicht sehr viel von Louise. Weder kannte er ihren richtigen Namen noch hatte er auch nur eine blasse Ahnung davon, was sie in Brüssel zu tun hatte. Doch andererseits wusste er nun plötzlich zu viel, viel zu viel.

Wahrscheinlich war es besser, wenn er ihr gar nicht mehr schrieb. Sollte er ihr vielleicht sagen, dass sein Freund schlimmer war als James Bond und die durchschnittliche Halbwertzeit seiner Bekanntschaften etwa so lange dauerte wie die einer gentechnisch unbehandelten Tomate? Oder sollte er dabei zusehen, wie Louise ahnungslos in ein emotionales Himmelfahrtskommando hineinstolperte, um währenddessen zu Gott zu beten, dass Tom eine Offenbarung erschien und er seine Obsession für sinnfreie Kurzbekanntschaften für einmal vergaß?

Für Tom kam zuallererst die Eroberung. Das erste Mal, das gab ihm den Kick. Seine unermüdliche Suche nach immer neuen Abenteuern wirkte manchmal fast zwanghaft. Aber war das bei Menschen, die von etwas völlig in Bann gezogen wurden, nicht immer so? Sicher war, dass Tom Beurre von Frauen geradezu magisch anzogen wurde. Er brauchte nur in ihre Nähe zu kommen und schon verwandelte er sich in ein anderes Wesen. Eine geheimnisvolle Energie durchfloss seinen Köper. Er lebte auf wie kein anderer und war bei allen Tricks, die er anwandte, ganz er selbst. Allerdings war Louise Philosophin, und als solche verspürte sie wahrscheinlich die Neigung, die Ausübung menschlicher Leidenschaften, mögen sie subjektiv noch so authentisch erlebt werden, nach ethischen Kriterien zu beurteilen. Toms unerbittliches »fuck and go« bestach zwar durch die kompromisslose Konsequenz, mit der er es betrieb. Doch konnte sich Mark nicht vorstellen, dass Louise alleine aus diesem Grund ausreichend viel Freude daran finden würde.

Freilich, die Karten werden neu gemischt, wenn man sich kennen lernt. Eine solche Situation enthält immer die wunderbare Möglichkeit, sich zusammen neu zu erfinden. War Tom dazu fähig? Wollte er es überhaupt? Gab es wenigstens den kleinen Hauch einer Chance, dass er Louise ernst nehmen würde? Seit er seinen Freund kannte, war dieser immer nur ein Jäger gewesen und es lag nahe, dass er gar nicht anders konnte. Oft genug hatte er es erlebt. Es schien, als liefe ein unabänderliches Naturschauspiel ab: Er konnte im Angesicht einer Frau in Sekundenschnelle von einem unbezwingbaren Jagdfieber befallen werden, und dieses Fieber war es, dass ihn die Dinge tun und sagen ließ, für die die Frauen fielen. Hatte er Erfolg, erlosch das Fieber so blitzartig, wie es gekommen war und der Jäger zog sich ins Dickicht zurück, um seinem nächsten Abenteuer aufzulauern.

Nein, dachte Mark, er glaubte nicht daran, dass Tom sich je ändern würde. Aber wissen konnte er es nicht. Er würde sich zurückziehen und schweigen. Auch wenn es ihm, wie er ahnte, schwer fallen würde.

X

Lieber Mark,

ich beginne, Sie tatsächlich ein wenig zu vermissen, und das nicht nur Ihrer göttlichen Schokolade wegen. Warum antworten Sie nicht? Habe ich etwas angestellt? Ist es so, wie ich befürchte, und ich habe Sie mit der Beichte meines etwas ungewöhnlichen Abenteuers erschreckt?

Vielleicht hätte ich mich ein wenig zurückhalten sollen. Schließlich haben Sie ja selbst gesagt, dass Sie Moralist sind. Allerdings, ich gestehe, ich würde es wieder tun.

Sie sind ein Mann, dem ich lieber von echten Abenteuern erzählen möchte und nicht so sehr von den ausgedachten, mit denen wir uns vielleicht schon genug beschäftigen. Und dieses, das kann ich Ihnen sagen, lieber Mark, war eins.

Was heißt war?

Ich fühle mich gerade ungefähr so wie Forrest Gump. Bei dem habe ich einen ganzen Film lang überlegt, ob er ein Idiot oder vielleicht doch ein Philosoph war. Schokolade kam übrigens auch vor. Forrest hockte auf einer Parkbank und erzählte einer alten Dame, was ihm seine Mama als Lebensweisheit mit auf den Weg gegeben hatte. Er sagte:

»Life is like a box of chocolate. You never know what will be next.«

In diesem Sinne herzlich

Louise

X

Liebe Louise,

ich liege ein wenig hinten, das stimmt. Dabei weiß ich unsere Fachgespräche (am liebsten über Schokolade) durchaus zu schätzen. Wenn es so aussieht, als ob Sie sich jetzt anderen, vermutlich noch schöneren Genüssen hingeben können, freut mich dies redlich. Indes kenne ich den Herrn, er ist ein Freund von mir.

Ich bin deshalb zugegeben im Begriff, ein wenig zu verkrampfen. Tom Beurre ist mit Leib und Seele Naturwissenschaftler, so sehr, dass ihn seine Freunde nur »den Mathematiker« nennen. Und wenn so einer grundsätzlich etwas gegen Dreiecke hat (dabei kommt es ihm nicht mal darauf an, ob sie gleichschenklig sind oder nicht), dann muss das wirklich einen triftigen Grund haben.

Es ist also leider besser, wenn ich mit Ihnen in den vorläufigen Mail-Ruhestand eintrete.

Wie immer herzlich

Mark

Mark las seinen Text mehrmals durch. Er schaute hinaus auf den Hof, er war unschlüssig. Unten ging Van Broudworst, diesmal allein. Mark speicherte den Text, den er nicht abschicken wollte. Er stand auf und ging in die Cafeteria. Er wollte unbedingt wissen, was Hank heute bestellte. Auf dem Weg klingelte sein Mobiltelefon.

X

Nach zwanzig Minuten stand Mark in Rudys Vorzimmer.

»Hallo, Petra«, sagte er. »Wie geht es Ihnen?«

»Obwohl ich das heute früh noch nicht für möglich gehalten habe, offenbar nicht so schlecht wie dem Herrn da drin. Haben Sie eine Ahnung, was er hat?«

Zur Entspannung betrieb Petra offenbar angelegentlich Lektüre. Mark sah auf dem Buchumschlag ein paar Tennisschläger.

»So ungefähr. Die Einzelheiten kommen wohl gleich. Spielen Sie Tennis?«

»Nein, bis jetzt noch nicht.«

Mark deutete mit dem Kopf in die Richtung des Buches, das neben der grünen Gießkanne auf dem Schreibtisch lag.

»O nein. Das ist ein Roman, in dem ab und zu Tennis gespielt wird.«

»Interessant. Und wer gegen wen?«

»Ein schwedischer Gastprofessor gegen amerikanische Profis.«

»Sagen Sie mir nachher, wie es ausgegangen ist? Kann ich hinein?«

»Wenn Sie sich das trauen, ja.«

Mark öffnete die Tür und fand den Freund hinter seinem Schreibtisch. Er sah gar nicht gut aus, hatte Krawatte und Hemdkragen geöffnet und hing mehr in seinem Sessel, als er saß.

»Hast du diese Schweinerei schon gesehen?«

»Noch nicht. Bei uns verfügen nur Winston Smylle und Hank Van Broudworst über einen allumfassenden Presseservice. Soll ich's lesen oder willst du lieber erst erzählen?«

»Die Häschen vom Tierschutz waren doch nicht so harmlos. Das war die ganz fiese Tour. Die hatten heimlich eine Journalistin dabei. Die hat mich in die Pfanne gehauen. Aber lies diesen Mist erst mal.«

Rudy schob den Artikel über den Schreibtisch, an dessen anderer Seite Mark inzwischen Platz genommen hatte und Mark las. Rudy war nicht der einzige Beamte, der in der Reportage schlecht wegkam. Die Schilderung und Bewertung seines Meetings mit den Tierschützern nahm allerdings nicht nur den meisten Platz ein, sondern klang schlicht und einfach katastrophal.

»War es so, Rudy?«

»Es stimmt, dass ich nicht viel gesagt habe. Wie hätte ich denn können? Wie du weißt, hat mir der Riese den Termin in letzter Minute aufs Auge gedrückt. Außerdem kam Petra zu früh rein. Ich wollte den Besuchern noch etwas sagen, aber der Kabinettchef des Präsidenten wollte mich unbedingt gleich sprechen. Diese fiese Journalisten-Tante hätte mich wenigstens, bevor sie so ein Ding in die Welt setzt, mal anrufen können. Gemein, einfach nur gemein. Aber die wollen ja nie die Wahrheit wissen, sondern nur draufhauen.«

Rudy war immer noch wütend. Jede falsche Bemerkung konnte eine Explosion auslösen. Mark sprach mit beruhigender Stimme.

»Eine Gegendarstellung ist wohl zwecklos. Wir können ja schlecht sagen, dass die Kommission so organisiert ist, dass ausgerechnet der, der am wenigsten Ahnung von einem Dossier hat, in die Sitzung gehen muss. Vielleicht sollten wir einfach Gras drüber wachsen lassen. Irgendwann hat man die Sache wieder vergessen.«

Rudy stützte den Kopf in die Hand. Nun sah er traurig aus.

»Ist ja nett, was du sagst, lieber Freund. Aber hier oben, wo ich bin, wächst kein Gras.«

Mark wollte noch etwas entgegnen. Doch dann klopfte es und Petra erschien in der Tür.

»Der Herr Kabinettchef möchte Sie sprechen.«

»Siehst du, Rudy. Dein Chef will sich bei dir bedanken, weil du für ihn die Sitzung übernommen hast«, sagte Mark.

»Da könntest du genauso gut an den Weihnachtsmann glauben«, blaffte Rudy. »Bitte bleib noch hier. Sitzungen mit Riese dauern nie besonders lange. Petra, machen Sie Herrn Stadler bitte einen Kaffee? Er kann so lange in meinem Büro warten.«

Mark hatte keine Zeit mehr zu antworten, denn Rudy stapfte mit wütenden Schritten auf den Gang. Petra lächelte süffisant.

»Was habe ich gesagt. Milch und Zucker?«

»Danke, lieber ein Wasser. Und sagen Sie mir bitte noch, wie das Tennis ausgegangen ist? Für diese Sportart habe ich eine kleine Schwäche. Oder überlassen Sie mir Ihr Buch so lange, bis Rudy wieder zurück ist?«

»Warum nicht?«, antwortete Petra.

Sie ging zurück in ihr Vorzimmer und kehrte mit Wasser und Buch zurück. Mark hatte sich inzwischen an dem kleinen Sitzungstisch niedergelassen, der gleich links neben der Tür stand. Er nahm einen Schluck und schlug die erste Seite auf. Links unten auf der Rückseite des Buchdeckels war mit einem Stempel ein Name aufgedruckt. Mark hastete zum Schreibtisch und riss die Pressemappe herunter. Die Reportage über Rudy lag noch aufgeschlagen oben. Er wusste, dass er sich nicht geirrt hatte. »Maria Louise Wendtland« stand unter dem Artikel.

Es war derselbe Name, den er soeben in Petras Buch gelesen hatte.

X

Das Buch erzählte eine Reihe heiterer, aber auch tragisch-komischer Begebenheiten während eines Sommers in Austin, Texas. Gastprofessor Lars Gustafsson schlägt sich Ende der 60er Jahre in einem Seminar über die Ideengeschichte des 19. Jahrhunderts mit den unangenehmen Fragen eines Doktoranden herum, der von irgendwo ein Dokument ausgegraben hat, das, nähme man es ernst, die Strindberg'sche Paranoiathese widerlegen würde. Davon unabhängig steht der Rektor der Universität kurz davor, gefeuert zu werden, weil er sich weigert, eine Oper von Wagner zugunsten eines Stücks abzusetzen, in dem ein lebendiger Elefant auftreten soll. Er wird erst gerettet, als der Vorsitzende des Aufsichtsrats dabei erwischt wird, wie er mit einer Damenbekanntschaft die heiligste Stelle des Baseballfelds entweiht und an Ort und Stelle von einem heldenhaften Polizisten festgesetzt wird. Zwischen den Episoden bestaunt der Professor immer wieder seine eigene körperliche Fitness, die er sich mit Hilfe eines schnittigen Zehngangfahrrads angestrampelt hat. Er bewundert aber auch die Tenniskünste von ein paar als Hobbyspieler getarnten Experten, die ihn zu seinem großen Entzücken auf einem heruntergekommenen Hartplatz irgendwann einmal im Morgengrauen bei ihrem Training mitmachen lassen.

Mark befand sich gerade an der Stelle, wo Professor Gustafsson mit den Experten Doppel spielt und den Ball zum Zwecke der Vorbereitung eines Aufschlags vor sich auf den Boden titscht. Zufällig schaut der Professor dabei nach oben und gewahrt über sich ein Vögelchen, das auf einem Zweiglein sitzt. Er denkt darüber nach und findet es zutiefst bedauerlich, dass der Mensch die Sprache der Vögel nicht verstehen kann. Genau diesen Gedanken legt Gustafsson in seinen Aufschlag. Der Ball klatscht wie eine Rakete längs der Mittellinie ins Feld, Ass und Vorteil Professor.

In diesem Moment betrat Rudy den Raum. Er ging wortlos an Mark vorbei und sank in seinen Sessel. Von dort starrte er aus dem Fenster und dann wieder auf die mit Balken eingerahmte Reportage. Schließlich nahm er die Pressemappe und warf sie wortlos gegen die Wand. Es klatschte, kurz und dumpf, dann herrschte wieder Stille. Durch die Wucht des Aufpralls löste sich die Heftklammer, die die Mappe zusammen gehalten hatte. Lautlos rieselten die einzelnen Blätter nun zu Boden. Rudy war inzwischen aufgesprungen und machte bereits Anstalten, mit seinem stärkeren rechten Schussbein den Papierkorb ins Visier zu nehmen. Aber Mark hielt ihn fest.

»Komm, Rudy, wir gehen erstmal ein wenig raus hier.«

Er schob seinen Freund ins Vorzimmer.

»Herr Prager hat jetzt eine wichtige Besprechung. Sie wird etwas dauern. Wenn etwas sehr Dringendes sein sollte, rufen Sie bitte an«, sagte er zu Petra.

Mark schrieb seine Handynummer auf und gab Petra den Zettel.

»Leider bin ich mit dem Tennisbuch nicht ganz fertig geworden. Spannend. Darf ich es haben?«

»Äh. Eigentlich gehört es mir gar nicht.«

»Ich weiß. Deswegen ist es ja so spannend.«

Petra wollte noch protestieren, aber die beiden Männer waren bereits gegangen.

X

»**D**as ist unglaublich, aber unvermeidbar: I am fucked, my friend.«

Rudy war ein eleganter Typ. Wenn er fluchte, benutzte er die Sprache der Diplomaten. Somit hob sich das wieder einigermaßen auf. Seine schlimmste Wut schien gebannt, aber unter Rudys Oberfläche brodelte es noch gefährlich.

»Der Riese hat mir gesteckt, dass meine Bewerbung für den Kampagnen-Job keine Chance mehr hat. Der Herr Präsident hegt inzwischen unüberwindliche Bedenken gegen mich.«

Mark war nicht sonderlich überrascht. Rudy selbst hatte es ja schon so kommen sehen. Eine Bedienung, die offenbar neu war, erschien an ihrem Tisch. Ohne Rudy zu fragen, bestellte Mark zwei Cognac.

»Unüberwindliche Bedenken, aha. Schade. Aber ist das wirklich sehr schlimm für dich? Hättest du diesen Himmelfahrtsjob wirklich gerne machen wollen?«

»O ja. Es gibt eine Menge zu tun. Die meisten Leute wissen ja gar nicht, was im Verfassungsentwurf überhaupt drin steht. Und sie haben daher auch nicht verstanden, welche Bedeutung eine gemeinsame Verfassung für Europa hat.«

Mark sah der Bedienung zu, wie sie eine weitere Bestellung entgegen nahm. Nicholas und Gattin hatten offenbar die Personalpolitik noch einmal überarbeitet. Das kaffeebraune Mädchen war ganz unzweifelhaft eine Schönheit. Dazu trug sie eine Art Jogginghose. Sie lag so eng an wie eine zweite Haut und man fühlte sich unweigerlich dazu ermuntert, sich das Ganze einmal nur mit einer Haut vorzustellen. Aber das war jetzt nicht der Moment, über die Zusammenhänge zwischen engen Jogginghosen und gewissen männlichen Beobachtungsinstinkten nachzudenken. Die Sache war ohnedies klar: Über das, was die Evolution während vieler Jahrtausende im Manne angerichtet hat, kann der in den letzten zeitgeschichtlichen Millisekunden entstandene, rational agierende Kulturmensch nicht einfach hinwegsehen. Genauer: Er kann schon. Aber es ist verdammt anstrengend.

»Vielleicht interessiert die Mehrheit das politische Europa aber überhaupt nicht. Mit oder ohne Kampagne der Europäischen Kommission. Weißt du was? Nicht mal von den wirklich greifbaren Vorteilen wie dem freien Personenverkehr oder dem gemeinsamen Geld merken die meisten Leute wirklich was. Wer gondelt schon wie wir andauernd kreuz und quer über die Grenzen durch die Gegend?«, sagte Mark.

Die Bedienung tänzelte herbei und stellte zwei Cognacgläser und ein paar Nüsschen auf den Tisch. Der um seinen Freund besorgte, rationale Kulturmensch Mark Stadler nahm sich vor, ihr diesmal nicht nachzusehen. Nicht ohne einen Anflug von Stolz bemerkte er, dass er Erfolg hatte.

»Aber dass es hier schon lange keinen Krieg mehr gibt, merkt man ja«, entgegnete Rudy. »Nach dem ewigen Gemetzel, das es unter den notorischen Feinden Deutschland und Frankreich über die Jahrhunderte gegeben hat, ist das doch alles andere als selbstverständlich. Die Mitgliedstaaten mögen sich heute fast ein Jahrzehnt lang im Ministerrat darüber streiten, wie viel Prozent Pflanzenfett in eine Schokolade rein darf. Aber sie haben damit aufgehört, aufeinander zu schießen.«

»Meistens geht es bei der Streiterei im Ministerrat ums liebe Geld. Solche Situationen kennen die Leute ja aus eigener Erfahrung. Deshalb müssten sie es theoretisch ganz gut verstehen, dass auch der Staat für seine eigenen finanziellen Interessen kämpft. Nur interessiert es kaum jemand, um was es wirklich geht. Nehmen wir mal dein Beispiel mit der Schokoladenrichtlinie und dem Pflanzenfett. Die Presse hat uns vorgeführt und so getan, als ob in Brüssel lauter Irre sitzen, die sich zehn Jahre lang darüber streiten, was Schokolade ist. Aber um was ging es wirklich? Die Mitgliedstaaten, die aus kolonialgeschichtlichen Gründen direkt an den Kakao-Ressourcen saßen, hatten keine besondere Lust darauf, dass ihre Geldquelle versiegte. Also bestanden sie auf einer Richtlinie, in der drin stehen sollte, dass Schokolade nur unter dem Namen Schokolade verkauft werden darf, wenn sie aus Kakao und nicht aus Pflanzenfett hergestellt wird«, sagte Mark.

»Das kurzfristige finanzielle Selbstinteresse kann man doch nicht als Triebfeder politischen Handelns verkaufen«, entgegnete Rudy entrüstet. »Dann verschwänden die großen Ideen endgültig hinter kleinen, eigentlich unbedeutenden Scharmützeln um eigentlich unbedeutende Dinge. Die europäische Integration ist eine große politische Idee und war von Anfang an auch politisch bedingt. Das weiß heute fast niemand mehr, aber der Vorschlag für eine politische Union lag bereits 1954 schon einmal auf dem Tisch. General de Gaulle und Frankreich hielten jedoch auch damals in letzter Minute den Daumen nach unten. Die Integration über die Märkte war somit die einzige Alternative und bis heute ist sie das Fundament der politischen Einigung Europas geblieben. Die Methode hat allerdings gewisse ästhetische Nachteile. Man pflegte sich im großen Europa immer sehr lange und sehr grundsätzlich über die Kleinigkeiten der Marktordnungen zu streiten. Man muss den Bürgern wieder bewusst machen, welch ideelle Werte durch eine Verankerung moderner Staatsprinzipien in einer Verfassung in der ganzen europäischen Union gefestigt und abgesichert werden können.«

Die beste Methode, Rudy von seinem persönlichen Elend abzulenken, bestand darin, ihn über Dinge reden zu lassen, an denen er hing. Er konnte dabei sehr grundsätzlich werden und vergaß seinen Kummer.

Seit er im Kabinett arbeitete, war er allerdings vornehmlich mit der Abwicklung politischer Geschäfte beschäftigt. Sein Chef fragte Rudy zuerst nach den Möglichkeiten für Mehrheiten und Kompromisse und nur selten nach seinen persönlichen Überzeugungen. Mark bemerkte nicht ohne Freude, dass Rudy trotz allem sofort volle Fahrt aufgenommen hatte.

»Die Urheber der europäischen Einigung wollten erstmal einen neuen Krieg zwischen Frankreich und Deutschland verhindern«, fuhr er fort. »Dabei kamen Schumann und Monnet vielleicht auf die brillanteste Friedensidee aller Zeiten. Was gab es damals Genialeres, als die Kohle- und Stahlmärkte zusammenzulegen? Waffen konnte man Anfang der 50er noch nicht bei Schurkenstaaten oder im Großhandel bestellen. Die Montanunion machte es praktisch unmöglich, dass man heimlich ein paar Hundert Panzer fabrizieren und mit ihnen durch die Ardennen rollen konnte.«

Rudy musste Luft holen. Mark ließ ihn gerne weiterreden.

»Die gemeinsamen Marktregeln und Institutionen für die kriegswichtigen Industrien sorgten aber auch dafür, dass Vertrauen entstand. Von der Montanunion war es nur ein logischer Schritt, die Integration auf andere Wirtschaftsgüter zu erweitern. Natürlich gab es immer Konflikte, die von außen lächerlich aussahen und du hast Recht, wenn du meinst, dass sie meistens aus egoistischen Wirtschaftsinteressen der Mitglieder resultierten. Aber es war die Europäische Wirtschaftsgemeinschaft, die Europa einen institutionellen Rahmen gegeben hat, um solche Konflikte am Verhandlungstisch beizulegen«, polterte Rudy.

»Der weitere Fortschritt der politischen Einigung hängt trotzdem davon ab, dass die Mehrheit das Gefühl unmittelbarer wirtschaftlicher Vorteile hat. Ganz oben steht dabei heute das Verlangen nach ökonomischer Sicherheit«, entgegnete Mark. »Ich sage dir, die Entwicklung der Arbeitsmärkte ist weit wichtiger als jede noch so tolle Überzeugungs- und Informationskampagne über die politischen Vorzüge einer europäischen Verfassung. Jedenfalls wenn man ein Referendum veranstaltet und die Bürger direkt darüber abstimmen lässt, was in Europa passiert.«

»Aber liegt es nicht auf der Hand, dass gerade der europäische Binnenmarkt die Wachstumsmaschine schlechthin ist? Wenn es in unseren Zeiten ein wirtschaftliches Erfolgsmodell gibt, so ist es doch der Binnenmarkt. Die Verfassung sorgt dafür, dass dieses Modell politisch abgesichert wird«, rief Rudy.

Mark kam nun ebenfalls in Fahrt. Das Thema war ja auch spannend. Im Prinzip ging es um die ganz generell stets faszinierende Frage, unter welchen Voraussetzungen man etwas für eine Gemeinschaft tun kann, in der jedes einzelne Mitglied erstmal an sich selbst denkt.

»Leider ist es nicht so, dass alle Bürger die gesamteuropäische Perspektive im Auge haben«, sagte Mark. »Sie glauben, dass die EU ihre Lebensgrundlagen ändert. Es gibt eine Menge von Leuten, die eine riesige Angst haben, dass ihre Fabrik demnächst nicht mehr in Wolfsburg, sondern in der Slowakei steht. Der Binnenmarkt ist eine ultraliberale Veranstaltung. Man schafft damit keine Arbeitsplätze, sondern nur Freiheiten, die es vorher nicht gab. Die Bürger haben in ihrer Mehrheit eine Abneigung gegen Wirtschaftsliberalismus. Sie hegen eher ein Bedürfnis nach individueller ökonomischer Sicherheit. Ich habe meine Zweifel, ob man bei der Mehrheit der Leute damit punkten kann, wenn man in einer Kampagne darauf abzielt, dass es heute ein bisher ungekanntes Maß an Freiheit auf dem Kontinent gibt. In unseren Zeiten haben viele Menschen Angst vor der Freiheit der anderen. Sie denken, dass durch die EU fremde Menschen ungehindert in ihr Territorium kommen dürfen und ihnen etwas wegnehmen.«

»Ist das nicht eine etwas zu individualistisch-ökonomische Sicht?«, fragte Rudy. »Glaubst du wirklich, dass ein gesellschaftlich so wunderbares Ziel wie die institutionelle Verankerung eines demokratischen und freien Europas nicht irgendwie auch für Mehrheiten sexy sein kann, wenn man es den Leuten nur einmal richtig bewusst macht?«

»Mit dem freien Europa kann man im Westen niemand mehr hinter dem Ofen hervorholen, weil man das Thema nicht überzeugend besetzen kann. Historisch hatte das Vorhandensein von Unfreiheit bei anderen Menschen ein starkes Gefühl der eigenen Freiheit geweckt, auf dem man hätte aufbauen können. Aber heute? Es gibt schon lange keine Sklaven mehr und du kannst mit einem französischen Ausweis heute kinderleicht bis in die Türkei fahren. Was verändert die Verfassung schon im täglichen Leben eines westeuropäischen Bürgers? Was bringt ihn dazu, an einem schönen Sonntag im Juni an die Wahlurne zu gehen? Mit den Ängsten der Leute vor der eigenen Armut und Bildern in Scharen heranziehender Fremder kann man viel leichter eine emotionale

Kampagne aufziehen. Gegen die kannst nicht einmal du etwas ausrichten, lieber Rudy.«

»Ich glaube als Ökonom kann man gar nicht anders denken«, rief Rudy sichtlich empört. »Wenn ihr in euren Modellen ständig unterstellt, dass sich jeder wie eine gewinnmaximierende Rechenmaschine verhält, könnt ihr euch offenbar gar nicht mehr vorstellen, dass manche Menschen sich nicht nur von ihren kurzfristigen Interessen leiten lassen.«

Mark lachte. Es machte Spaß, mit Rudy zu diskutieren. Er war sein liebster Freund.

»Ein bisschen was ist da dran, das gebe ich zu. Wenn mir der Zahnarzt in den Mund guckt, dann schaue ich gleich bei ihm nach, ob in seinen Augen wie bei Dagobert die Dollarzeichen aufleuchten. Und wenn sich seine Pupillen auch nur ein wenig weiten, schließe ich mit mir eine Wette ab, dass er mir im nächsten Moment ein ultrateures Implantat verkaufen will. Ansonsten gehöre ich zur raren Gattung der Exoten, die ab und zu eine eigene, von der Mehrheit abweichende Meinung äußern. So etwas ist für einen verbeamteten Menschen in aller Regel enorm karriereschädlich und damit eindeutig gegen die eigenen finanziellen Interessen.«

»Ich weiß, ich weiß. Mark Stadler gibt den Don Quijote. Aber wo ist der Hoffnungsschimmer für Europa? Soll sich die Kommission jetzt zurücklehnen und aufgeben?«

»Es schadet nichts, wenn man die Fakten so sieht, wie sie sind, lieber Rudy. Wir streiten ja nicht über das Ziel an sich, sondern nur darüber, wie man hinkommt. Und ich sage dir: Eine Bürger-Schmuse-Kampagne bringt nichts, ob du jetzt da mitmachst oder nicht. Man wird eine Weile warten müssen, den von den Regierungen verhandelten Text für die Verfassung ein wenig umfrisieren und vor allem die provokante Überschrift Verfassung streichen. Mit ein bisschen juristischem Geschick wird man die wesentlichen Elemente als Änderung des bestehenden EU-Vertrages verkaufen und damit kritische Volksabstimmungen umgehen können. Im Ergebnis würde so annähernd das gleiche erreicht. Diese Prozedur ist zwar ein bisschen undemokratischer als eine Volksabstimmung, aber dafür kommen wir ja danach zu mehr Demokratie in der EU. Hab ich nicht Recht?«

Miss Jogging betrat die Terrasse, um nachzusehen, ob jemand Durst hatte.

»Wo linst du denn immer hin?«, fragte Rudy.

»Ich tue, was die Evolution von mir verlangt. Willenlos.«

»Du redest wie der Mathematiker«, sagte Rudy. »Also muss es sich um eine Frau handeln. Oder die Mehrzahl davon.«

Er drehte den Kopf in die Lins-Richtung.

»Aha. Nettes Beinkleid.«

»Für den Mathematiker wäre unser Thema ein gefundenes Fressen für seine anthropologischen Studien«, schmunzelte Mark. »Neuerdings interessierte er sich wieder mal für Affen. Die Brutalität und Grausamkeit gegenüber der eigenen Gattung hat der Mensch offenbar mit den Schimpansen gemein, sagt er. Aber es gibt wohl noch einen anderen nahen Verwandten. Der hat lieber den ganzen Tag Sex und soll ganz friedlich sein. Bonobo-Affe oder wie der heißt.«

»Und was sagt uns das jetzt?«, fragte Rudy etwas irritiert.

»Na ja, es ist ja auf jeden Fall so, dass der Mensch sein Territorium nicht immer verteidigt. Man wird ja nicht automatisch getötet oder vertrieben, wenn man in ein fremdes Land fährt, sondern kriegt gegen entsprechende Bezahlung eine Frau vom Escort-Service oder sogar etwas zu essen. Das haben wir von den Bonobo-Affen. Der Affe gedieh offenbar in einer Umwelt, wo es immer etwas zu futtern gab. Streitereien brachten da nichts, weil der siegreiche Streitaffe seine Möglichkeiten zur Fortpflanzung durch den Kampf nicht wesentlich verbesserte. Der Mathematiker meinte, die Viecher seien viel bessere Ökonomen als ich.«

»Noch bessere Ökonomen, wäre politisch korrekt gewesen. Aber lass mich raten: Wenn es schlecht läuft, mutiert der Mensch zum Schimpansen?«

»Der kämpft jedenfalls um sein Territorium wie um sein Leben. Musste er auch. Wo der Schimpanse lebte, gab es nicht so viel zu essen. Das heißt Wettbewerb.«

Mark trank noch einen Schluck. Er war alles andere als ein Liebhaber von Cognac. Seine Bestellung war ein Tribut an Rudy, der das Zeug wirklich mochte. Ein Freundschafts- und Solidaritätscognac sozusagen.

»Gott sei Dank interessiert sich Tom nicht für Politik. Stell dir vor: Tom Beurre als Speerspitze der Europa-Kampagne. Es lebe der Bonobo-

Affe! Er lächelte und liebte grenzenlos auf allen Plakaten und doppelseitigen Zeitungsanzeigen. Im Moment ist der Mathematiker allerdings nicht mehr auf Affen, sondern ausschließlich auf ein einziges Menschenweibchen fixiert. Er ist verliebt und versteht die Welt nicht mehr.«

Mark blickte zum Himmel.

»Oder zumindest denkt er, er wäre verliebt.«

Rudy schreckte auf.

»Hoppla!«

»Schwer verliebt, behauptet er«, sagte Mark.

»Wer ist denn die Unglückliche? Petra?«, fragte Rudy.

»Äh... wie kommst du denn da drauf?«

Rudy war verlegen. Mark ahnte, dass ihm der Hinweis auf Petra herausgerutscht war. Aber nun war es zu spät.

»Nun, nur wenn ich manchmal ein wenig Diskretion walten lasse, heißt das ja noch nicht, dass ich blind bin. Ich habe Tom und Petra während meiner Feier aus dem Augenwinkel heraus beobachtet. Er ist um sie herumgestrichen, so wie er es immer tut, wenn er eine im Visier hat, und dann ist er mit ihr auf dem Balkon verschwunden. Richtig stutzig wurde ich aber erst, als mir der argentinische Botschafter zum Abschied zu meinen Balkonpflanzen gratuliert hat. Um ganz ehrlich zu sein: Meine Pflanzen stammen nicht gerade vom Hauptlieferanten der botanischen Gärten des belgischen Königs, sondern ausnahmslos aus dem letzten Sonderposten des türkischen Krämers um die Ecke. Ich wurde also gleich misstrauisch und sah draußen nach. In einem der Blumentöpfe fand ich ein äußerst schnittiges Höschen. Die Konfektionsgröße hätte zwar theoretisch noch einer anderen der anwesenden Damen passen können, aber praktisch kenne ich nur einen, der es schafft, mitten in einer Diplomaten-Party ein 34-er Höschen von seinem angestammten Platz in einen Blumentopf zu transportieren.«

Mark grinste.

»Wir kommen, trotz manchem Dissens über menschliche Motive und Möglichkeiten, doch immer wieder auch zu Übereinstimmungen. Ist das nicht ungeheuer beruhigend?«

»Ich war alles andere als beruhigt, als Petra neulich unbedingt nach München fliegen wollte, um sich dort auf eine Stelle zu bewerben. Das macht überhaupt keinen Sinn. Ihr Mann hat einen ziemlich guten Job hier in Brüssel. Ich gehe nicht davon aus, dass der von ihr erstrebte Höhepunkt der Ehe eine Wochenendbeziehung ist.«

»Du hast also gedacht, sie will unserem Herzensbrecher nahe sein, ihren Mann verlassen und nach München umziehen?«

»Genau das habe ich befürchtet.«

»Und hast du nur befürchtet oder auch was unternommen?«

Rudy blickte verlegen auf die Tischplatte und schwieg. Auch Mark sagte nichts. Er erinnerte sich an eine Geschichte, in der eine reichlich liebestrunkene Dame vorkam, die seinerzeit aus dem fernen Flensburg nach München reiste, um sich einen Job und, wie sie jedenfalls vorgab, eine Wohnung zu suchen. Tom überließ ihr, wie er später einräumte, ein wenig zu voreilig den Wohnungsschlüssel. Am selben Abend fand er vor Schreck gelähmt im Wohnzimmer ein hellblau angestrichenes Schaukelpferdchen vor, das die Dame, übrigens durchaus mit Sinn für das Detail, genau zwischen seiner Couch und seinem Fernseher platziert hatte. Nach Abklingen der Lähmung zogen das Schaukelpferdchen und die Besitzerin am nächsten Morgen wieder aus, was, wie zu hören war, nicht ohne Tränen abging.

Rudy sagte immer noch nichts. Er nahm sein Glas und trank es aus.

»Komm, Rudy, was hast du gemacht?«, bohrte Mark schließlich.

»Ich beichte ein andermal. Der heutige Tag ist traurig genug.«

»Also gut. Aber ich sage dir trotzdem schon mal: Es ist nicht Petra, in die Tom verschossen ist. Wenn du Mist gebaut hast und das Rad der Geschichte noch einmal zurückdrehen kannst, dann tu es. Es ist nach dem letzten Stand der Dinge so gut wie ausgeschlossen, dass Petra wegen Tom nach München umziehen will. Glaub mir das einfach mal.«

»Wirklich? Ich fürchte allerdings, für das Rad der Geschichte ist es leider bereits zu spät.«

»Dafür, dass man etwas ändert, ist es nie zu spät.«

»Und wieso sind wir uns denn so sicher, dass das niemals bei Tom geschehen wird?«, fragte Rudy.

Mark beobachtete den Gast, der schräg gegenüber saß und sich in Damenbegleitung befand. Offenbar kämpfte hier jeder mit der Evolution und in diesem Moment fand Mark das ungeheuer beruhigend. Als die

Bedienung an seinem Tisch vorbeikam, schielte der Mann so kunstfertig aus seinen Augenwinkeln auf das Beinkleid, dass seine Begleiterin nichts davon merkte.

»Touché«, sagte Mark.

X

»Ich weiß nicht, was ich machen soll«, sagte Tom.

Eva sah ihn besorgt an. Ansonsten sah sie aus wie immer, oder wenigstens fast wie immer. Diesen Sommer war in Eva ein ungeahnter sportlicher Ehrgeiz erblüht, in dessen Folge sie einige Hobby-Tennisturniere bestritten hatte. Sie betrieb die Sache offenbar mit großem Eifer. Es war nicht auszuschließen, dass sie sich, nach dem Vorbild der berühmten Becker-Rolle, manchen Bällen im Hechtsprung hinterher warf. Wer seinen Blick etwas schärfer durch ihre Netzstrümpfe warf, gewahrte auf beiden Knien nur unvollständig verheilte Schürfwunden. Der Rest war perfekt. Die Männer hatten ihr wie immer mehr oder weniger unverhohlen nachgestarrt, als sie blond, aufregend und sexy ins Lokal gestöckelt war.

»Hast du mal einen Arzt gefragt?«, fragte sie.

»Ich weiß nicht, wie ihr Frauen das mit dem Gynäkologen macht. Mir ist alles so was von peinlich.«

»Komm, Tom, sei nicht albern.«

»Die Punkte kommen ja nur, wenn Herr S. aufgeregt ist. Und wie soll er sich aufregen, wenn ihn ein Mann anstarrt?«

Herr S. war eine Erfindung von Eva gewesen, die Tom sofort begeistert aufgenommen hatte. Wie gesagt, Eva war sehr edel, und sie hätte niemals zweifelhaft klingende Dinge in den Mund genommen. Tom wiederum fand, dass der Name gut passte. Schließlich wurde Herrn S. in seinem bisherigen Leben doch einige Aufmerksamkeit zuteil. Er hatte es schon lange verdient, dass man ihn mit der Anrede »Herr« ein bisschen adelte.

»Soll ich mitkommen?«

»Das, liebe Eva, ist eine überaus interessante Vorstellung.«

Tom und Eva sahen sich an und lachten. Vor ein paar Jahren war Eva für Tom noch der von allen umschwärmte Vamp gewesen, von dem er nichts weiter gewollt hatte, als ihn wieder und wieder zu erobern. Aber das war vorbei. Der Vamp war eine Verkleidung, eine dauerhafte zwar, aber deswegen doch nicht mehr als eine Verkleidung. Darunter war Eva zerbrechlich, lieb, einfühlsam und sensibel. Manchmal wirkte sie fast hilflos. Gutmütig unterhielt sie sich selbst mit den schlimmsten Idioten, niemals war sie schnippisch oder abweisend. Dass sie viele Männer mit ihren Vamp-Auftritten verrückt machte, wusste Eva, aber sie zeigte lieber mit schockierender Eindeutigkeit alle Reize als auch nur das kleinste Zipfelchen ihrer Seele. Ihre Show bot eine Eva, die es nicht gab. Letzten Endes lief sie aber nicht nur vor ihren Männern, sondern auch vor sich selbst davon.

Eva war ihm eine echte Freundin, dachte Tom. Die Erotik war zwar nicht völlig aus dem Zentrum der Beziehung herausgerückt, aber sie war längst nicht mehr alles. Auf Eva hatte das wie eine Befreiung gewirkt. Unabhängig von ihrer Rolle als Sexgöttin konnte sie endlich etwas mehr von sich zeigen. Tom war sich sicher: Wenn es ihm helfen würde und so grotesk die Vorstellung auch war, im Zweifel würde Eva mit ihm und Herrn S. sogar zum Arzt gehen.

»Wann triffst du Louise denn wieder?«

»Übermorgen.«

»Dann hast du nicht mehr sehr viel Zeit, um dein Problem in den Griff zu bekommen. Ich meine, sofern du konkretere Absichten hast.«

»Das kann man ungefähr so sagen.«

Eva zündete sich eine Zigarette an. Der neu entfachte Sportsgeist hatte noch nicht auf alle Lebensbereiche übergegriffen. Außerdem musste sie nachdenken.

»Wie wäre es denn, wenn du ihr einfach die Wahrheit sagst?«

»Die Wahrheit? Du meinst, ich soll etwa sagen: Louise, ich stehe wie verrückt auf dich, aber leider kann ich die Hose dieses Mal auch nicht ausziehen. Dann würdest du dich nämlich ganz furchtbar erschrecken. So ungefähr, ja?«

Eigentlich war Tom nicht zum Spaßen zumute. Doch dass ihm gerade Eva, die unumschränkte Meisterin der visuellen Effekte, einen derartigen Vorschlag machte, amüsierte ihn doch.

»Dann müssen wir drei eben jetzt zum Onkel Doktor gehen«, sagte sie nun bestimmt. »Tom, Herr S. und Evi. Ich bleibe im Wartezimmer, falls man mich brauchen sollte. Und natürlich auch, damit du tatsächlich zu ihm rein gehst und nicht heimlich wieder abhaust.«

Tom wäre beinahe vom Stuhl gefallen. Dass Eva mit solcher Bestimmtheit etwas wollte, hatte er noch nie erlebt. Was Eva selbst wollte und ob sie überhaupt irgendwann einmal wirklich etwas wollte, war für Tom eines der am besten gehüteten Geheimnisse der Menschheitsgeschichte.

»Wie könnte ich dir je einen Wunsch abschlagen?«, hörte er sich sagen.

»Wir gehen zum Hautarzt. Ich weiß einen. Der hatte in letzter Zeit zwar viel mit Schürfwunden zu tun, aber vielleicht kennt er sich ja auch mit Punkten aus.«

»Hast du die Nummer?«

»Klar. Wir brauchen aber nicht anzurufen, glaub ich. Das letzte Mal hat er mir vorgejammert, dass er bald pleite ist. Er putzt sogar schon selber.«

»Ob das wohl ein gutes Zeichen ist?«

»Er sagt, das käme von der letzten Gesundheitsreform. Fachärzte seien gerade nicht mehr so in Mode, hat er gemeint. Kosten wohl zu viel.«

Tom winkte dem Ober.

»Von mir aus kann er für alle oder jeden einzelnen Punkt eine Rechnung schreiben. Sofern er nicht nur schreibt, sondern auch etwas dagegen macht.«

Eva freute sich über ihren Sieg mindestens so wie über den beim letzten Schleifchen-Turnier ihres Tennisclubs.

»Na, dann bezahle ich heute mal die Spesen«, sagte sie.

X

Eva war alleine im Wartezimmer zurückgeblieben. Als Tom wieder zur Tür herein kam, ahnte sie, dass der Besuch bei Doktor Grabusch keine durchgreifende Wende gebracht hatte. Er blieb erst gar nicht stehen, sondern griff sofort nach Evas Hand und zog sie hinter sich hinaus.

»Und?«, rief Eva von hinten, während der Patient, inzwischen schon auf der Straße, vorne wie wild an ihrer Hand zog. Wie es aussah, wollte er zwischen sich und der Praxis von Herrn Doktor Grabusch möglichst schnell ein wenig Distanz bringen.

»Das ist einfach nur peinlich«, stieß Tom hervor, derweil sich seine Schritte gar noch zu beschleunigen schienen.

Endlich bogen sie um eine Hausecke in eine Nebenstraße. Er ließ Eva los, spähte aber immer noch über die Schulter. Das Ganze wirkte ungefähr so, als sei es in München unter Strafe verboten, einen Arzt aufzusuchen. Tom war derart irritiert, dass er sogar dachte, die Leute auf der Strasse hätten soeben ihm nachgesehen. Das taten sie natürlich nicht. Der sprintähnliche Auftritt, zu dem Tom Eva mitsamt ihren Stöckelschuhen zwang, führte nur dazu, dass sich der Kreis derer, die Eva immer und überall nachguckten, noch um die Leute erweiterte, die ihre sportliche Leistung bewunderten.

»Nun sag schon! Was ist?«, rief Eva.

»Hilflos, absolut hilflos ist der.«

Eva ließ nicht locker.

»Ist das alles? Hat er sich die Beschwerung denn angesehen?«, bohrte sie.

Tom sah flehentlich zum Himmel. Von seinem bisherigen Leben war er gewohnt, dass er alles im Griff hatte. Davon war im Moment nicht mehr viel übrig. Und jetzt sollte er auch noch darüber reden.

»Ich hab's ihm erklärt. Der hat gedacht, ich wollte ihn auf den Arm nehmen.«

»Du hättest ihm Herrn S. ja vorstellen können.«

»Ich habe tatsächlich einen Moment überlegt, ob ich dich reinholen soll. Aber dann habe ich abgewogen.«

Bei diesem Wort weiteten sich zwei ohnehin schon sehr große blaue Augen. Eva sah zwar nicht so aus, aber sie hatte Jura studiert. Juristen lieben das Wort »abwägen.« Geschlechterübergreifend entsteht eine Art Pavlow'sche Reaktion, die sich nie wieder völlig abbaut.

»Öffentliches gegen privates Interesse?«, fragte Eva auch gleich wie aus der Pistole geschossen.

»Nein, liebe Evi, Wahrscheinlichkeiten. Nämlich die, dass unser Grabusch einen Herzanfall erleiden könnte, wenn er sich vorstellt, was du hinter dem Vorhang anstellst, um meine Punkte ans Tageslicht zu bringen. Gegen jene, dass er durch die nähere Betrachtung auf irgendeine zündende Idee gekommen wäre.«

»Und die Gesamtabwägung war selbst unter Berücksichtigung aller unappetitlichen Tatsachen und sämtlicher, noch so niederschmetternder Konsequenzen negativ?«

»Eindeutig negativ. Grabusch meinte, in Denver/Colorado gäbe es ein neues Zentrum für die Erforschung unbekannter Krankheiten. Jetzt kann ich immerhin noch abwägen, ob ich mein Sparschweinchen auf den Kopf stellen soll, um mal eben rüber zu jetten. Vielleicht weiß Doctor Mysterious-Desease ein bisschen mehr als dein Gar-Pfusch.«

»Sei nicht gemein. Doktor Grabusch kann schließlich nichts dafür. Bei Schürfwunden ist er erste Sahne.«

»Da hat er inzwischen ja auch genügend Übung«, zischte Tom.

Nun piepste es. Die nachfolgende Reaktion hatte sich zwar, vermutlich aufgrund der etwas unerfreulichen Ereignisse rund um Herrn S., etwas abgeschwächt, doch war der Effekt nach wie vor intakt. Sofort fingerte Tom in der Hosentasche und zog das Telefon hervor. Er las eine neue Nachricht.

»Ein Verlängerter ist nicht etwa eine durch einen Kopfball in den Strafraum weitergeleitete Flanke, sondern hierzulande genau das, was ich am liebsten zu einer dieser süßen Schweinereien trinke, die es hier ebenfalls gibt. Das beste am heutigen Verlängerten ist allerdings, dass sich, derweil ich ihn trinke, etwas anderes verkürzt – nämlich die Zeit, bis wir uns wieder sehen.

Fröhlich

L.

PS: In jedem anständigen Wiener Kaffeehaus gibt es einen grimmig-bösen Ober. Oder es gibt zumindest einen Gast, der so aussieht wie einer von den schweren Jungs, gegen die der berühmte Kommissar Kottan früher so erschütternd klug ermittelte. Aber einen Tisch, an dem direkt über den Köpfen der Gäste richtige Messer von einem Kronleuchter herunter schweben? So was, liebster Tom, so was gibt es nur im Café Diglas.«

Tom strahlte. Sogleich gefror es ihm wieder.

»Sie kommt, Evi. Was mach ich bloß?«

Eva legte die Hand auf Toms Schulter. Mehr konnte sie im Moment auch nicht tun.

X

Journalistin war Louise also. Und ganz offenbar hatte sie etwas für Tarnungen übrig. Das E-Mail-Spielchen gehörte anscheinend noch zu den eher harmlosen Spielarten. Mark stellte sich vor wie Louise in ein Häschenkostüm schlüpfte, um Berichte über Kommissionsbeamte zu schreiben. Womöglich würde sie sich im Zweifel auch eine gelbe Binde mit drei schwarzen Punkten über den Arm streifen und stundenlang versonnen an einer Straßenecke Blockflöte spielen, um einen Minister auf dem Weg in das gegenüberliegende Apartment zu beobachten, in dem seine Sekretärin oder Staatssekretärin wohnte.

Mark wusste noch nicht so richtig, was er darüber denken sollte. Als Berufsökonom hatte man in puncto Moral ja eine eigene Philosophie. Sie lautete: Alles, was sich unter dem Strich lohnt, wird gemacht. So etwas wie Anstand und Moral kam praktisch nie vor.

Am schönsten sah man das bei der Oligopoltheorie. Dort geht es darum, ob sich die am Markt aktiven Unternehmen nach einer Unternehmensfusion, welche die Anzahl der selbstständig agierenden Firmen reduziert, anschließend noch rivalisierenden Wettbewerb liefern oder sich zu einem verbotenen kooperativen Preissetzungsverhalten entschließen. Für die Klärung der Frage, ob in einem konkreten Fall eine solche Verhaltensabstimmung zu erwarten ist, bastelten die Ökonomen an spieltheoretischen Modellen, in denen es grundsätzlich darum geht, ob es sich für eines der Unternehmen lohnt, die anderen hinterrücks mit einer Preissenkung aufs Kreuz zu legen (eine solche Preissenkung zöge unter bestimmten Bedingungen einige Kunden von den Konkurrenten ab und erhöhte den eigenen Gewinn).

Folgerichtig konzentriert sich die Analyse eines konkreten Falls nicht auf die Frage, ob das Verhalten des abtrünnigen Unternehmens als ein zu verwerfender Vertrauensbruch zu qualifizieren wäre, sondern allein darauf, wie hoch die Wahrscheinlichkeit ist, dass die hinterrücks durchgeführte Preissenkung auffliegt. Ist die Wahrscheinlichkeit einer Aufdeckung hoch, leitet dies zur Frage über, ob die übers Ohr gehauenen Unternehmen über hinreichende Möglichkeiten verfügen, das Verhalten des ausscherenden Unternehmens zeitnah und in gebührender Form (etwa durch gezielte Kampfpreise) zu rächen. Ergo: Wenn kein Unternehmen auf Kosten der anderen durch eine Preissenkung seinen Gewinn erhöhen kann - weil die Gefahr zu groß ist, dass der Schwindel von den anderen entdeckt und böse gerächt wird -, so geht der Ökonom davon aus, dass ein Oligopol zu einer gesetzeswidrigen Koordination des Verhaltens findet. Das ist in etwa so fest in Stein gemeißelt wie die Zehn Gebote: Zahlt sich etwas in Heller und Pfennig aus, so wird es auch gemacht.

Die Berufssituation eines Journalisten wurde nach Marks Kenntnisstand noch nicht spieltheoretisch modelliert. Es sah auf den ersten Blick auch nicht danach aus, als ob sich diese Übung lohnen würde. Die für den spielenden Ökonomen stets spannende Frage, ob und wie ein Foul vom Gefoulten beantwortet wird, stellte sich hier nicht. Freilich, es kam darauf an, in welchem Land man lebte. Aber in einem normalen Spiel mit Demokratie und Pressefreiheit durfte immer nur der Journalist foulen. Das war zu offensichtlich und zu langweilig, als dass sich ein ernst zu nehmender Spieltheoretiker hätte berufen fühlen können, diesen Sachverhalt näher zu analysieren. Einmal abgesehen vom Wissenschaftlichen, also rein menschlich gesehen, fand Mark Stadler Louises Tarnspielchen eher unmoralisch. Dafür war sie interessant. Und woher kannte sie Petra?

Es gab ein paar Anhaltspunkte, aber sie ergaben keine Theorie. So viel stand fest: Die Damen weilten am gleichen Tag in München und waren, wenn auch zu unterschiedlichen Zeiten, mit Tom Beurre verabredet. Überrascht durch das Auftreten eines unappetitlichen Nebeneffekts der von ihm selbst erfundenen Potenzpille kam Tom beim Liebesakt mit Petra etwas überhastet und wenig rücksichtsvoll zum Ende. Petra bekam aus nachvollziehbaren Gründen schlechte Laune und drohte am nächsten Tag fernmündlich mit einer Schwangerschaft. So weit, so klar. Aber wieso das Buch? Hatten sich die beiden vielleicht in Toms Stiegenhaus bekannt gemacht und beschlossen, sozusagen von Frau zu Frau, heimlich zu kooperieren? Braute sich für Tom da etwas zusammen?

X

Das Buch selbst ergab keine Hinweise auf einen bevorstehenden Komplott – kooperierende Frauen kamen genauso wenig vor wie unsittliche Männer, sieht man vielleicht einmal von dem unglücklichen Verwaltungsrat ab, der auf der heiligsten Stelle des universitären Baseballfelds von der Polizei mit einem Flittchen erwischt wird. Die einzelnen Episoden des Romans standen noch nicht mal sonderlich mit sich selbst in Verbindung, einmal abgesehen davon, dass einem die meisten wie ein Märchen vorkamen.

Der unbestreitbare Höhepunkt war das Tennismärchen, jedenfalls für Mark. Lars, der Ich-Erzähler, begegnet einem als Hobbyspieler getarnten Tennisprofi. Mit zufällig zusammengewürfelten Frühaufstehern spielt er im Morgengrauen ein bisschen Doppel und gelangt mit Hilfe dieses ungeheuerlichen Trainingsprogramms und ein paar gereiften Einsichten über den höheren Sinn des Tennissports mühelos ins Finale der Meisterschaften von Forest Hills, wo er erst der australischen Tennislegende Rod Laver unterliegt. Professor Lars Gustafsson selbst ist nach ein paar Wochen Doppel und einigen Touren mit dem Zehngangfahrrad derartig fit, dass er gegen den angehenden Finalisten von Forest Hills in einem Trainingsmatch nur denkbar knapp verliert.

Einem erfahrenen Ex-Profi der Neuzeit trieb es bei dieser Geschichte zwangsläufig die Tränen in die Augen. Gustafssons Geschichte spielte offenbar in einem Tennisparadies. Vor diesem Paradies zogen die Asse in den Krieg und kamen erst gar nicht dazu, sportliche Großtaten zu vollbringen. Nach dem Paradies musste man auf dem Weg ins Finale der US-Open schon gegen eine Tennismaschine wie Ivan Lendl, den Schrecklichen, oder die leicht erregbaren Herren Conners und McEnroe antreten. Aber damals in Austin war das anders. Einer wie Lars konnte den schönen Beruf des Philosophieprofessors ergreifen, Fahrrad fahren und nebenher mit dem Finalisten von Forest Hills mithalten.

Umgekehrt hatte sich der Autor das Ganze leider nicht vorstellen können. Dabei wäre dies eine Variante gewesen, die Mark erheblich unterhaltsamer gefunden hätte. Lars hätte Laver und den Vizechampion dabei beobachten können, wie sie vom Centrecourt, mit ihren weißen Hemdchen und fünfzehn Schlägern bewaffnet, direkt in die Philosophievorlesung eilen, um dort mit der Strindberg'schen Paranoiathese aufzuräumen. So ist das, wenn man Geschichten liest, anstatt selbst welche zu schreiben, dachte Mark. Es kommt selten so, wie man es sich selbst lieber vorgestellt hätte. Im wirklichen Leben war das zwar mitunter anders, aber dafür in anderer Hinsicht komplizierter. Zwar konnte man sich dort in manche Geschichten einmischen, aber es stand keineswegs fest, ob man sie damit zum Guten wendete.

Das Wissen über Louise war durch reinen Zufall zu ihm gelangt. Aber was sollte er nun damit anfangen? Spannend war es ja. Ohne voneinander zu wissen, sahen seine Freunde ein und dieselbe Frau in völlig verschiedenen Rollen. Für Tom war sie die begehrenswerte Frau, für die er vielleicht sein Leben ändern würde. Für Rudy war sie eine bösartige Journalistin, die seine Karriere ruinierte.

Freilich, wer Louise wirklich war, wusste keiner. Tom schien zu verliebt, um die richtigen Fragen zu stellen und für Rudy war es bereits zu spät. Fremden vertraut man manchmal mehr an als jedem Freund und sicher sah Louise ihren Kontakt mit ihm als eine Art Spiel, in dem sie die Figuren jederzeit wieder einsammeln und vom Brett nehmen konnte. Es blieb für Mark die Frage, ob er, wenn es denn ein Spiel war, mit verdeckten Karten weiterspielen sollte. Bei genauer Betrachtung war es mit dem Schwindel allerdings genau umgekehrt: Einige Karten lagen, ohne dass es Louise auch nur ahnte, bereits offen auf dem Tisch.

X

Bei einem Dominospiel genügt es, wenn ein einziger Stein angestoßen wird. Zwangsläufig ergibt das eine das andere und ein ganzes Gebäude fällt nach und nach in sich zusammen. Wir können sagen, dass der erste Anstoß für das Ergebnis kausal ist.

In unserer Geschichte sieht es auf den ersten Blick so aus, als ob es Maria Louise Wendtland gewesen ist, die mit ihrem Artikel Rudy Pragers Untergang herbeiführt. Aber müssten wir bei der Erforschung der Ursachenkette eigentlich nicht schon vorher anfangen, bei Colin G. Rijse? Schließlich war es Rijse, der Prager ohne faire Chance zur Vorbereitung in die Sitzung mit den Tierschützern beordert hatte. Streng genommen hatte sogar der Kabinettchef des Präsidenten seinen Anteil, denn er war es, der darauf bestand, dass Rudy die Sitzung mit den Tierschützern plötzlich abbrach, wodurch er keine Zeit mehr hatte, ein paar freundliche Worte für die Besucher zu finden. Über die Kausalität von Ursache und Wirkung könnte man bis zu diesem Punkt also durchaus streiten.

Das endgültige Aus für Rudy hatte mit Louises Artikel jedenfalls nichts mehr zu tun.

X

Für Zuhörer waren nicht viele Plätze vorgesehen. Damals, im alten Gebäude, hatte der Sitzungssaal noch den Luxus einer an den Wänden entlang führenden Stuhlreihe. Nach dem Umzug ins frisch renovierte Berlaymont bekamen die Kabinettchefs zwar im obersten Stockwerk ihren eigenen, speziellen Saal, doch fiel das Sitzplatzangebot dort sehr spärlich aus.

Es stach allerdings sofort ins Auge, dass es in der kleinen Sitzecke heimelig und gemütlich war. Während die Chefs rings um den ovalen Verhandlungstisch mit eher trüb-grauen Drehstühlen Vorlieb nehmen mussten, durften sich ihre Mitarbeiter in einer bunten Sesselgruppe niederlassen. Strategisch überaus günstig lag sie genau gegenüber von den Dolmetscherkabinen. Wem es während einer Sitzung langweilig wurde, konnte diesen virtuosen Sprachartisten bei der Arbeit zusehen, die, ohne nur einmal die Augenbrauen hochzuziehen, selbst den allerwirrsten Salat übersetzten. Wer auch das zu dröge fand, konnte von seinem Sessel aus einen Blick durch die verglaste Frontseite hinunter auf die Stadt werfen.

Doch war das lange nicht alles. In der Sitzgruppe hatte sich ein grandioses Farbfeuerwerk ausgebreitet. Es gab nicht nur die obligate, aber nichtsdestoweniger schöne Europa Fahne, die mit ihrem sanften Blau und allen ihren Sternen stolz in ihrer Mitte stand, auch die Sessel selbst waren in einem äußerst interessanten Ton gehalten. Wie es einem Kenner der Comic-Szene sofort ins Auge fallen musste, glichen die Sessel auffällig dem Fell von Paulchen, dem rosaroten Panther. Abgerundet wurde das Ganze von einer in Bordeauxrot getränkten Wand.

Gäste waren in der Sitzung der Kabinettchefs seit geraumer Zeit nicht mehr gerne gesehen, weshalb sich Colin G. Rijse ein bisschen darüber wunderte, warum man für sie einen derartigen Aufwand betrieb. Der Grund für die Missstimmung waren die Löcher gewesen, durch die immer wieder brisante Einzelheiten von Sitzungen nach draußen schlüpften. Von dort gelangten sie direkt in die Financial Times. Einmal positiv betrachtet, hätte man sich dadurch so manches Briefing für die Kommissare sparen können, denn es stand ja bereits alles in der Zeitung. Darauf aufbauende Rationalisierungsvorschläge blieben jedoch aus, obschon die Generaldirektoren bei jeder Gelegenheit darauf drängten, die Kabinettsetagen weiter auszudünnen. Anstatt dessen gab es jetzt genaue Regeln, welche Beamten bei welchen Tagesordnungspunkten anwesend sein durften.

Heute war der Eintritt für alle ausnahmslos verboten. Die Kabinettchefs waren zu einer Krisensitzung geladen. Colin G. Rijse wäre am liebsten wieder abgetaucht, aber dieses Mal hatte er keine Wahl. Sein Kommissar hatte sich in einer deutschen Zeitung zu internen Angelegenheiten der Kommission vernehmen lassen und Staub aufgewirbelt. Wenn Rijse verhindern wollte, dass sein Chef vor allen Leuten in die Ecke gestellt wurde, musste er etwas unternehmen.

Von dem Vorwurf, dass es illoyal war, die inneren Einsichten über die Funktionsweise der Kommission nicht dem Kollegium, sondern der Presse anzuvertrauen, würde Rijse seinen Kommissar nicht befreien können. Er konnte nur versuchen, dass aus dieser Sitzung nicht ausschließlich eine Aussprache über die Loyalität des Kommissars gegenüber seiner eigenen Behörde wurde. Der Kommissar kam nur einigermaßen unbeschadet aus dieser Sache heraus, wenn es Colin gelang, eine allgemeine politische Debatte über die politische Kontrolle des Beamtenapparats vom Zaun zu brechen. Rijse hatte sein Eingangsstatement bereits hinter sich. Er wartete nun darauf, was auf ihn herunter regnete. Er durfte darauf hoffen, dass die befreundeten Kabinette, die sich aufgrund des Zuschnitts der Zuständigkeiten innerhalb der Kommission gegenseitig brauchten, moderat reagieren oder sogar schweigen würden. Von den Unabhängigen konnten sich andererseits jederzeit einige dazu berufen fühlen, gegen ihn das Schwert zu führen.

Es war nicht besonders schwierig, ihn hier vorzuführen, dachte Rijse. Man brauchte nur mit dem Vorwurf zu kommen, dass es nicht besonders glücklich war, dass der Kommissar die Leute mit seinem Statement in ihren Vorstellungen über die Funktionsweise der EU noch weiter irritiert hatte. Das Interview des Kommissars bestätigte das von der Presse gepflegte Vorurteil, dass die Geschicke Europas im stillen Kämmerlein von den Beamten der Kommission gelenkt wurden. Das war in Wirklichkeit natürlich Unsinn. Jeder, der sich hier ein bisschen auskannte, wusste, dass die Entscheidungen über EU-Richtlinien und Verordnungen nicht von der Kommission, sondern vom Ministerrat und dem Europäischen Parlament getroffen wurden. Die Kommission hatte allein ein Vorschlagsrecht. Und wer schon einmal selbst im Ministerrat gesessen und miterlebt hatte, wie manche Richtlinienvorschläge der Kommission von der Präsidentschaft und den Mitgliedstaaten regelgerecht abgefieselt wurden, sollte, so fand Rijse ganz privat bei sich, für die Verbreitung eines derartigen Beamtenunsinns eigentlich eingesperrt werden.

Am meisten fürchtete sich Rijse vor Sir Charles. Bestimmt hatte Charles schon am Morgen beim Zurechtbürsten seiner Frisur Pläne geschmiedet. Die öffentliche Beamtenschelte des Kommissars war eine viel zu schöne Vorlage, als dass es sich ein Zyniker wie Sir Charles hätte nehmen lassen, seine berüchtigten Geschütze aufzufahren.

Charles hatte einen sehr kurzen Hals, Colin hatte ihn von Anfang an »das Reptil« getauft. Die an den Seiten verbliebenen Haare hatte sich Charles einen viertel Meter lang wachsen lassen. Ausgehend von einem in der Höhe der Ohren sitzenden Seitenscheitel, bürstete er sie zu einer Heinz-Maegerlein-Frisur über die kahle Mittelfläche. Es war nicht bekannt, ob Sir Charles den legendären deutschen Fernsehreporter Maegerlein kannte und ihm nachgeeifert hatte oder ob seine Frisur eine eigene Kreation war. Fest stand für Rijse nur, dass unter ihr das gefährlichste Gehirn der Kommission saß. Colin fürchtete es wie sonst nichts auf der Welt. Dass Sir Charles während Rijses Eingangsstatement schon ungeduldig mit den Fingern auf dem Tisch herum trommelte, war kein gutes Zeichen. Das Reptil war auf dem Sprung, das sah er.

Charles ergriff wie erwartet als erster das Wort. Colin fest im Blick fragte er in süffisantem Ton, ob es denn nicht mehr so sei, dass die Kommissare für die ihnen durch den Geschäftsverteilungsplan der Kommission zugewiesenen Generaldirektionen die politische Verantwortung trügen. Wenn dem noch so wäre, so bliebe es sicher auch wie bisher die Aufgabe eines Kommissars, den dort tätigen Beamten den politischen Willen vorzugeben, um die Umsetzung hernach zu kontrollieren. Es sei nun interessant zu wissen, wie Colins Kommissar mit seiner Generaldirektion verfahre und natürlich auch, ob er in seiner Kritik am Personal der Kommission seine eigenen oder die Beamten anderer Generaldirektionen gemeint hatte.

Rijse fluchte still in sich hinein, aber es half natürlich nichts. Das Reptil war durch niemand und nichts zu stoppen. Es flankte die Kugel nicht nur zielsicher in den Strafraum, sondern versenkte sie auch gleich noch selbst. Wenn Rijses Kommissar der Meinung sei, so ätzte es nun ungerührt weiter, dass ihm seine Beamten nicht gehorchten, könne sein Kommissar der Kommission ja jederzeit vorschlagen, die Betroffenen in den vorzeitigen Ruhestand zu schicken.

Glücklicherweise veranstalte Jean-Claude Dumas, der als Kabinettchef des Präsidenten die Sitzung leitete, nun eine Tour de table, in der die anderen Kabinettchefs zu Wort kamen. Rijse blieb somit erspart, direkt auf das Florett des Reptils reagieren zu müssen. Manchmal war es schon von Vorteil, dass hier mittlerweile 25 Kabinette saßen. Wenn jeder Sitzungsteilnehmer nur drei Minuten redete, ging schon mehr als eine Stunde ins Land. Manche schafften eine Wortmeldung nie unter zehn Minuten. Sie zerredeten das Vorhergesagte mit weitschweifigen Ausführungen. Unterließ es Jean-Claude nach Abschluss der ersten Runde, noch einmal nachzubohren, konnte Rijse dem Reptil vielleicht ausweichen. Aber wie sollte er diese Kuh je vom Eis bringen? Sollte er vielleicht sagen, die Kommissare hätten in ihren Kabinetten zu wenige

Mitarbeiter, um die politische Kontrolle über die Beamtenschaft effizient genug ausführen zu können? Er sah auf die niedliche, pinkfarbene Sitzgruppe. Die Kollegen würden nur wie die Pferde wiehern, das wusste er. Colin seufzte leise vor sich hin und gab innerlich auf. Er beschloss, bis zum Ende der Sitzung die Baukräne zu zählen, die hinter der Frontscheibe über der Stadt in die Höhe ragten.

Die Tischumfrage ergab ein erschütterndes Bild. Fast alle Kabinettchefs hauten in die Kerbe, die Sir Charles geschlagen hatte. Am anderen Ende des Sitzungstischs erhob sich Mario Neapolesi von seinem Sessel und kam auf Colin zu. Er war so was wie das Gegenmodell zum Reptil und Colins zuverlässigster Handelspartner in Sachen Politik und Personal. Die beiden waren sich so ähnlich, dass jeder eigentlich nur in den Spiegel hätte sehen müssen, um zu wissen, was der andere dachte.

»Wir müssen über diese Personalsache noch einmal nachdenken«, sagte Mario Neapolesi.

»Welche Personalsache?«, fragte Rijse unschuldig.

»Rudy Prager. Ich glaube, der Zeitpunkt eines Wechsels in unsere Generaldirektion ist nicht sehr glücklich gewählt. Wir sollten mit der Ausschreibung seines Postens noch ein wenig warten.«

»Wieso? Das ist doch keine spektakuläre Stelle. Das kann man doch in aller Stille durchziehen.«

»Jetzt nicht mehr. Die Leute werden sagen, dass dein Kommissar versucht, unfähige Mitarbeiter seines Kabinetts in anderen Generaldirektionen zu entsorgen.«

»Warum sollen die denn plötzlich unfähig sein?«

»Nun, wenn dein Kommissar schon selbst öffentlich erklärt, dass ihr es nicht schafft, die Beamten eurer Generaldirektion in den Griff zu bekommen…«

»Vielen Dank für das nette Kompliment, Mario. Prager ist übrigens ein vorzüglicher Mann. Ihr solltet froh sein, wenn ihr den kriegt.«

»Das interessiert nach dieser Geschichte, die euer Boss in die Welt gesetzt hat, keinen mehr, Colin. Prager kommt von euch. Damit sollten wir erstmal Gras über die Sache wachsen lassen.«

»So schnell kann das Gras leider nicht wachsen. Sein Vertrag läuft in ein paar Wochen aus.«

Jean-Claude ergriff das Wort und begann, die Wortmeldungen der Tischumfrage zusammenzufassen. Colin musste nun zuhören.

»Tut mir Leid«, sagte Mario Neapolesi, »wir können im Moment nichts tun.«

Neapolesi ging zurück an seinen Platz. Colin G. Rijse setzte wieder seinen Kopfhörer auf und machte sich Notizen.

X

***B**rüssel, liebe Louise, ist eine merkwürdige Stadt. Zweifellos, neben der von Ihnen geschätzten Schokolade kann man sich an einer Reihe weiterer Köstlichkeiten erfreuen, am Sablon zum Beispiel oder am Markplatz, dessen Besuch einen selbst nach dem fünfzigsten Mal nicht unberührt lässt. Daneben bietet die Stadt noch einige andere interessante Ecken, die freilich ein wenig verborgener sind. Das Perroquet kennen Sie ja bereits. Sofern Sie also Jugendstil mögen, so würden Ihnen die Häuser gefallen, die Victor Horta in den verschiedensten Vierteln der Stadt gebaut hat. Keine Angst, ich will keinen Reiseführer schreiben. Es geht ums Wegsehen. Denn das muss man auf dem Weg zu den großen und kleinen Sehenswürdigkeiten in Brüssel, sonst verliert man vorher die Lust. Das klingt hart, ist aber so. Jedenfalls mehr als in jeder anderen Stadt, die ich kenne.*

Dabei hatte es früher einmal sehr vielversprechend ausgesehen. Während der Herrschaft der Österreicher wurde der edle Ritter und Kunstsammler Prinz Eugen von Savoyen Statthalter der südlichen Niederlande und somit auch der Herr über Brabant und Brüssel. Man darf annehmen, dass einer, dem das Wiener Belvedere gehört hatte, niemals einem so grässlichen Ding wie diesem Monstrum von Metrotunnel zugestimmt hätte. Aber Prinz Eugen trat im Jahre 1724 ab, und das architektonische Schicksal Brüssels nahm seinen Lauf.

Für den Bau des Tunnels schlug man eine riesige Schneise durch die Stadt, und weil immer mal wieder Krieg war oder wenigstens die Verwaltungen miteinander kämpften, dauerten die Bauarbeiten über 40 Jahre. Als der Tunnel fertig war und man das große Loch endlich wieder zuschütten konnte, waren leider die architektonisch verheerenden

50er Jahre angebrochen. Fortschrittsbeflügelt bauten die Stadtplaner über den Tunnel nun eine Schnellstraße. Sie verlief mitten durch die Stadt, gesäumt von einer endlosen Zahl von hässlichen Bürohochhäusern. Auch woanders wurde nach Kräften modernisiert. Aus den für Brüssel typischen, kleinen Wohnsiedlungen mit ihren charmanten Innenhöfen wurden Parkhäuser, aus dem im neoklassizistischen Stil erbauten Südbahnhof eine Bürolandschaft, und am Boulevard Anspach, der historischen Schlagader der Stadt, sieht es heute so aus, als habe man auf die Baudenkmäler, die es früher dort gab, eine regelgerechte Jagd veranstaltet.

So was, liebe Louise, macht man nicht ungestraft mit einer Stadt. Können Sie immer wegsehen, wenn Sie es nur wollen?

Bei Stadtbesichtigungen mag das noch angehen, bei Menschen fällt es mir schwer.

Wie immer herzlich, Ihr

Mark

X

Es gibt Bahnhöfe, die passen nicht zu ihrer Stadt. Der Bahnhof von Salzburg war so ein Fall. Während die Deutschen die schmucklosen Kästen abrissen und so genannte Erlebnisbahnhöfe schufen, ließ die Österreichische Bundesbahn lange alles, wie es war. So fühlte man sich dort ein wenig wie im vorigen Jahrhundert, nur wirkte das Ganze nicht gerade schön. Der Bahnhof wirkte trist und dunkel und irgendwie roch es nach Behörde.

Draußen regnete es in Strömen. Tom war nervös. Zu allem Überfluss hatte Louise ihren Zug verpasst. Der nächste sollte erst in einer Stunde ankommen. Unruhig stand er in der Halle herum und tippelte von einem Fuß auf den anderen. Eine Verabredung auf neutralem Boden war ein wenig heikel, zumindest wenn man noch nicht miteinander geschlafen hatte. Tom besaß für derlei Situationen eine Theorie, eine Variante der Schleifchentheorie der Verführung.

Im Labor verwendete er zur Wissensbildung grundsätzlich sehr komplexe Verfahren. Demgegenüber war dieser Nebenzweig der Schleifchentheorie nicht sonderlich kompliziert. Die Erkenntnisse beruhten auf einer gewissen Anzahl von erfolgreichen Feldversuchen oder, wenn man es normal ausdrücken will, auf Tom Beurres persönlichen Erfahrungen als Eroberer. Wie dem auch sei, Tom hielt die Anbahnung eines gemeinsamen Wochenendes für die Königsdisziplin des Schleifchenspiels. Hier war es noch wichtiger als sonst, dass im Vorfeld der Verabredung keinesfalls die Worte Sex oder Abenteuer fielen. Die heikle Übernachtungsfrage musste irgendwie intelligent umschifft werden. Obwohl Tom immer ein Doppelzimmer buchte, hielt er sich eisern an die von ihm selbst ersonnene Regel und sprach das Thema niemals an. Beschied ihm die Begleiterin, dass sie ausschließlich zum Skifahren oder zur Besichtigung einer Stadt mitkommen wollte, waren die Aussichten im Hinblick auf ein erotisches Abenteuer ausgezeichnet. Die Erfahrung hatte gezeigt, dass es in diesen Fällen in der Regel nicht lange dauerte, bis man sich, meistens noch unterwegs im Auto, das erste Mal die Kleider vom Leibe riss.

Frauen brauchten, so glaubte Tom, das Schleifchenspiel vor allem für sich selbst. Er besaß einen unschätzbaren Vorteil, weil er das wusste. Es kam einem Selbstmord gleich, wenn man versuchen wollte, die Dinge beim Namen zu nennen. Das Spiel musste bis zuletzt gespielt werden und es gab nichts, was Tom mehr Vorfreude verschaffte als die Hinweise einer Begleiterin auf ihre hehren Moralvorstellungen. Damit war das Thema abgehakt. Man wollte ja wirklich nur Skifahren und hatte dies deutlich bekundet. Im Ergebnis waren die allermeisten von Toms Bettgeschichten somit völlig ungeplant und rein zufällig entstanden. Dafür ging es in aller Regel schon los, bevor die Koffer richtig auf der Ablage standen.

Die Lage war wesentlich diffuser, wenn eine Frau vor einer Verabredung vollends darauf verzichtete, auf ihre Tugend hinzuweisen. Unter den normalen Bedingungen des Schleifchenspiels hätte Tom daher skeptisch sein müssen, denn Louise hatte in dieser Richtung kein einziges Wort verloren. Doch dies war nicht der Grund, weshalb er so beunruhigt war. Er musste sich eingestehen, dass er sich vor dem Moment fürchtete, in dem er mit Louise allein war.

Er stand eine Weile unschlüssig vor dem Zeitschriftenladen, entschied sich dann aber doch für eine Zeitung und ein Päckchen Orangenbonbons. Tom setzte sich draußen auf eine Bank, die unter dem Vordach stand. Er wollte eigentlich die Zeitung lesen, sah nun doch lieber dem

Regen zu. Das war kein Spiel mehr, dachte er. Und wenn es je doch eines war, so hatte er schlechte Karten. Er hatte Angst, und das bedeutete nichts Gutes.

X

Tom dachte an die Studienzeit. Es war schon eine Weile her, aber er wusste, dass er manche Dinge auch in 50 Jahren nicht vergessen würde. Damals hatten Rudy, Mark und Tom nächtelang zusammen gesessen und Karten gespielt. Meistens spielten sie Ramsch, eine interessante Variante des Skatspiels. Diese Spielart erfordert bei weitem vielfältigere strategische Fähigkeiten als der traditionelle Skat und hatte die drei gleichermaßen begeistert.

Ramsch ist ein Augenabwehrspiel, in dem derjenige Spieler, der die meisten Augen aufgezwungen bekommt, das Spiel verliert. Beim Ramsch ist jeder Spieler sein eigener Herr, weshalb er für sein Spielergebnis ausschließlich selbst verantwortlich ist (wogegen beim traditionellen Skatspiel immer ein Alleinspieler gegen die beiden anderen antritt. Damit trifft jeder Fehler eines Spielers der Gegenpartei, der dem Alleinspieler den Sieg sichert, automatisch auch den anderen Mitspieler). Die Spielregeln erlaubten außerdem, dass jeder durch Schieben des Skats oder einen Joker (»Schuss«) das Spielergebnis verdoppeln oder, indem man die beiden Folterwerkzeuge kumuliert einsetzte, vervierfachen konnte. Das war eine wichtige Komponente, deren Bedeutung man begreifen muss, um die Leidenschaft, mit der die Freunde manchmal ganze Nächte lang und ohne Pause spielten, verstehen zu können.

Die Regel ist absolut brutal. Sie zwingt jeden Spieler von Spiel zu Spiel zu einer Art Wette auf den Spielausgang. Er muss entscheiden, ob er aufgrund der Kartenkonstellation auf den Vorteil der Aufnahme des Stocks verzichten will (er »schiebt«), um dem Gegner im Zusammenspiel mit einem von ihm ebenfalls gesetzten Joker (»Schuss«) einen verheerenden Schlag zufügen zu können. Dafür geht er im Gegenzug selbst ein gestiegenes Risiko ein, das er mit Blick auf seine Karten und die Wahrscheinlichkeit, dass er damit eine erfolgreiche Strategie durchsetzen kann, abwägen muss.

Der Stock enthält beim Ramsch wichtige, im Zweifel alles entscheidende Informationen. Der Verzicht auf zusätzliches Wissen wiegt für einen versierten Spieler oft viel schwerer als die entgangene Möglichkeit, zwei problematische Karten beiseite schaffen zu können. Durch beide Faktoren kann das eigene Verlustrisiko je nach Kartenverteilung erheblich steigen, und es kommt daher nicht selten vor, dass der Schieber am Ende das Spiel verliert. Andererseits kann man sich allzu großes Zaudern beim Einsatz der Folterwerkzeuge nicht leisten, zumindest nicht, wenn man gegen Spezialisten antritt. Scheut man das Risiko, so kommen die Gegner mit ihren schlechten Karten zu billig weg, während man selbst in einer vergleichbaren Konstellation gleich das Doppelte oder Vierfache verliert.

Sie spielten also keinen einfachen Skat, wo viele Spiele durch die Kartenverteilung von vorneherein langweilig sind und man durch dämliche Schnitzer eines Mitspielers völlig unschuldig verliert. Ramsch mit Schieben und Joker war ein viel großartigeres, ungleich böseres Spiel. Es trieb sie zu immer neuen Manövern und einer großen Zahl von Finten und sie beharkten nächtelang mit Leidenschaft.

Mark meinte damals, dass er in diesen Nächten seine Freunde wirklich kennen gelernt hatte. Nie, so glaubte er, verriet ein Mensch mehr über seinen Charakter als in den Stunden, in denen er spielte. Tom hatte sich hingegen mehr mit der Frage beschäftigt, warum es immer Mark war, der am Ende des Abends gewann. Als Wissenschaftler konnte er sich nur schwer in die Ausrede flüchten, dass es Glück war. Er wusste natürlich, dass die hohe Anzahl der Spielrunden, die sie über die Jahre ihrer gemeinsamen Studienzeit hingelegt hatten, dazu führen mussten, dass jeder von ihnen im Mittel etwa die gleichen Karten hatte.

In den Anfängen ihrer Runde war es zweifellos Marks Können gewesen. Tom, der sich für einen sehr guten Spieler hielt und durch seine Niederlagenserie sichtlich irritiert war, hatte deshalb sehr aufmerksam zugehört, als Mark eines Abends von Gottfried und Linzmann erzählte.

Mark hatte seit frühester Jugend seine Freizeit auf dem Tennisplatz verbracht. Um die Karriere ein wenig anzuschieben, schickte ihn sein Vater schon bald in den größten Club der Stadt, wo Mark eines Tages auf der Terrasse des Clubheims dem Weltkriegsveteranen Gottfried Leibnitz begegnete. Gottfried hatte in Russland einen Unterschenkel verloren. Sport konnte er selbst nicht mehr treiben, aber seine tennisbesessene

Frau hatte keinen Führerschein. Während sie spielte, sammelte sie schon wieder neue Verabredungen für die nächsten Kaffeeklatsch-Doppel ein, die dann am folgenden Tag abgearbeitet werden mussten. Gottfried sorgte mit dem heil gebliebenen Bein und einem alten Opel Taunus für den Transport und sah ihr ein paar Minuten zu. Dann setzte er sich auf die Terrasse und spielte Skat.

Gottfried Leibnitz war Mitglied des örtlichen Skatvereins, und einmal hatte er sogar den 4. Preis der nationalen Skatmeisterschaft geholt, was dick und breit von allen Regionalausgaben der örtlichen Tageszeitungen aufgemacht wurde. Gottfried war so etwas wie ein Skatprofi. Fast jedes Wochenende zog er von einem Turnier zum nächsten und räumte die Preise ab.

Eines Tages setzte sich Mark zu Gottfried auf die Terrasse. Das Spiel gefiel ihm und er sah dem Meister während der nächsten zwei Jahre über die Schulter. Der alte Kriegsveteran mochte seinerseits das junge, aufstrebende Tennistalent und betrachtete Mark schon bald als seinen Skat-Schüler. Als Mark vierzehn war, ließ ihn Gottfried zum ersten Mal mitspielen. Er war überrascht vom Talent seines Schülers und nahm ihn eineinhalb Jahre später zu der Skatrunde beim Apotheker Gaul mit.

Die Apotheke hatte im hinteren Teil eine Art Schlafraum, in den Fridolin Gaul einen großen Tisch hineingestellt hatte. Apotheker waren damals reiche Leute. Wann immer er Nachtdienst hatte, bestellte Gaul beim Metzger eine riesige Platte mit köstlichen, sündhaft teuren Schnittchen und versäumte nicht, ein paar Flaschen Wein und Bier aus dem Keller zu holen. Es war kein Wunder, dass sich eine Reihe von Stammkunden fand, mit denen der gewiefte Apotheker den ansonsten zum Sterben langweiligen Nachtdienst herum brachte. Nebenbei - oder vielleicht sollte man besser sagen, vor allen Dingen - spielte Gaul aber mit den Skatgrößen der Stadt ein bisschen um Geld.

Gottfried hielt die Nachtdienstrunde für die richtige Härteprüfung für seinen Schüler. Er maß Marks Teilnahme im Rahmen des Ausbildungsprogramms höchste Bedeutung zu. Der Apotheker zögerte anfangs ein bisschen, einen Sechzehnjährigen in sein Hinterzimmer einzuladen. Letzten Endes half es, dass Fridolin dem Tennisclub beitrat, in dem Mark inzwischen zum besten Spieler aufgestiegen war. Gottfried war derart beseelt davon, aus Mark ein großes Skat-Ass zu machen, dass er ihm selbst die flüssigen Mittel lieh, die notwendig waren, um die anfangs in der Nachtdienstrunde anfallenden Verluste seines Schützlings zu finanzieren (Marks Eltern hätten jede Spielerei um Geld als unmoralischen Unfug betrachtet und vermutlich den Apotheker zur Rede gestellt). Doch gewann Mark rasch an Erfahrung und immer häufiger auch beim Skat. Nach nur wenigen Monaten zahlte Mark auf Heller und Pfennig zurück. Gottfried Leibnitz befand stolz, dass sein Schüler nun ebenbürtig war.

Gottfried war allerdings einer von den so genannten religiösen Skatspielern. Die Religiösen spielen zwar auch um Geld und außerhalb der Turniere auch mit Jokern (man darf kontra und retour geben), doch halten sie Abwandlungen des Spiels für Teufelzeug. Es fiel Gottfried also nicht leicht. Aber wenn Ringo Linzmann auf der Terrasse des Tennisclubs erschien, ließ er sich mitunter zu einer Runde Ramsch überreden. Für Mark war das der Moment, in dem es sich lohnte, zur Beobachtung des Geschehens die Seiten zu wechseln.

Linzmann war Lehrer am Gymnasium und der Jugendwart des Tennisclubs. Ansonsten war er für die damaligen Verhältnisse einer Kleinstadt ein schriller Typ. Er hatte eine sehr hübsche Freundin, die Tochter einer lokalen Fußballlegende. Eines Tages vermachte er ihr ein nettes weißes Tenniskleidchen mit einem nicht enden wollenden Seitenschlitz und schickte sie damit auf Platz Eins zu Rado, dem jugoslawischen Trainer des Clubs. Ihre wöchentlich stattfindende Trainerstunde geriet zu einem Event, der von der männlichen Tennisjugend als lokales Großereignis eingestuft wurde, und ein guter Teil der Jugendlichen verordnete sich eine unbedingt einzuhaltende Anwesenheitspflicht beim Selbsttraining an der am Trainerplatz angrenzenden Ballwand. Als wäre dies nicht schon genug gewesen, schoss Linzmann mit einem ungeheuerlichen Ford Capri durch die Gegend, von dem es immer mal wieder hieß, ein Vetter von Rado habe dort heimlich einen Doppelvergaser eingebaut. Genaueres wusste man nicht. Aber man hörte den Motor bereits laut vernehmlich aufheulen, bevor Ringo mit seinem Schlitten nur in die Nähe kam.

Mark hatte davon berichtet, dass er anfangs nicht verstand, warum der Vierte der nationalen Skatmeisterschaften gegen den schrillen Ringo beim Ramsch keine Chance hatte. Später, nachdem er sich die Dinge eine Weile angesehen hatte, begriff er es. Gottfried spielte Ramsch genauso wie Skat, und das war gegen Ringo ein unverzeihlicher Fehler. Gottfried agierte zu konventionell und wog die unter sehr guten Spielern alles entscheidende Frage, wer welche Karten auf der Hand hat, immer nach Maßstäben der normalen Logik ab. Er war berechenbar, Ringo Linzmann nicht. Von Linzmann lernte Mark, dass es beim Ramsch unter wirklichen Klasseleuten vor allem darum ging, den Gegner in die Irre zu führen. Man musste sich von Spiel zu Spiel zu einem unberechenbaren Scheusal entwickeln, um am Ende zu siegen. Ringo hatte es im Blut. Er wusste, wann und wie man mit schlechten Karten darauf spielte, die eigenen Verluste zu minimieren, und er hatte die perfidesten Ideen, komische Karten in den Stock zu legen, um ein für die Gegenspieler fatales Verwirrspiel anzuzetteln.

Dies alles zählte später für Mark nur noch zum Handwerk, wenngleich zu einem der höheren Schule. Der Aufstieg in die Kategorie der wirklich genialen Spieler, so hatte er immer behauptet, entstand erst durch die richtige Mischung aus Disziplin, Mut und vor allem Intuition.

Rudy war von seinem Charakter her nicht wirklich ein Spielertyp. Er sog die kleinen Schweinereien des Spiels, die ihnen Mark vorführte, bei weitem nicht so gierig auf wie Tom. Er war zu nett für dieses Spiel und ließ sich, auch wenn er manchmal hoch verlor, nicht den Spaß nehmen. Tom war ehrgeizig und hatte im Laufe der Zeit die gesamte Palette der Gemeinheiten, mit denen Mark sie aufs Kreuz gelegt hatte, vollständig verinnerlicht. Immer öfter konnte er den am Anfang ihrer Spielrunden noch ebenbürtigen Rudy hinter sich lassen. Andererseits gelang es ihm so gut wie nie, Mark in der Endabrechnung eines Abends einmal vom ersten Platz zu verdrängen. Es wäre eine glatte Lüge gewesen, hätte er zu beteuern versucht, dass ihn dies nicht gewurmt hatte.

Mark meinte damals, der Schlüssel läge in ihrer unterschiedlichen Vergangenheit. Sie habe bei Tom andere Spuren hinterlassen. Ihr Gespräch wurde damals unterbrochen, und Tom hatte nachher manches Mal noch darüber gegrübelt, was der Freund gemeint hatte. Erst viel später, als die drei bereits zu selten zusammenkamen, um noch miteinander Karten zu spielen, hatte er Mark noch einmal danach gefragt. Der Freund hatte lange nachgedacht und versucht, die richtigen Worte zu finden, das Leben hatte ihn gegenüber seinen eigenen Ansichten bereits misstrauisch gemacht. Aber, so meinte er dann, es stimme wohl, dass er selbst behütet und sorgenfrei aufgewachsen war, weshalb er nicht von jeher lernen musste, um jedes und alles zu kämpfen. Alle Dinge hätten mindestens zwei Seiten und er vermutete hier auch den Grund, warum es ihm selbst manchmal an Ehrgeiz fehlte. Aber Mark glaubte, dass man ein strategisches Kartenspiel, in dem man ständig mit neuer Unsicherheit, wechselnden Risiken und der Möglichkeit falscher Entscheidungen konfrontiert wird, nur dann wirklich brillant spielen kann, wenn man mit einer natürlichen Unbekümmertheit ausgestattet ist. Spielerische Intuition gedeiht auf dem Boden der Leichtigkeit - und nie aus dem Ehrgeiz.

Tom dachte an seine Kindheit. Nachdem der Vater früh die Familie verlassen hatte und in eine andere Stadt zog, wuchs er bei seiner Mutter auf. Sie war eine laute und fordernde Frau und bläute ihrem Sohn von Kindesbeinen an ein, dass es im Leben einzig auf seinen Erfolg ankomme. Tom musste sich von Anfang an durchkämpfen, er focht um die Anerkennung der schwer zugänglichen Frau. Dafür musste er vor allem eines sein: besser als die anderen. Die Mutter schloss ihn nach der Schule ein und wachte akribisch über alles, was um ihn herum geschah. In der Schule schrieb er über Jahre nichts anderes als Einsen. Taschengeld bekam er nicht, er sollte es sich selbst verdienen. Am Samstagmorgen trug er ab fünf Uhr früh Zeitungen aus, und während er studierte, stand er jeden Freitag und Samstag bis zu dieser Uhrzeit hinter dem Tresen einer Diskothek.

Wer so aufwächst, erlebt ein Spiel in den Dimensionen von Sieg und Niederlage. Vielleicht wird man einmal Vorstandsvorsitzender eines riesigen Konzerns oder Bundeskanzler einer ganzen Republik. Aber man findet wohl nie zu der spielerischen Leichtigkeit, mit der ein begnadeter Spieler intuitiv das Richtige tut.

Tom ahnte, dass hier auch die Wurzeln seiner Sucht immer nach neuen Eroberungen begraben waren. Er selbst hatte nie wirklich darüber nachdenken wollen. Manche Menschen wurden sich selbst gegenüber misstrauisch, wenn sie in Gefahr gerieten, von einer Obsession befallen zu werden. Er erhob sie einfach zu seinem Lebenskonzept. Seit er Louise kennen gelernt hatte, war freilich einiges anders. Vielleicht würde er von seiner Zwanghaftigkeit wegkommen, heute sehnte er sich wirklich danach. Das Schleifchenspiel war im Grunde genommen kein richtiges Spiel, sondern eine Bühne, auf der immer das gleiche Stück spielte. Dieses Stück hätte ihm eigentlich schon eine Weile langweilig vorkommen müssen. Aber für eine kurze Zeit gewann er damit, was er brauchte. Er erhielt die Zuneigung einer Frau (die er am Anfang seines Lebens so schmerzlich vermisst hatte), Anerkennung und Erfolg.

Der Zug aus Wien sollte in einer halben Stunde ankommen. Die Tafel über dem Gleis vermeldete soeben eine weitere halbe Stunde Verspätung. Tom überlegte, ob er in der Zwischenzeit in die Stadt fahren sollte, konnte sich jedoch nicht dazu entschließen. Die Ruhe und die Souveränität, mit der er früher jedes Schleifchenspiel durchzog, waren wie weggeblasen. Er war ratlos. Louise bedeutete ihm etwas und das ließ nicht zu, dass er eine Rolle spielte. Sie würde sie ihm ohnehin nicht abnehmen. Alles, was er sich für das Treffen ersann, jede Stimmung oder Situation, in die er sich sonst ohne zu zögern hatte hineinfinden können, schien ihm plötzlich wie ein Graus.

Doch war es nicht allein, dass Toms Selbstvertrauen wie ein Stein im Wasser in die Tiefe gesunken war. Louise blickte wahrscheinlich nicht nur hinter seine Fassade, sondern irgendwann vielleicht doch auch in seine Hose. Selbst wenn er sich je wieder fing, hingen die ominösen Punkte immer noch wie das Schwert des Damokles über ihrem Treffen. Es gab keinen Ausweg. Wie wollte er ihr diese Geschichte beibringen? Er hätte 20 Orangenbonbons essen, die Zeitung von rückwärts und vorwärts lesen oder die restliche Zeit in den grauen Himmel starren können. Wie er es auch drehte: Tom fühlte, dass er keine Kraft haben würde, Louise die Wahrheit zu sagen.

Tom Beurre erhob sich von seiner Bank und lief auf dem Bahnsteig auf und ab. Schließlich nahm er sein Handy und tippte etwas ein. Nach ein paar Sekunden wiederholte sich das Ganze, und dann noch einmal und noch einmal. Tom lief dazwischen immer hektischer herum, bis er endlich stehen blieb. Er holte tief Luft und drückte auf die Taste, die in einer kleinen Sekunde einen Gedanken in eine unwiderrufliche Nachricht verwandelt.

Schnell entfernte er sich vom Bahnsteig in die Richtung der Parkgarage.

X

Er spürte, dass etwas im Gange war. Rijse grüßte ihn so dermaßen herzlich, dass man es fast nicht mehr aushalten konnte. Rudy war zwar bei weitem nicht so misstrauisch wie Mark, aber ein paar Antennen hatten sich inzwischen auch bei ihm aufgerichtet.

Neben der Kunst der Erschließung tragfähiger Beziehungsnetze gehört das Vermögen, jede Art von Sauerei sauber und glatt über die Bühne zu bringen, zu den wichtigsten Voraussetzungen einer großen Beamtenkarriere. Denn Beamte der unteren und mittleren Chargen kann man nicht einfach feuern und dazu sind sie außerordentlich sesshaft. Zwar ist die Mehrheit mit dem Arbeitsumfeld nicht gerade glücklich, doch ist die Neigung eines Kommissionsbeamten, sich freiwillig ins Reich des Shareholder Value zu wagen, im Allgemeinen nur schwach ausgeprägt. In einem derartigen Umfeld muss ein vorausplanender Mensch in Rechnung stellen, dass ein Typ, den man aus vermeintlich sicherer Position heraus am liebsten kurz und bündig zum Teufel jagen würde, jederzeit als Chef, Parteichef oder Gewerkschaftschef wieder auftauchen kann. Vorsicht war also geboten. Das galt vor allen Dingen, wenn der Delinquent ein Netz hatte, dessen Verästelungen man nicht genau kannte. Ein cleverer wie Winston Smylle lächelte daher jahrzehntelang, so dass er es sich am Ende gar nicht mehr abgewöhnen konnte. Die goldene Regel war: Erst wenn man ganz oben angekommen war, durfte man bei den eigenen Untergebenen wirklich die Sau rauslassen, vorher nicht. Wie gesagt, Typen wie Winston konnten sich das Dauerlächeln gar nicht mehr abgewöhnen, aber manche Kollegen genossen die lang ersehnte Freiheit umso mehr. Das vom Schicksal auserwählte Personal durfte sich dann so fühlen, als arbeite es nicht etwa in einer schnöden Behörde, sondern am Hofe des Zaren Alexander dem Großen.

Eine unliebsame, zweite Begegnung war jedoch nicht Rijses Problem. Rudy Prager war Beamter auf Zeit. Wenn er keinen neuen Vertrag bekam, gab es für ihn kein Comeback. Doch war Prager lange im Kabinett gewesen. Es konnte nicht ausgeschlossen werden, dass er über irgendwelche peinlichen Informationen verfügte. Colin G. Rijse hatte schlecht geschlafen. Prager konnte im Angesicht seines Abgangs die Nerven verlieren und noch ein vergiftetes Abschiedsgeschenk hinterlassen. Nur wenige Enthüllungsstorys in der Presse hatten ihren Ursprung in der Geldgier eines eiskalten Verräters, der Informationen über einen Kollegen oder den Chef an den meistbietenden Sensations-Journalisten verhökert. Die meisten Indiskretionen waren dem Umstand zuzurechnen, dass Rachsucht ein sehr intensives, fast rauschhaftes Gefühl ist.

Andererseits waren die Rotationsmöglichkeiten, die sich durch das Freiwerden der Stelle im Kabinett ergeben würden, nicht zu verachten. Colin würde mit dieser Operation die Partei des deutschen Kommissars bedienen können, und da diese gerade an der Regierung war, würde er im Gegenzug bei seinen weiteren Plänen persönlichen Rückhalt erwarten dürfen. Innerhalb der Kommission würde der Generaldirektor großes Interesse daran haben, dass einer seiner Leute ins Kabinett aufrückte. So etwas bot Spielraum für Verhandlungen. In seiner Schublade lag eine Liste von Personalvorschlägen, die ihm der Brüsseler Ortvorsitzende der Partei vor dem Amtsantritt der neuen Kommission zugesteckt hatte. Auf ihr befanden sich alle in Frage kommenden Parteimitglieder. Mit Pragers Abgang entstanden auf einmal gleich zwei neue Optionen, und es würde endlich wieder Schwung in die Personalsachen kommen. Die Beamtenschelte des Kommissars hatte nichts gebracht und nur den Handlungsspielraum für erfolgreiche Operationen eingeschränkt.

Beim Rasieren hatte sich Colin G. Rijse entschieden. Wohl war ihm nicht dabei, aber er zog das jetzt durch.

»Ich habe keine guten Nachrichten«, sagte er gleich, nachdem Rudy sich hingesetzt hatte.

X

Das Büro von Colin G. Rijse ging nach Westen. Draußen tobte ein nasser und stürmischer Wind und warf den Regen gegen die Fensterscheibe. Sonst war alles wie immer. Der dicke Füllfederhalter lag in Einsatzweite neben ein paar Unterschriftsmappen, die Karikatur des Kommissars lächelte unbeirrbar von der Wand herab und das Telefon mit den vielen Lämpchen war froh, dass es gerade mal eine Pause gab. Auf Rudy wirkte das Ganze trotzdem wie ein schlechter Traum. Mindestens fünfhundert Mal war er in diesem Büro gewesen. Er kannte jedes einzelne Motiv auf Rijses Bildern und jedes Buch, das bei ihm im Regal stand. Als er dem Riesen zuhörte, wurde ihm klar, dass er den, dem das Büro gehörte, überhaupt nicht kannte.

»Neapolesi hat mir gesagt, dass seine Generaldirektion dich im Moment nicht nehmen kann«, sagte er jetzt. »Es gibt Schwierigkeiten. Der Artikel in der Presse über dich war nicht gerade hilfreich.«

Ein Weltklasse-Tennisspieler hat die Gnade eines unnachahmlichen Ballgefühls in Verbindung mit einem überragenden Antizipationsvermögen. Ein weltberühmter Wissenschaftler hat die Gnade logischen

Denkens oder auch einfach bei einer spektakulären Entdeckung eine Menge Glück gehabt. Colin G. Rijse hatte das Talent, ohne mit der Wimper zu zucken, jedes beliebige Argument aus dem Hut zu ziehen.

»Aber Colin. Wir beide wissen doch genau, wie das damals gelaufen ist. Du warst es doch, der mich eine Minute vor Zwölf in diese Sitzung reingeschickt hat. Ich hatte gar keine Chance, die Kommission besser zu präsentieren. Es ist ja noch verständlich, dass der Präsident mich nach dieser Sauerei in der Presse nicht als neuen Direktor für die groß aufgemachte Öffentlichkeitskampagne bringen will. Aber ich bin alles andere als fahrlässig, das weiß du genau. Und eine Forschungsstelle bei der Generaldirektion von Neapolesi hat nun wirklich nichts mit Öffentlichkeitsarbeit zu tun.«

»Du musst aber auch sehen, wie so etwas bei den Kollegen ankommt. Du warst im Gespräch für einen wichtigen Posten, den du nicht bekommen hast. Anstatt dessen stehst du im Großformat in der Zeitung als inkompetentes Paradebeispiel des arroganten EU-Beamten.«

»Wenn Neapolesi und seine Leute das glauben, ist das traurig genug. Aber du weißt doch, was ich seit Jahren hier mache. Du kannst mich doch nicht wie eine heiße Kartoffel fallen lassen, nur weil sich eine getarnte Journalistin in eine Sitzung schleicht, auf die ich mich nicht vorbereiten konnte. Das ist nicht fair. Ich nehme die Kündigung meines Vertrages zurück und bleibe, wo ich bin!«

Das war der Moment, auf den sich Rijse vorbereitet hatte. Er hatte sich vorgenommen, vor allen Dingen schnell und bestimmt zu antworten.

»Ich weiß noch nicht einmal, ob das theoretisch überhaupt geht. Nachdem du gekündigt hattest, mussten wir uns allerdings nach Ersatz umsehen. Wir sind dabei auf einen Kandidaten gestoßen, der hier sehr gut reinpasst. Er hat eine feste Zusage verlangt und wir haben sie ihm gegeben. Tut mir Leid, aber die Dossiers, die du hast, sind für den Kommissar zu wichtig, als dass wir ewig hätten warten können.«

Rudy sah seinem Gegenüber ins Gesicht. Für ein paar lähmende Sekunden herrschte Stille. Colin G. Rijse verzog keine Miene.

X

Lieber Mark,

ich gebe zu, dass ich ein wenig überrascht bin, dass Sie wieder auftauchen. Im Augenblick ergeht es mir mit meinen Bekanntschaften so wie mit Ihrer Schokolade: Es schmeckt nach mehr, aber sobald man sie in die Hand nimmt, schmilzt gleich alles dahin.

Aber vielleicht sollte ich einmal damit aufhören, alles begreifen zu wollen. Es handelt sich dabei zwar um eine Art Berufskrankheit, aber ich könnte ja versuchen, mich damit herauszureden, dass manche Dinge offenbar ausschließlich etwas mit Chemie zu tun haben (wofür im Allgemeinen die Naturwissenschaftler zuständig sind).

Wie sonst könnte ich mir erklären, dass ich dabei war, mich mit einem Mann einzulassen, mit dem ich so gut wie nichts gemeinsam habe? Wo war mein Kopf? Wie ein dummes Häschen wäre ich mit ihm ins Bett gehoppelt, hätte es sich der Meister der Verwandlung nicht im letzten Augenblick noch anders überlegt, als ich mich bereits willenlos ergeben in einen Zug gesetzt hatte. Von einer Bekannten des Meisters erfuhr ich später, dass sich dieser auf multiple Verabredungen versteht. So kann ich mich bestenfalls noch damit trösten, dass der Feind des Guten schlicht und einfach das Blondere war.

Das von Ihnen so bewunderte Kunststück mit der Pitta, so muss ich bedauerlicherweise zugeben, war offenbar eine Sternstunde. Sie schreiben leider einer Niete. Wahrscheinlich kann ich noch nicht einmal einen Flachleger von einem Maiskorn unterscheiden.

Danke für Ihre Post. Aber wobei genau, lieber Mark, können Sie den Menschen nicht gut zusehen?

Louise

O weh, dachte Mark. Wer die Bekannte des Meisters war, konnte er sich leicht denken. Tom hatte sicher keine Ahnung, dass Louise mit Petra Kontakt hatte. Ohne dass er irgendetwas tat, kamen die Geschichten nun zu ihm, so zufällig, wie einem an einem kalten Wintertag eine hungrige Katze zuläuft. Aber warum bloß war Tom, wenn er schon mit Louise verabredet war, nicht hingegangen? Er rief seinen Freund an. Nach dem ersten Klingeln schaltete sich der Anrufbeantworter ein. Im Labor hieß es, Herr Beurre habe sich am Morgen krank gemeldet.

X

Ach, Louise. Man braucht nicht unbedingt Philosoph zu sein, um manchmal mit der Wahrheit ringen zu müssen. Mein Fall ist allerdings kompliziert. Wissen Sie, Stückchen für Stückchen einer wahren Geschichte sind auf merkwürdigem Weg zu mir gelangt, ohne dass die Akteure auf dem Spielfeld nur das Geringste davon ahnten. Der springende Punkt: Sie, liebe Louise, haben die Hauptrolle.

Ich wollte mich nicht einmischen und hielt es aus diesem Grund für besser zu schweigen. Aber Geschichten nehmen ihren Gang. Obschon die Rollen, die Sie spielen, völlig verschieden sind, sieht es hier wie da danach aus, als ob sie in einem Drama enden.

Ich muss für ein paar Tage verreisen. Zur Abwechslung spiele ich dann selbst etwas, ungefähr so etwas wie Lieutenant Columbo. Vielleicht komme ich auch zum Nachdenken. Es kann gut sein, dass ich Ihnen danach vorschlage, die nächste Pitta mal am selben Tisch zu essen.

Schreiben wir so lange übers Wetter?

Bis bald

Ihr

Mark

Bevor er das Büro verließ, überprüfte Mark, ob er alles bei sich hatte. Das Wichtigste waren der Dienstausweis und seine Ermächtigung für die Durchsuchung der Büroräume. Zuletzt schrieb er eine SMS.

Lieber Tom,

ich bin für ein paar Tage in München. Treffen wir uns morgen Abend im Andechser? Um acht?

M.

X

Das Entscheidende bei einer Inspektion ist das Überraschungsmoment. Gruber hatte Glück. Das Vorstandsmitglied, dem er den Untersuchungsbeschluss vorlegen musste, befand sich gerade in einer Besprechung mit seinem Führungskader. Das Personal an der Pforte ließ sich überrumpeln und ließ ihn durch. In Grubers Schlepptau betraten wenig später Mark Stadler und fünf weitere Beamte das Vorzimmer von Dr. Erhart Dieckenbrock.

Gruber war in seinem Element. Da das Management fast vollzählig bei Dieckenbrock versammelt war, bat er die Anwesenden, für einen Moment in dessen Büro zu bleiben. Inzwischen verlangte er ein Organigramm der Firma und brachte den IT-Experten des Inspektionsteams in Stellung. Innerhalb von zehn Minuten waren die E-Mail-Accounts aller Mitarbeiter blockiert. Gruber studierte das Organigramm und verteilte die Mitglieder des Teams auf die relevanten Büros der Führungsebene. Da es mehr interessante Büros als eigene Leute gab, ließ er die Schränke und Schreibtische von drei weiteren Büros versiegeln. Die Sache lief perfekt. Niemand hatte eine Chance, etwas verschwinden zu lassen.

Die Neigung, wesentliche Dinge aufzuschreiben, ist vor allen Dingen bei Deutschen stark ausgeprägt. Bei ihnen muss selbst bei einem Verstoß gegen das Gesetz alles seine Ordnung haben. Zumindest glaubte das Gruber. Vielleicht hatte er es aber während der Vorbesprechung auch nur so gesagt, um seine Leute zu motivieren.

Fest steht, dass Unternehmen, die eine kartellrechtswidrige Vereinbarung treffen, irgendwann einmal etwas miteinander ausbaldowern müssen. Meistens ist es eine Absprache über den Preis oder, das ist der Normalfall des klassischen Kartells, über den Preis und die Angebotsmenge. Jedenfalls muss man miteinander verhandeln, und die Sache funktionierte nur, wenn sich die Mitglieder des Kartells an die Vereinbarung halten. Von daher liegt es nahe, dass man, Deutscher oder nicht, die Details irgendwo schriftlich fixiert.

Die meisten der erfolgreichen Kartellverfahren der Kommission kamen allerdings ins Rollen, nachdem jemand gepetzt hatte. Das Europäische Recht kannte seit einigen Jahren eine Kronzeugenregelung, die einem

Unternehmen, das von sich aus ein Kartell aufdeckte und die anderen anschwärzte, eine Sonderbehandlung im Hinblick auf die von der Kommission verhängte Kartellstrafe in Aussicht stellte. Manchmal musste man also gar nicht erst sonderlich lang in den Büros herumkramen. Die Kommission bekam die Beweise sozusagen »frei Haus« geliefert.

Mark waren die Durchsuchungen unangenehm. Meistens stöberte man bei Unbeteiligten herum, denn es lag nahe, dass nicht viele Mitarbeiter in eine illegale Aktivität eingeweiht sein konnten. Wahrscheinlich gab es in einem betroffenen Unternehmen nur zwei oder drei Schlüsselfiguren. Gruber war natürlich, soweit es die Größe des Teams zuließ, flächendeckend vorgegangen. Wenn er schon ungebeten zu Besuch war, wollte er keinen Fehler machen.

Dieckenbrock hatte, wie es sich für ein Vorstandsmitglied eines großen Unternehmens gehört, eine interessante Assistentin. Während Gruber in der Kommandozentrale seines Amtes waltete, blieb Mark eine Weile bei ihr im Vorzimmer. Sie hieß Susanne Steil. Vielleicht war das der Grund, warum sie sich im Vergleich zu ihren Kolleginnen, die, neugierig geworden, über die Gänge huschten, vom Outfit her ein wenig zurückhielt. Die rabenschwarzen Haare und der freche Blick ihrer braunen Augen wären einem freilich selbst dann aufgefallen, wenn sie in einer Mönchskutte erschienen wäre. »Frau Rabe« taufte er sie sofort.

Frau Rabe maß Mark mit einer Mischung aus Respekt (er war immerhin so etwas wie die Polizei), Widerwillen (wer mag sich schon gern in die Schränke gucken lassen) und fraulicher Neugier (in Einzelfällen sind selbst Ökonomen für Frauen attraktiv). Über irgendetwas schien sie nachzudenken. Mark erwiderte ihren Blick mit einem freundlichen Lächeln.

»Wie lange arbeiten Sie schon für Herrn Dieckenbrock?«, fragte er sie, eigentlich nur um ihre Stimme zu hören.

»Zwei Jahre«, antwortete sie. »Vorher war ich bei seinem Vorgänger.«

Ihre Stimme verriet, dass sie nicht recht wusste, ob Marks Frage Interesse an ihrer Person oder Teil eines Verhörs war. Sie sah ihn nachdenklich an.

»Darf ich Sie auch etwas fragen?«, sagte sie endlich.

»Natürlich.«

»Sind Sie nicht Mark Stadler? Der Tennisspieler?«

»Tennisspieler war ich mal. Stadler bin ich immer noch.«

Mark war überrascht, dass ihn jemand vom Tennis kannte. Die Sportlerkarriere war schon eine Weile vorüber, und er war beileibe nicht so eine Legende gewesen wie etwa Stefan Edberg. Und nicht einmal ein Star wie Edberg war automatisch davon ausgegangen, dass ihn jeder unbedingt kennen musste. Mark war ihm einmal beim Frühstück begegnet. Die Geschichte hatte ihn damals ziemlich beeindruckt. Dabei hatte Stefan gar nicht viel gemacht, er sagte nur einen einzigen Satz. Mark dachte daran, noch während er überlegte, wo Frau Rabe ihm begegnet sein konnte.

In einem seiner letzten Jahre als Profi spielte Stefan Edberg noch einmal für Schweden beim Düsseldorfer World Team Cup. Mark hatte zur gleichen Zeit eine Einladung für eine Konferenz erhalten, die im selben Hotel stattfand, in dem der große Tennisstar wohnte. Am Morgen vor dem Vortrag befand sich Mark gerade im Speisesaal. Zu seiner großen Überraschung erschien Edberg, begleitet von seiner Frau und einem kleinen, blonden Kind. Herr und Frau Edberg blickten sich um und stellten fest, dass keine Tische mehr frei waren. Stefans Blick fiel schließlich auf Mark, der alleine saß. Er näherte sich und sagte:

»Excuse me. May we take seat at your table, please?«

»Of course you may. Please.«

»Thank you. My name is Stefan.«

Mark musste danach zu seinem Vortrag, aber er sah Stefan Edberg während seiner letzten Turniere oft im Fernsehen zu. »My name is Stefan« war beileibe nicht der einzige Grund, warum er diesen Mann bewunderte. Aber es war einer.

Mark fiel nichts ein, was ihn mit Frau Rabe in Verbindung brachte.

»Sind wir uns schon begegnet? Ich muss bedauerlicherweise passen.«

»Mein Ex-Freund hat mal gegen Sie verloren, Thorsten Christ. Das ist mir in nachhaltiger Erinnerung, weil er so geflucht hat. Ich habe das Match damals gesehen. Thorsten war unglaublich wütend, weil er es nicht schaffte, Sie wenigstens mal ein paar Bälle von der Grundlinie aus spielen zu lassen.«

»Das war damals nicht gerade einfach. Ich stürmte bei jeder Gelegenheit ans Netz vor. Das war sozusagen einprogrammiert.«

»Sagte Thorsten damals auch. Wie Edberg. Edberg ohne Rückhand.«

»Und ohne Beine. Ohne seine schnellen Beine wäre Stefan vermutlich heute zu Besuch bei Ihnen, und ich säße auf einer sonnigen Terrasse in Florida neben Sampras.«

Sie lachten. Der Führungskader trat aus Dieckenbrocks Kommandozimmer und wunderte sich über die aufgelockerte Stimmung. Mark blickte in die Gesichter. Auf den ersten Blick ließ sich niemand Nervosität anmerken. Aber das sagte noch nichts. Die Jungs hier waren schließlich auch unentwegt vorgerückt, nämlich bis in den Kader.

Auf dem Gang wurden Pärchen gebildet und die Inspektoren verschwanden, Grubers Einsatzplan folgend, mit den Inhabern der Büros, die durchsucht werden sollten. Gruber selbst ließ sich ein freies Office geben. Es würde nicht lange dauern, bis die Anwälte und die Leute von der Rechtsabteilung erschienen. Wenn es hart kam, würde man ihm das Leben hier schwer machen. Eine der Strategien der Anwälte war, das Team bei jeder Gelegenheit in rechtliche und formale Fragen zu verstricken und damit von der eigentlichen Arbeit abhalten. Er hatte ein Folterwerkzeug und das war die Strafe, die die Kommission verhängen durfte, wenn die Ermittlungen unrechtmäßig behindert wurden. Aber was war unrechtmäßig? Die Anwälte führten mit den Unternehmen regelmäßig Trainingsprogramme durch, in denen es nur darum ging, unangemeldet aufgetauchten Gästen die Möglichkeiten einzuengen, belastendes Material mitzunehmen. Hier spielte man gegen Profis. »Antitrust Compliance« hieß das Spiel, ein merkwürdig vornehmer Ausdruck. Im Ernstfall lief alles darauf hinaus, dass ein Inspektionsteam in einem peniblen Kleinkrieg um jedes kleine Dokument kämpfen musste.

Mark war von Gruber zu Dieckenbrock abkommandiert worden. Das war vermutlich das interessanteste Büro, schloss es doch auch die Aufgabe ein, sich um das Vorzimmer zu kümmern. Er hätte freilich mit Frau Rabe lieber über angenehme Dinge geredet. Vielleicht sogar über Tennis.

»Ich muss meinen Job machen, Frau Steil. Ich hoffe, dass Sie dabei nicht so fluchen wie damals Thorsten Christ.«

»Bei uns werden Sie hoffentlich auch nicht so schmettern, Herr Stadler. Und ich könnte Ihnen noch nicht mal versprechen, dass wir Sie hier dafür sonderlich bewundern würden.«

Guter Return, Frau Rabe, dachte Mark Stadler.

X

Erhart Dieckenbrock bewahrte nur wenige Akten in seinem Büro auf. Fast alles, was er aufhob, wanderte in die Schränke seines Vorzimmers. Mark war sich sicher, dass Susanne Steil den besten Überblick hatte, was wo zu finden war.

»Darf ich mal einen Blick in die Agenda Ihres Chefs werfen«, fragte er sie. »Und ich muss leider auch in die Schränke und Schubladen sehen.«

Diesmal retournierte Frau Rabe nicht. Sie hob die Arme, zeigte zwei offene Handflächen und entfernte sich vom Schreibtisch. Sie wollte dabei lächeln, aber es wirkte ein bisschen mühsam.

»Wollen Sie einen Kaffee, Herr Stadler? Oder ist das schon Beamtenbestechung?«

»Danke, keinen Kaffee bitte. Aber ein Wasser wäre nett. Wir haben zwar vorgesorgt. Aber die Aussicht auf eine kühle Flasche besticht weit mehr als die Brühe aus meinem Survival-Kit.«

»Survival-Kit? Werden Sie mit so etwas ausgerüstet? Wie vor einem Partisaneneinsatz?«

Mark musste lachen.

»Aber nein. Von der Kommission kriegen wir nur ein paar Büroklammern und einen Zettel, auf dem drauf steht, was wir bei Ihnen alles so anstellen dürfen. Die Überlebensausrüstung stammt ganz privat von Herrn Gruber, dem Einsatzleiter. Gruber ist wie ein Vater. Er hatte Angst, dass Sie böse sind, wenn wir hier einfach so hereinplatzen – und uns dann nichts zu trinken geben. Also hat er gestern Abend eine Kiste Mineralwasser organisiert, und ich wette, er hat noch Schnittchen und fünf Nummern für einen Pizzaservice dabei.«

Frau Rabe ging hinaus und Mark blieb allein in ihrem Büro zurück. Er setzte sich an den Schreibtisch und zog die unterste Schublade auf. Hier befanden sich offenbar private Sachen. Mark wollte das Fach schon wieder schließen, doch fiel sein Blick auf eine Mappe aus dunkelblau gefärbtem Karton. Er zog sie heraus und sichtete den Inhalt. Die Mappe enthielt etwa ein Dutzend von Hand beschriebener, loser Blätter.

Mark nahm das oberste Blatt und las.

Ich muss.
Wir küssen.
Nicht Wissen
Nur müssen
ist wirkliche Macht

Ein Kuss.
Eine Nacht
Schon funktioniert nichts mehr
mit Schlüssen

Wie Schnecken,
so leise
Bewegen wir uns seither

Im Kreise!
Man wird uns entdecken.

Mark hatte nicht wahrgenommen, dass Susanne Steil inzwischen wieder in den Raum zurückgekehrt war. Sie sah beunruhigt in seine Richtung, wandte den Blick jedoch schnell ab, als er sie endlich bemerkte. Mark war verlegen. Wortlos legte er die Mappe mitsamt dem Inhalt in das Fach zurück und stand auf. Er hatte keine Lust mehr, diesen Schreibtisch weiter zu durchsuchen. Sein Handy meldete sich. Eine Nachricht von Tom.

Hallo Mark,

bei mir ist alles ein wenig verrutscht, im Moment jedenfalls. Ich kann nicht ins Andechser kommen. Meine liebe Freundin Eva vertritt mich, die ist derzeit unterhaltsamer. Keine Angst, Du erkennst sie schon.

Tom

Frau Rabe goss ein Mineralwasser ein. Sie hatte sich noch nicht gefangen. Schweigend stellte sie das Glas vor Mark auf den Schreibtisch. Er bedankte sich und ging zum Fenster. Der Bürokomplex lag etwas außerhalb der Stadt an einer Eisenbahnstrecke. Soeben fuhr ein Zug vorbei. Abgesehen von den schnittigen Waggons der Bahn wirkte die Szene ein wenig eintönig.

Hinter ihm ertönten Stimmen, offenbar rückten die Anwälte an. Gleich würde jedes Teammitglied einen Schatten bekommen, der alles, was sie taten, beobachtete und protokollierte.

Gerne würde ich noch ein paar Gedichte lesen, dachte Mark. Aber nicht als Spürhund. Einen Augenblick lang wollte er es Frau Rabe sagen. Aber er beschloss, sich für den Rest seines Auftritts als Kartellinspektor zusammenzureißen. Er leerte sein Glas und tippte, bevor er sich den Inhalt der Schränke zeigen ließ, noch etwas in sein Handy.

»*Danke für die Vermittlung der sicher sehr charmanten Gesellschaft, lieber Tom. Allerdings würde ich heute lieber mit dir vorlieb nehmen. Im Übrigen bin ich ein großer Experte für den plötzlichen Blues. Bitte komm*!«

X

Mark sah sie, kurz nachdem sie durch die Tür gekommen war. Sie blieb am Eingang stehen und sah sich um. Das war sie. Mark wartete noch ein paar Augenblicke, während derer er sie beobachtete. Wenn sich Tom mit einer Frau mehr als dreimal traf, musste sie etwas besonderes sein. Die Bezeichnung »meine liebe Freundin Eva« war so etwas wie die Absolution.

Mark stand auf und ging ihr entgegen.

»Eva?«

»Du musst Mark sein. Freut mich, dich kennen zu lernen.«

»Ganz meinerseits. Wie ich sehe, habe ich leider nicht das Outfit, um hier mithalten zu können.«

Er blickte bewundernd auf ein sehr enges, graues Kostüm.

»Dafür habe ich einen freien Platz.«

Sie setzten sich nebeneinander an den großen Tisch, an dem Mark vor einer Viertelstunde zwei Plätze ergattert hatte.

»Tom hat mir erzählt, du seiest ein etwas exotischer Vertreter der europäischen Zunft. Eine Art Don Quijote. Eigenwillig gegen den Strom. Von daher habe ich heute nicht unbedingt einen dunklen Anzug erwartet. Schick.«

»Das ist meine Exkursionskleidung. Dunkler Anzug für die Aufdeckung dunkler Geschäfte.«

»Dunkle Geschäfte?«

»Ab und zu verlässt Don Quijote seine geliebten Windmühlen und macht unangemeldet Besuche. Zurzeit sucht er mit einer Armada von Detektiven nach Beweisen für ein unerlaubtes Kartell.«

»Spannend. Hast du etwas gefunden?«

»Wir gehen morgen noch einmal hin.«

Mark erzählte von Frau Rabe und den Gedichten in der blauen Mappe. Die Sache hatte ihn den ganzen Tag beschäftigt. Die Stimmung hatte sich nach seinem Fund merklich verändert. Sie redeten nur noch das Notwendigste, und Frau Rabes heitere Schlagfertigkeit war verschwunden. Sie blieb wie angewurzelt in Erhart Dieckenbrocks Vorzimmer stehen, als ob der junge Anwalt, der Mark seit dem Morgen auf Schritt und Tritt verfolgte, nicht genügt hätte, um ihn zu bewachen. Wahrscheinlich wollte sie ihre Gedichte nicht alleine lassen. Ab und zu streiften sich ihre Blicke. Sie hatte ihn immer nur stumm angesehen. Hinter der Fassade war sie verwundet, das sah er. Wahrscheinlich verbarg sie ein Geheimnis, das ihm nun schutzlos anheim gegeben war.

»Willst du morgen noch einmal nachsehen?«, fragte Eva.

»Nein. Wenn das Kartell das Protokoll über die Verschwörung in der Gedichtsammlung der Assistentin versteckt hat, war es ein grandioser Einfall und ich gratuliere. Andererseits konnten die nicht davon ausgehen, dass ausgerechnet das poesieanfällige Weichei Mark Stadler bei der Inspektion auftaucht und das Mäppchen nach dem ersten Vers peinlich berührt gleich wieder in die Schublade steckt. Mein Instinkt sagt mir, dass Frau Rabe einen Klassiker spielt.«

»Einen Klassiker?«

»Sekretärin und Chef, Praktikantin und Politiker, Studentin und Professor, das sind die Klassiker. Wie auch immer, es ist mir egal. Ich spiele selbst ja auch. Von Detektiv Columbo bis Don Quijote praktisch alles. Und seit ich in Brüssel bin, ist mir eh nichts Menschliches mehr fremd. Nur weiß Frau Rabe das natürlich nicht. Für sie wäre es einfach nur furchtbar, wenn ich lese, was sie ihrem Erhart alles gedichtet hat.«

Eine im Dirndl gewandete Bedienung öffnete den Wein, den sie bestellt hatten. Sie ließ Mark probieren, goss ein und verschwand wieder.

»Mindestens die Hälfte aller Sorgen macht sich der Mensch vergebens, weil sich ja so gut wie niemand wirklich für einen interessiert«, sagte Mark. »Umgekehrt muss man allerdings leider annehmen, dass von den wenigen echten Freundschaften, die man hat, kaum eine übrig bleiben würde, wenn man wüsste, was die Freunde manchmal so alles über einen sagen.«

Eva hob ihr Glas.

»Zum Wohl, Don Quijote. Ich denke, aus diesem Grund muss irgendjemand einmal die Diskretion erfunden haben«, sagte sie. »Aber außer, dass du eigensinnig bist und offenbar beim Skatspielen betrügst, sagt dein Freund Tom nur Gutes über dich.«

Sie stießen an. Das Dirndl schwang nun zwei Teller mit Kalbshaxe, stellte sie aber auf den Nebentisch. Mark dachte, dass schon das Restaurant nicht gerade auf Eva zugeschnitten war. Kalbshaxen, Bratwürste und Fleischkäse passten allerdings schon gar nicht zu ihrem hochhackigen Designer-Outfit.

»Wie geht es Tom? Es kommt selten vor, dass wir uns nicht treffen, wenn wir in derselben Stadt sind. Er geht noch nicht einmal an das 24-Stunden-Telefon, das für die Miezen frei geschaltet ist«, sagte Mark.

»So unglaublich das klingt, aber er hat Liebeskummer.«

»Glaubst du das denn? Ich meine, könnte es nicht sein, dass er sich das nur einbildet?«

»Das habe ich mich auch schon gefragt. Aber dann habe ich mich daran erinnert, dass ich in Liebesdingen selbst nie ein großer Marathonläufer gewesen bin. Schon, ich war ein paar Mal verliebt. Und es kam auch vor, dass ich dachte, der ist es. Trotzdem dauerte es nie sehr lange.«

Eva sah nachdenklich in ihr Glas und trank einen Schluck.

»Im Moment ist er wirklich verliebt. Und was morgen sein wird, weiß eh niemand. Deswegen zählt es auch nicht.«

Sie hatte Recht. Wer war man, Theorien über andere aufzustellen, wo man schon froh sein konnte, wenn man wenigstens ab und zu von einem kleinen Lichtstrahl der Selbsterkenntnis getroffen wurde.

»Man will es mit den anderen immer möglichst einfach haben«, fuhr sie fort. »Man zimmert sich ein Bild zurecht, und das ist es dann. Wieso kann Tom nicht einmal ganz andere Wege gehen?«

»Kann er. Nur kommt mir der neue Weg im Moment noch wie eine Halluzination vor. Das Ganze kam ein bisschen schnell. Weißt du eigentlich, warum er zu seiner Verabredung nicht hingegangen ist?«

»Nicht genau«, antwortete Eva. »Tom war sehr zugeknöpft. Ich weiß aber, dass er sich mit einem peinlichen medizinischen Problem herumschlug. Er hatte eine Höllenangst, der romantische Teil des geplanten Treffens könnte zur Katastrophe ausarten. Danach war er ziemlich am Boden. Ich habe ihn noch nie so erlebt.«

Ein paar Augenblicke dachte Mark nach. Besser gesagt, er versuchte zu hören, was ihm sein Instinkt sagte.

»Vielleicht sollten wir versuchen, ein wenig dabei nachzuhelfen, dass das Schicksal eine zweite Chance bekommt«, sagte er.

»Klingt gut. Aber wie sollen wir das anstellen?«, frage Eva.

»Man müsste zuerst einmal Toms Image aufpolieren. Louise hört anscheinend auf Frauen.«

»Wie meinst du das? Du meinst, ich soll…? Ich kenne sie doch gar nicht.«

»Ich schon.«

Mark erzählte Eva die Geschichte seiner Bekanntschaft mit Louise, von ihren Mails, seiner überraschenden Entdeckung, wer Louise wirklich war und warum er das Gefühl hatte, dass mit Petra eine andere Frau eine Hand im Spiel hatte.

»Unglaublich«, sagte Eva.

»Wirklich unglaublich, ja. Aber wenn Petra Louise über den alten Tom erzählt hat, dann kriegt der neue natürlich kein Bein mehr auf die Erde. Es sei denn, du...«

Er führte den Satz nicht zu Ende. Eva fingerte in ihrer Tasche.

»Darauf muss ich erstmal eine Zigarette rauchen. Hast du Tom gesagt, was du weißt?«, fragte sie dann.

»Nein, ich wollte es ihm eigentlich heute sagen. Ich war zuerst vielleicht selbst ein bisschen verliebt in Louise. Und wollte mich natürlich, als ich mitbekam, wer hier wer war, möglichst aus der Geschichte raushalten.«

»Das verstehe ich.«

Mark machte ein Gesicht, das gleichzeitig komisch und feierlich aussehen sollte.

»Tom hat sie versetzt und Petra danach ganze Arbeit geleistet. Für neue Wege braucht man manchmal einen Pfadfinder. Das machen wir jetzt!«, rief er.

»Eva und Mark, die Pfadfinder. Tom hat mir nicht erzählt, welche Feuerwerke der Motivationskunst Don Quijote abbrennen kann, wenn er etwas will. Hätte Senior Cervantes die gleichen Eingebungen gehabt, wäre die Geschichte vom Ritter der traurigen Gestalt womöglich anders ausgegangen.«

»Wieso?«

»Na, der Ritter hätte die Windmühlen bequatscht und nicht mit ihnen gefochten.«

Mark verkniff sich den Glückwunsch zu diesem wirklich schönen Treffer. Er blieb lieber am Ball.

»Nicht ablenken, Eva. Wir waren bei den Pfadfindern, nicht bei den Rittern. Wenn mir das die Kumpel in der Schule damals richtig ausgerichtet haben, sollte man als Pfadfinder jeden Tag eine gute Tat begehen. Vielleicht verwechsele ich da was mit den Neffen von Donald Duck, die waren ein paar Heftchen lang auch bei denen. Ist auch egal. Jedenfalls werde ich mit dem obersten Pfadfinder-Komitee verhandeln. Unsere gute Tat muss mindestens für fünf Jahre reichen.«

Mark fand, dass nicht nur die Kalbshaxe, sondern auch Evas Lachen nicht zum Kostümchen passte. Zumindest dieses nicht. Dafür war es vor allen Dingen zu laut.

»Also gut, Don Quijote. Wenn das hier noch lange so weiter geht, trete ich am Ende morgen noch in die Heilsarmee ein.«

X

Mark Stadler hielt sich für frischluftsüchtig. Wenn ein Hotel nur Zimmer besaß, die zur Straße hinausgingen, war die Nacht gelaufen. Eine von der Generaldirektion organisierte Gruppenreise war in dieser Hinsicht gefährlich. Alles war so dermaßen geheim, dass noch kurz vor der Abreise niemand wusste, wo man am nächsten Tag zu Besuch war. Um die Logistik kümmerte sich das Backoffice in Brüssel, von dem auch die Büroklammern, der Einsatzplan und die Klarsichtfolien stammten und von dem es hieß, dass die Sekretärinnen schon Wochen vor dem Einsatz nur noch geheimnisvoll miteinander tuschelten. Sonderwünsche wie etwa ein Zimmer mit Innenhofblick kamen da gar nicht gut. Mark hatte sich also schon seinem Schicksal ergeben und mit dem Schlimmsten gerechnet, aber Murphys Gesetz gilt offenbar doch nicht immer. Draußen war es ruhig, das Fenster ließ sich öffnen, und, das war die angenehme Überraschung, er hatte sogar ein bisschen von Frau Rabe geträumt.

Allerdings weinte Frau Rabe. Sie saß die Nacht im Büro vor ihrem Schreibtisch und versuchte verzweifelt, das Siegel zu entfernen, das Mark am Abend dort angebracht hatte. Aber es ging nicht ab. Das Backoffice hatte es von Q, dem innovativen Ausrüster der Doppel-Null-Agenten ihrer Majestät, erstanden und dem Inspektionsteam mitgegeben. Sobald sich jemand anschickte, das Siegel ablösen, spie es wie wild Funken und begann unter grässlichem Zischen sich wieder zu regenerieren. Der Vorgang wiederholte sich viele Male, bis Frau Rabe endlich erschöpft zu Boden sank. Vielleicht weinte sie ob ihrer kaputten Fingernägel, genaues war im Traum nicht zu deuten. Mark war kurz danach aufgewacht und hatte anstatt dessen überlegt, wie man ein Drehbuch schreiben könnte, in dem das von Q ersonnene Siegel dem unsterblichen James das Leben retten würde.

Im echten Leben stellten die Unternehmen vor jeden vom Inspektionsteam versiegelten Aktenschrank einen bewaffneten Wachmann, der dafür sorgte, dass ein schlafloser Mitarbeiter nicht etwa auf die Idee verfiel, nächtens seine Schränkchen aufzuräumen. So etwas konnte teuer werden. Bei der letzten Aktion dieser Art geschah das Umgekehrte wie bei Frau Rabe. Das Siegel brach, Gruber zückte am nächsten Morgen einen Fotoapparat, und die Kommission verknackte die Firma zu einer drakonischen Geldstrafe.

Mark entstieg soeben der Dusche, als Rudy anrief.

»Ich fürchte, ich bin erledigt«, sagte der traurig.

Rudy neigte zwar mitunter zu Wutausbrüchen, aber so früh morgens war auch für ihn noch nicht die Zeit für Dramatisierungen. Mark fragte besorgt nach, und Rudy berichtete über das Gespräch mit Rijse.

»Aber Rudy, was steckt dahinter? Typen wie der Riese haben immer eine eigene Agenda. Der lässt dich doch nicht einfach zum Spaß verhungern. So was macht der nur, wenn er selbst etwas davon hat.«

»Die Jungs, die in seiner Liga spielen, erkennst du ja gerade daran, dass du nie genau weißt, wie seine Agenda geht. Ich vermute mal, der Riese dreht ein bisschen am Personalkarussell, und welches Stühlchen am Ende für wen frei werden soll, das weiß er nur ganz allein. Darüber spricht er noch nicht mal mit seiner Frau, dieser Eiszapfen. Mich hat er wissen lassen, dass ich nach dem Artikel vom Hasen-U-Boot nicht mehr präsentabel bin, fertig. Als Mitglied des Kabinetts bin ich politischer Beamter und gegen Kündigungen völlig machtlos.«

»Und was ist mit dem Forschungsposten in der Generaldirektion von Neapolesi, wo er dich doch neulich noch sanft und weich landen lassen wollte?«

»Damit ist Essig. Du weißt ja, was der Kommissar neulich der Presse über die Beamten gesteckt hat. Damit hat er zwar jede Menge Wasser auf die Mühlen der internationalen Beamtenhasser gegossen und kriegt bestimmt bald von denen einen Orden. Aber innerhalb der Kommission hat er damit die Leute gegen sich aufgebracht. Für seine engsten Mitarbeiter heißt das unweigerlich: mitgegangen, mitgefangen. Hier gibt es ein paar ungeschriebene Gesetze, Mark. Egal wie unsinnig so etwas sein mag, sie werden befolgt. Glaub mir, ich bekomme von den anderen vielleicht gerade noch mal die Uhrzeit, aber bestimmt keinen Job mehr.«

Mark setzte sich auf die Bettkante. Die Späße waren ihm vergangen. War er sich mit Eva noch darüber einig, dass Toms Geschichte mit Louise im schlimmsten Fall nur damit enden konnte, dass er die Welt einmal von der anderen Seite aus betrachten durfte, so geriet Rudy völlig unverdient unter die Räder. Vor allem wusste niemand, wie schnell er wieder unter ihnen hervorkommen konnte.

»Aber du bist ja eh nur Zeitbeamter. Macht es denn so einen großen Unterschied, ob du zwei oder drei Jahre vorher oder nachher abtrittst?«, sagte er schwach.

»Ach, Mark, wie sehe ich denn aus? Ich erscheine als Vorzeigeexemplar des ignorant-arroganten Bürgerschrecks in der Zeitung und kurz danach habe ich mitten in der Amtszeit meines Kommissars keinen Job mehr«, rief Rudy.

»Sieht nicht besonders gut aus«, gab Mark zu. »Wie lange läuft dein Vertrag noch?«

»Vier Wochen.«

»So eine Sauerei. Hast du nicht verdient, Rudy.«

»Das sehe ich auch so. Nur nützt mir das nichts.«

X

Der Physiker Pierre Curie behauptete, dass symmetrische Ursachen ebenso symmetrische Wirkungen haben. Im Jahre 1903 erhielt er gemeinsam mit seiner Frau den Nobelpreis für Physik und später wurde das chemische Element mit der Ordnungsziffer 96 nach ihm benannt. Wir sollten als Laien hier einmal davon ausgehen, dass er Recht hatte.

Das Leben entwickelt sich allerdings anders als die Strahlen und die Körper, über die sich Curie den Kopf zerbrochen hatte. Trotzdem wissen wir im Allgemeinen mehr darüber wie zum Beispiel, dass es ungerecht ist. Von daher würde man für den Rest dieser Geschichte eigentlich erwarten, dass die Kettenreaktion, die Louise mit ihrem Artikel angestoßen hatte, nun ihren symmetrischen Verlauf nehmen würde.

Aber weshalb gibt es Bücher? Würde man sie schreiben oder lesen, wenn alles, was in einer Geschichte vorkommt, symmetrisch und völlig vorhersehbar wäre? Es stimmt, der Auslöser für Rudys drohende Katastrophe war einigermaßen spektakulär. Immerhin trat der Kabinettchef des Präsidenten der Europäischen Kommission in Erscheinung, ebenso der mächtige Colin G. Rijse und dazu noch ein in Deutschland sehr angesehenes Nachrichtenmagazin. Aber der Grund, warum es, in der Sprache der Physik gesprochen, zu einer Symmetriebrechung kam, war - daran gemessen - verschwindend klein.

Streng genommen handelte es sich um ein 20 cm großes Loch in einer Anzugshose.

X

Vielleicht lag es daran, dass der Taxifahrer zu nah an das Trottoir heran gefahren war. Mark konnte den Fuß nicht auf die Straße setzen und musste beim Einsteigen einen kleinen Spagat machen. Jedenfalls riss die Anzughose. Genau im Schritt, die Naht entlang.

Niemand schien das Malheur bemerkt zu haben. Gruber stand noch draußen und telefonierte mit dem Backoffice. Mark legte seine Aktenmappe auf den Schoß und sondierte die Schäden. Nachher ist man immer klüger. Mark hatte nur einen Anzug mitgenommen und der Einsatz der Jeans, die hinten in der Tasche lag, würde Gruber garantiert die letzten Nerven kosten. Der Mann schien ohnehin angeschlagen. Wenn jetzt noch einer seiner Leute mit einer Freizeithose zur Inspektion antrat, würde er die Welt nicht mehr verstehen. Am Ende bräche er noch vor allen Leuten zusammen, vor dem Kartell, den Anwälten und Frau Rabe.

Bei dieser Vorstellung kam Mark eine spontane Rettungsidee. Schließlich hatte er seinen Trenchcoat dabei, mit dem sich, während sie hoheitsvoll von der Auffahrt zu den Büroräumen schritten, die markante Stelle hinreichend bedecken ließ. Gruber war sicher einverstanden, wenn Mark ihm vorschlug, dass er sich noch einmal um das Vorzimmer von Dieckenbrock kümmerte. Glücklicherweise hatte er gestern, warum wusste er selbst nicht, Frau Rabes Schreibtisch tatsächlich versiegelt. Vielleicht rettete das nun nicht James, sondern ihn selbst.

Ein deutsches Sprichwort behauptet, dass dem Menschen das eigene Hemd näher ist als die Hose der anderen. Wie Murphys Gesetz stimmte es meistens. In diesem Fall lag dem Akteur jedoch sehr viel an der eigenen Hose. Vor allen Dingen, dachte der Gelegenheitsinspektor Mark Stadler, würde er heute ziemlich lange auf ihr sitzen.

X

Erhart Dieckenbrock war am Morgen zu einer Geschäftsreise aufgebrochen. Gruber hatte keine Schwierigkeiten gemacht. Es reichte ihm, dass Dieckenbrocks Assistentin, die ihn ursprünglich nach Hamburg begleiten sollte, die Stellung hielt. Mark setzte sich an ihren Schreibtisch.

»Wollen Sie mir nicht Ihren Mantel geben?« fragte Frau Rabe. »Oder möchten Sie möglichst genau so aussehen wie Inspektor Columbo?«

Mark stellte fest, dass Frau Rabe offenbar um einiges besser in Form war als soeben noch in seinem Traum. Dennoch erwischte er sich dabei, wie er auf ihre Fingernägel schielte.

»Den kennen Sie noch? Großartiger Typ. Kommt bei mir gleich nach Q, dem Erfinder. Aber für den echten Columbo–Look müsste mein Mantel noch ein wenig knittern. Von daher ist es besser, wir legen ihn noch eine Weile über meiner Tasche. Außerdem ist da der Salzstreuer drin. Den braucht Columbo, das wissen Sie ja.«

Ab und zu gewinne ich auch noch einen Punkt, dachte Mark. Der hier war allerdings dringend notwendig. Ohne die unmittelbare Nähe zu seinem Trenchcoat fühlte er sich im Augenblick sehr unwohl. Das musste beim echten Columbo allerdings noch schlimmer gewesen sein. Der hatte seinen Regenmantel so gut wie immer an, und zwar völlig unabhängig davon, ob es draußen im sonnigen Southern California gerade 30 oder 35 Grad hatte.

Fast hätte Frau Rabe gelacht. Dem stand jedoch ihr Bedürfnis nach Distanz entgegen, genauer gesagt der Distanz zwischen Stadler und Schreibtisch. Das Bedürfnis wurde nicht kleiner, als Mark damit begann, das Siegel zu entfernen. Der Anwalt rückte heran, um Mark auf die Finger zu sehen.

Dort kannst du hinsehen, so lange du willst, dachte Mark.

X

Abgesehen von ihren Gedichten schien Frau Rabe in ihrem Schreibtisch keine interessanten Dinge zu horten. Die blaue Mappe ließ Mark jedoch, wo sie war. Aus lauter Langeweile sah er sich Telefonrechnungen an. Vom Standpunkt seiner Mission gab es Tätigkeiten, die vielversprechender gewesen wären. Aber was wog das schon angesichts seiner Lage? Das Studium der Telefonrechnungen erfüllte den Zweck, dass Inspektor Stadler auf dem Schreibtischsessel verweilen konnte, darauf kam es an. Solange Gruber keine neue Order ausgab, würde er sich keinen Zentimeter fortbewegen.

Offensichtlich hatte Dieckenbrock vor kurzem von seinem Mobiltelefon aus eine belgische Nummer angerufen. Unterhielt er Beziehungen zu einem Brüsseler Maulwurf, der ihn vor der bevorstehenden Untersuchung gewarnt hatte? Mark folgte eher einem inneren Reflex als einer Theorie. Er wählte die Nummer an. Ein Anrufbeantworter schaltete sich ein. Das Band sprach auf Niederländisch, aber Mark hatte keine Mühe, den Inhalt zu verstehen: Eine Stimme vermeldete, Herr Colin Rijse sei augenblicklich nicht erreichbar und bat, man möge ihm doch eine Nachricht hinterlassen. Mark hinterließ nichts. Er drehte sich mit dem Drehsessel herum und schaute aus dem Fenster.

Die Umgebung des Firmengeländes war wirklich nicht besonders einladend. Ein paar dröge Bürogebäude, Parkplätze, ein kleines Stückchen graugrüne Wiese und eine Bahnlinie, das war's. Die bayerischen Beamten hatten es da gemeinhin besser, diejenigen, die in Brüssel Dienst taten, sowieso. Der Freistaat hatte sich nicht lumpen lassen und in Steinwurfweite des Europäischen Parlaments ein schlossähnliches Refugium erstanden. Das Schloss wurde zur neuen Vertretung umgebaut und zum unbestrittenen Prunkstück aller Länderbüros. Ein paar Ketzer raunten natürlich gleich etwas von Schloss Neu-Wahnstein, aber Ketzer sind eben so. Bei einem Ökonomen brach sofort Begeisterung aus. Schon bei den ersten Schritten auf dem Kiesweg musste ihm unweigerlich der Gedanke kommen, was Schloss Wahnstein in einigen Jahren wert sein dürfte. Mark hätte jederzeit gewettet, dass man mit dem künftigen Verkaufserlös mindestens einmal die beiden Innenverteidiger von Mainz 05 würde kaufen können.

Was aber hatten Dieckenbrock und Colin G. Rijse miteinander zu tun? Wenn der Riese Dieckenbrock warnen wollte, warum rief Dieckenbrock an und nicht er? Freilich, es konnte sich um einen Rückruf handeln. Aber wie sollte der Kabinettchef an Informationen über eine bevorstehende Inspektion herangekommen sein, wenn die Zuständigkeit gar nicht in seinem Ressort lag? Vor allem: Würde sich ein Verrat für beide Seiten lohnen? Der ehrgeizige EU-Karrierebeamte würde sich für Jahre Dieckenbrock ausliefern, sein Risiko wäre enorm hoch. Und für Dieckenbrock gab es keinen ausreichenden Grund, der es plausibel machte, dass er die entsprechende Risikoprämie bezahlte. Denn wenn er schon so umsichtig war und damit rechnete, dass bei ihm irgendwann einmal unangemeldeter Besuch erschien, brauchte er keinen teuren Maulwurf mehr zu engagieren. Nein, dachte Mark, das passt nicht.

Er drehte sich wieder herum und warf einen weiteren Blick auf die Rechnung. Sein Blick blieb an einer anderen Nummer hängen. Kurz nach dem Anruf bei Rijse hatte Dieckenbrock einen Festnetzanschluss in Zürich angerufen. Mark nahm sich nicht erst Zeit, darüber nachzudenken, was dies zu bedeuten hatte. Rasch notierte er die Nummer und steckte den Zettel unbemerkt in seine Hosentasche. Der junge Anwalt, der seit seinem Eintreffen jede seiner Bewegungen beobachtet hatte, war auf seinem Handy angerufen worden und kurz hinausgegangen. Frau Rabe stand in der Tür und unterhielt sich dort mit einer Kollegin. Ihr Augenmerk galt offenbar allein der blauen Mappe, der sie ihre Herzensdinge anvertraut hatte. Solange sich Mark daran nicht zu schaffen machte, bleib sie entspannt.

»Darf ich noch einmal die Agenda von Herrn Dieckenbrock sehen?«, störte er Frau Rabe.

»Haben Sie doch gestern schon.«

»Stimmt. Aber Inspektor Columbo hat damals auch öfter mal was vergessen. *Just one more thing* sagte der immer, als er eigentlich schon zur Tür hinaus war.«

»Ich sehe, Sie wandeln in seinen Fußstapfen. Früher, als Sie noch Tennisschläger dabei hatten, waren Sie immer ganz schnell am Netz. Von

Columbo wissen wir ja, dass es ein wenig dauert, bis er zum Angriff antritt.«

Sie wird wieder frech, freute sich Mark. Die vertraute Stimmung kehrt zurück. Schön. Frau Rabe holte die Agenda und legte sie ihm hin. Irgendetwas schien sie sagen zu wollen. Mark sah sie auffordernd an und wartete. Frau Rabe lächelte. Sie kam ihm so nahe, dass niemand etwas hören konnte.

»Als ich Ihnen damals gegen Thorsten beim Tennis zusah, war ich ganz froh, dass ich draußen an der Seitenlinie bleiben durfte«, sagte sie leise. »Heute auch.«

»Danke, wenn das ein Kompliment war. Ich könnte es zurückgeben. Aber Sie ziehen es womöglich vor, dass ich die nächsten Gedichte nicht bei Rabe, sondern bei Ringelnatz oder Rilke lese.«

Mark bemerkte seinen Versprecher und wollte sich korrigieren. In diesem Moment betrat der junge Anwalt das Vorzimmer. Susanne ging hinaus und kam wenig später mit einer kühlen Flasche Wasser zurück. Lächelnd schenkte sie Mark ein. Sie wusste auch so, wer mit Frau Rabe gemeint war.

X

Bernhard Tander stammte aus Hamburg. Das war schon damals, außer vielleicht für die Hamburger selbst, noch nicht wirklich etwas Besonderes. Tander hatte sich allerdings in den Kopf gesetzt, sein Lager ausgerechnet in einem Seitental des Schwarzwalds aufzuschlagen. Das hob ihn dann doch etwas heraus.

Als er gerade 18 geworden war, vermachte ihm ein Onkel eine mittlere Barschaft, die Bernhard umgehend in sein erstes Aktienpaket umwandelte. Die ersten Erträge aus dem Aktiengeschäft wurden in einen alten Mercedes reinvestiert, mit dem Tander während seines Studiums jeden Morgen aus seinem Tal zur Vorlesung anrückte. Als Bernhard sein Quartier bezogen hatte, musste er allerdings feststellen, dass er die Leute nicht verstand (seine Vermieterin musste hier offenbar eine Ausnahme gebildet haben). Er schwankte eine Weile, ob es nicht besser für ihn wäre, nach Freiburg umzuziehen. Tander wankte, fiel aber nicht. Anstatt dessen lernte er Alemannisch.

Mit der Zeit verstand er es so gut, dass er einige Jahre später seinen norddeutschen Verwandten fehlerlos die Ansprache des Bürgermeisters übersetzen konnte, der inzwischen zusätzlich die Funktion seines Schwiegervaters übernommen hatte. Während der Hochzeitszeremonie hatte Mark nachgedacht, wie Bernhards Leben im Tal weitergehen würde. Es kam anders als erwartet. Als ob er ihn Lügen strafen wollte, zog Tander mitsamt Bürgermeisters Tochter wie ein entfesselter Springer kreuz und quer durch die halbe Welt, so federleicht, als mache er ein paar Züge auf einem Schachbrett. Nie wieder landete er in einer Stadt mit weniger als einer halben Million Einwohner, und mit jedem neuen Zug erklomm seine Banker-Karriere eine neue Ebene. Gerade befand er sich in London. Über die Büronummer erreichte man inzwischen nur noch die Sekretärin der Sekretärin. Allerdings gab es ein Mobiltelefon mit einer Geheimnummer.

Bernhard rief zurück, als Mark gerade im Brüsseler Flughafen auf sein Gepäck wartete. Hinter der Fassade war Bernhard ein Schlitzohr, das unverzichtbarste Element einer Karriere als Investmentbanker. Trotz allem war er eine treue Seele geblieben.

»Wir verhandeln hier gerade einen wichtigen Deal, lieber Mark. Gibt es etwas Wichtiges? Hat irgendwie danach geklungen, deine Nachricht.«

»Ich weiß noch nicht, ob es wichtig ist. Hältst du es für möglich, dass eure Klienten, bevor ein Fusionsvorhaben offiziell angekündigt wird, sich schon mal vorab bei der Kommission erkundigen, ob es Probleme geben könnte?«

»Darüber haben wir hier schon geredet. Im Prinzip wäre das sinnvoll, denn man versenkt natürlich eine Menge Geld, wenn man mühsam und lange einen Deal einfädelt, der dann an der Wettbewerbsbehörde scheitert. Meine Kollegen meinten aber, dass solche Gespräche in aller Regel nichts Konkretes bringen. Wenn wir verlangen wollten, dass man uns für eine Fusion ohne eine Detailprüfung grünes Licht gibt, käme das bei deinen Kollegen etwa so an, als wenn man mit dem Beckham vor dem Spiel ausmachen wollte, dass er keine Ecken und Freistöße mehr schießen soll.«

»Aber ausgeschlossen ist es nicht?«

»Ich würde sagen: fast ausgeschlossen. Allerdings gibt es den einen oder anderen Vorstand, der eine große Fusion wie ein eigenes Baby betrachtet. Diese Leute wollen nichts dem Zufall überlassen. Da könnte ich mir schon vorstellen, dass einer mal persönlich Einfluss nehmen will. Die reden aber nicht mit der Arbeitsebene, sondern am liebsten mit dem Präsidenten.«

»Aha«, sagte Mark. »Passt ja.«

»Was meinst du?«

»Noch nichts, Bernhard. Ich will dir deine Zeit nicht stehlen. Lass uns reden, wenn du es ruhiger hast.«

»Tun wir. Das kann allerdings dauern.«

Sie legten auf. Mark sah zu, wie das Förderband seinen Koffer aus dem Bauch des Flughafens auf das Band für die Gepäckentnahme spülte. Gruber hatte sich ein wenig erholt und organisierte bereits die gemeinsame Fahrt in die Zentrale. Mark war müde und wäre gerne nach Hause gegangen. Aber er wollte noch einen Besuch machen.

X

Als Mark eintrat, sprach Petra gerade am Telefon. Mit der freien Hand machte sie ihm ein Zeichen. Rudy war nicht in seinem Büro. Sie deutete auf einen Stuhl und Mark setzte sich.

Die Büromöbel für die einfachen Leute waren in einem scheußlichen Hellgrau gehalten und wirkten billig. Petra hatte versucht, das nüchterne Ambiente mit einigen Bildern und Blumentöpfen auszuschmücken. Vor allem aber schmückte sie es selbst. Sie war dermaßen schlank, dass ein genetisch benachteiligter Besucher reflexartig nach dem Magerquark Ausschau hielt, der als Grundnahrungsmittel dienen und hier irgendwo herumstehen musste. Mark suchte mit den Augen instinktiv ihren Schreibtisch ab (er war an diesem Tag auf dieses Möbelstück fixiert). Quark sah er keinen, doch fiel sein Blick auf ein paar Fotos, die mit Reißnägeln an der Pinnwand festgemacht waren. Auf einem Bild posierte Petra mit dem Kommissar, auf einem anderen feierte sie Weihnachten mit dem Kabinett. Um hervorzuheben, wie gut sie aussah, hätte man sie nicht unbedingt neben den Kommissar stellen müssen, der zu allem Überfluss sehr unglücklich aufgenommen wurde und auf dem Foto ein bisschen so aussah wie ein Fisch.

Mark blickte vom Foto auf das Original und stellte fest, dass Petra, ganz unabhängig von jedem Vergleich, eine kleine, sehr hübsche Nase hatte.

»Er ist in einer Sitzung«, sagte sie, als sie ihr Telefongespräch beendet hatte.

»Wie geht es Ihnen?«, fragte Mark.

»Nun, wie es aussieht, muss ich mir einen neuen Job suchen.«

»Trifft Sie das hart? Oder wollten Sie nicht ohnehin irgendwann etwas anderes machen?«

Petra überlegte, wie ehrlich sie sein sollte. Dabei legte sie ihren Kopf ein wenig zur Seite. Mark fand, dass die Nase in dieser Position noch hübscher aussah.

»Ich bin offen zu Ihnen, Herr Stadler. Rudy ist manchmal nicht gerade einfach. Man muss irrsinnig schuften, wenn man mit ihm arbeitet, und es gibt Tage, da wünscht man sich nur noch, dass er einen einfach mal eine Weile in Ruhe lassen könnte. Aber er liebt Europa. Ich finde, wir machen zusammen einen sehr guten Job, auf den wir beide ein bisschen stolz sein können. Ich wäre mit ihm überall hingegangen.«

»Und jetzt?«

»Aus irgendwelchen Gründen ist plötzlich sein Vertrag zu Ende. Ich verstehe das nicht. Was hier läuft, ist offenbar eine Art Geheimwissenschaft. Heute fast Direktor der Bürgeroffensive, morgen plötzlich kein Vertrag mehr. Das ist zu hoch für eine Blondine.«

Mark wusste von Rudy, dass sich Petra bei der Vertretung in München vorgestellt hatte. Aber das hieß ja noch nicht, dass sie unbedingt auch dorthin wollte. Schließlich war Tom Beurre zum damaligen Zeitpunkt noch auf der vollen Höhe seines Könnens und vielleicht der eigentliche Grund für diese Dienstreise gewesen. Cherchez la femme gab es auch umgekehrt. Und wie es schien, spielte damals überhaupt niemand mit offenen Karten. Warum sollte es gerade hier anders gewesen sein?

Im Prinzip war es egal, wenn er sich jetzt eine Abfuhr einhandelte. Rudy Prager selbst hatte keine Trümpfe mehr im Spiel. Folglich gab es für ihn auch nichts mehr zu verlieren.

»Würden Sie Rudy denn gerne helfen?«, frage er.

»Wenn ich kann, bestimmt.«

»Sie könnten etwas besorgen, was ich dafür brauche, Petra. Am besten wäre, wir reden gar nicht lange darüber.«

»Und was ist das, was Sie brauchen?«

»Ich würde gerne mal in die Agenda Ihres Kommissars sehen.«

»Wozu brauchen Sie die denn? Wir dürfen die Termine des Chefs nicht herausgeben.«

»Keine Angst, ich will keinen Anschlag vorbereiten und keinen Presseauftrieb organisieren. Mich interessiert nur die Vergangenheit. Genauer gesagt, die vorletzte Woche.«

Petra zögerte. Sie drehte sich um und sah nun ihrerseits an die Pinnwand. Mark konnte die hübsche Nase nicht mehr sehen, aber das war jetzt sekundär. Es stand auf der Kippe.

»Setzen Sie sich doch mal in Rudys Büro«, sagte sie nach einer Weile und ohne sich umzudrehen. »Er kommt bestimmt gleich.«

Mark tat, wie ihm geheißen und setzte sich an den kleinen Sitzungstisch in Rudys Büro. Es tat gut zu wissen, wie sehr Rudy von seiner Sekretärin geschätzt wurde. So was zählte weit mehr als jedes Zeugnis eines Vorgesetzten. Petra sagte, »wir machen zusammen einen guten Job.« Dass sich eine Assistentin als Mitglied eines Teams fühlte, war auf einer Bühne für Selbstdarsteller alles andere als selbstverständlich. Freilich, er wusste immer noch nicht, wofür sich Rudy neulich im Jardin de Nicholas in Zusammenhang mit Petras Dienstreise so geschämt hatte. Im Moment war das auch besser so.

Er stellte sich vor, wie Petra im Vorzimmer nachdachte. Plötzlich schloss sich die Verbindungstür. Am Geräusch ihrer Absätze konnte er trotzdem hören, dass sie nach draußen ging. Nach fünf Minuten ging die Tür wieder auf. Als Mark hinaustrat, stand Petra am Fenster und sah hinaus. Offensichtlich wollte sie ihn nicht mehr ansehen.

»Ich habe ganz vergessen, dass Herr Prager Ihnen einen Artikel geben wollte. Er liegt vor Ihnen auf dem Schreibtisch. Sie könnten ihn kopieren. Der Kopierer ist hier gleich nebenan.«

Sie hatte sich immer noch nicht zu ihm umgedreht. Mark fand einen Zeitungsartikel über die rumänischen Gaspreise. Er begann sich bereits zu wundern.

»Sie sollten sich vielleicht mit dem Kopieren etwas beeilen, Herr Stadler.«

Mark verstand immer noch nicht, was er an rumänischen Gaspreisen spannend finden sollte, aber er ging nach nebenan. Auf dem Gerät lag eine kopierte Seite aus einem Terminkalender. Mark warf nur einen kurzen Blick darauf, faltete das Blatt in der Mitte zusammen und steckte es ein. Als er in das Vorzimmer zurückkam, war Petra verschwunden. Nur das Telefon klingelte einsam vor sich hin.

X

Nach Lage der Dinge würde man die Sache unter den Tisch kehren. Ein paar Indizien sind noch keine Beweise. Mark stapfte unlustig auf dem Cross-Trimmer herum. Er ärgerte sich, dass ihm nichts einfiel, wie er seinem Freund helfen konnte. Selbst wenn Rijse als Kabinettchef abtreten müsste, wäre für Rudy nichts besser geworden: Angesichts der diffusen Tatsachen geschähe das nicht von heute auf morgen. Und Rudys Vertrag wäre bis dahin bereits unweigerlich abgelaufen.

Mark hatte Anfang des Monats den Fitnessclub gewechselt, doch begann er diese Entscheidung zu bereuen. Im Winners Club gab es zwar keine individuellen Fernseher auf den Trimmgeräten, doch traten dort dafür echte Typen auf. Der Fitnessraum lag in einem fensterlosen Untergeschoss. Es war eng und voll, ein geradezu ideales Spielfeld für Schauspieler. Wie es schien, lebten einige der Stars mehr oder weniger dort, der Keller war das Herz ihrer Welt. Sie zelebrierten sich wie einst die römischen Gladiatoren ihren Einmarsch in die Arena vor dem Kampf gegen die Löwen. Die neuzeitlichen Regeln, die sich die Menschheit zur Bestimmung der sozialen Geltung gegeben hatte, waren außer Kraft gesetzt, es zählte allein, was und wie lange man etwas stemmte. Ein kläglicher Amateur wie Mark Stadler brauchte sich an einem Ort wie diesem keinerlei falschen Gedanken hinzugeben: Hier würde er für immer ein kleines, unbedeutendes Würstchen bleiben.

Im La Rasante glotzten die Leute nur immer in ihren Fernseher. Niemand nahm Notiz von den anderen, es gab weder Gladiatoren noch Würstchen. Aber nun war es zu spät. Der Jahresbeitrag war bereits abgebucht und hatte auf dem Konto einen ordentlichen Flurschaden hinterlassen. Mark trat noch etwas heftiger in den Trimmer, gerade so als ob sich der Obolus, den er entrichtet hatte, auf diese Weise schneller amortisieren würde.

Mark sah durch die Fensterfront auf den Tennisplatz und dachte an die Geschichte mit Rijse. Die Indizien ergaben, wenn man sie entsprechend zusammenfügte, durchaus eine schlüssige Kette. Mark ging die Fakten noch einmal durch.

Ausweislich seines Terminkalenders trifft sich der Kommissar mit dem Vorstandsvorsitzenden Albert Grossmann zum Mittagessen in der Villa Lorraine. An dem vertraulichen Gespräch nimmt auch Rijse teil. Nach dem Essen ruft Rijse ohne Erfolg bei Erhart Dieckenbrock an. Dieckenbrock befindet sich an diesem Tag in Stockholm, wo er laut seiner Agenda mehrere Besprechungen hat. Um 15.15 Uhr ruft er Rijse über sein Firmenhandy zurück. Das Gespräch dauert fünf Minuten. Dieckenbrock ist in Eile, denn um 15.30 Uhr beginnt seine nächste Sitzung. Er benutzt erneut das Firmenhandy. Dieckenbrock spricht zwölf Minuten mit der Wertpapierabteilung einer Bank in Zürich. Am nächsten Morgen wird die Fusion offiziell angekündigt. Der Aktienkurs des von Grossmann übernommenen Konkurrenten steigt um 25 %.

Eine offene Frage blieb allerdings, warum sich Albert Grossmann mit dem Industriekommissar über den geplanten Zusammenschluss besprochen haben sollte. Die europäische Fusionskontrolle lag nicht in dessen Ressort und man konnte davon ausgehen, dass sein Einfluss auf die Entscheidung der Kommission marginal sein würde. In der gesamten Geschichte der EU-Fusionskontrolle war es nur ein einziges Mal vorgekommen, dass der vorschlagsberechtigte Wettbewerbskommissar mit einem Entscheidungsvorschlag für ein Verbot einer Fusion im Kollegium der Kommission überstimmt wurde. Das war noch in der Vor-Steinzeit mit nur zwölf Mitgliedstaaten und relativ wenigen Kommissaren gewesen. Die Entscheidung des Kollegiums kam schon damals mehr oder weniger einem Wunder gleich.

Ein Wunder hat normalerweise die Eigenschaft, dass es sich nicht wiederholt. Davon abgesehen, bestand das Kollegium der Kommission inzwischen aus 25 Mitgliedern, womit eine Gegenfraktion, um den Wettbewerbskommissar überstimmen zu können, heute 13 Kommissionsmitglieder zählen musste. Können 13 politisch denkende Vollprofis gleichzeitig die Neigung verspüren, sich bei einem für sie politisch mehr oder weniger unbedeutenden Fusionsfall mit dem Kommissar anzulegen, der in Personalunion die Subventionen ihres Heimatlandes kontrolliert? Die Entscheidungen über die Genehmigung von Staatsbeihilfen sind für einen Kommissar viel wichtiger als die Fusionskontrolle. Da wiegt es, wenn man zum federführenden Wettbewerbskommissar einen guten Draht hat und ihn auf Drängen des Ministerpräsidenten auf dem kurzen Dienstweg um den letzten Stand der Dinge oder einen Entscheidungsaufschub bitten kann. Mark konnte es drehen, wie er wollte: In Anbetracht des gewählten Lokals konnte zwar angenommen werden, dass Herr Grossmann mit seinen Gästen hervorragend gegessen hatte. Aber im Hinblick auf die künftige Entscheidung der Kommission war die Zusammenkunft so effizient wie das Schießen, das die Bürger von Hornberg einmal zu Ehren ihres Fürsten veranstaltet hatten.

Aber wer weiß da draußen schon, wie Brüssel wirklich funktioniert? Es gab sogar einen leibhaftigen deutschen Bundeskanzler, der mitsamt seinem Beraterstab einmal davon ausging, man könne in der Kommission, die grundsätzlich auf dem Kollegialitätsprinzip beruht, einen mächtigen Wirtschafts-Superkommissar installieren, der für alles, was die Industrie betrifft, so etwas wie ein übergreifendes Vetorecht erhält. Das war ein wunderschöner Irrtum, aber es war einer. Konnte man von daher nicht auch annehmen, dass auch Grossmann irrte und glaubte, mit dem Industriekommissar eine entscheidende Hürde in die Richtung einer Genehmigung genommen zu haben?

Eine Frau betrat die Szene, die Mark noch nie gesehen hatte. Sie trug eine unauffällige, blaue Trainingshose. Es war ihr trotzdem anzusehen, dass sie nicht zum ersten Mal trainierte. Sie stöpselte die Kopfhörer ihres MP3-Players ins Ohr und bestieg das Laufband, das etwa zehn Meter von Marks Trimmgerät entfernt stand. Die Frisur und ihre unaufgeregte Sportlichkeit erinnerten ihn an Louise. Er sah ihr eine Weile zu. Plötzlich stieg er von seinem Trainingsgerät und eilte nach Hause. Mark hatte eine Idee.

X

Liebe Louise,

ob Wien wirklich Wien bleibt, weiß ich nicht (schon eher dürfte ich aus eigener Erfahrung behaupten, dass das Leben weiterhin komisch ist. Aber darüber sollten wir ein anderes Mal reden). Ganz sicher bin ich mir nur, dass die liebe Eva nächstes Wochenende dort sein wird. Diese Dame kennen wiederum Sie nicht. Das ist natürlich kein wirklich schlagendes Argument, wenn ich behaupten würde, dass sich damit alles wieder aufhebt.

Womöglich werden Sie sagen, ich hätte meinen Verstand verloren. Aber wenn Sie den ersten Teil der Geschichte hören wollen (die Ihnen so unglaublich vorkommen wird wie mir selbst), sollten Sie sich vielleicht mit Eva auf einen Kaffee (oder gar zwei) verabreden.

Haben Sie Lust? Immerhin spielen Sie sozusagen die Hauptrolle.

Ihr Mark

Louise war gerade online. Ihre Antwort kam sofort.

Woher wissen Sie denn, dass ich in Wien lebe, lieber Mark? Sie werden mir doch nicht noch unheimlich werden, nein? Herzlich, L.

Mark überlegte einen Moment. Wenn er allzu kryptisch wurde, konnte es schnell vorbei sein.

Ich nehme an, das will Eva Louise selbst erklären. Die Mystik von Frauengesprächen wird für Männer immer irgendwie undurchdringlich bleiben.

Das stimmt wirklich, dachte Mark, während er auf Louises Antwort wartete. Aber es war natürlich nur ein Teil der Wahrheit. Männer konnten auch nicht verstehen, warum der Austausch von Mystik immer so lange dauerte.

Mark erinnerte sich an eine kleine Begebenheit im Tennisclub. Es war im vergangenen Sommer gewesen. Nach der langen Arbeitswoche freute er sich auf eine Stunde Tennis. Aber an diesem Freitag war kein Platz mehr frei. Den letzten freien Platz hatten vier mittelalterliche Damen für die Austragung eines Doppels ergattert. Anstatt sich nun aber dem Sport hinzugeben, funktionierte das Doppel den Tennisplatz zur Gesprächsplattform um: Das Doppel rückte nach den ersten drei Minuten geschlossen zum Netz vor, wo es sich für den Rest der Spielzeit ausschließlich der Kommunikation widmete. So etwas können Männer einfach nicht. Oder besser gesagt, jüngere Männer können es nicht.

Inzwischen war Mark, was die Entwicklung der eigenen Fähigkeiten betraf, vorsichtig geworden. Die Zeiten, in denen er sich in so einer Situation hätte mühsam beherrschen müssen, um nicht hinter dem Clubhaus wutentbrannt seine Raketts in den Zaun zu feuern, waren schließlich auch vergangen. Der Testosteronspiegel nimmt bei Männern mit zunehmendem Alter ab was, in bestimmten Einzelfällen sogar die Entstehung solch geschätzter Eigenschaften wie Würde und Gelassenheit begünstigt. Mark hielt sich selbst für den Beweis, dass die menschliche Würde durch den Testosteronspiegel weit wirkungsvoller beeinflusst wird als durch jedes noch so intensiv betriebene Studium philosophischer Schriften. So mochte ihn das schwindende Hormon künftig noch weit milder stimmen und der Einsatz verschiedener Kommunikationsstrategien mochte im Rahmen einer an Jahren vorgerückten Tennisgesellschaft auch für ihn einmal viel interessanter werden als ein verbissenes, wortloses Gefecht mit einem gierigen Gegner.

Just in diesem Moment Louises Nachricht.

Vor unserer ersten Begegnung dachte ich immer, Ökonomen seien verunglückte Mathematiker, die sich irgendwann einmal in die Sozialwissenschaften verirrt haben. Erstaunlicherweise scheinen Sie sich jedoch auf völlig untypische Gebiete vorzuwagen. Ich nehme an, auf Anfrage gibt es sogar eine anthropologische Analyse weiblicher Verhaltensweisen: Während Männer schweigend dem wilden Getier nachhetzten, plapperten »wir« eine ganze Steinzeit lang am Lagerfeuer über neue Mammut-Kochrezepte. Kommen Sie, Mark, lassen Sie mal diesen Schnickschnack. Was ist los?

L.

Liebe Louise, Tom Beurre ist ein Freund von mir. Er hat mir von Ihnen erzählt, ohne dass wir beide ahnen konnten, dass ich Sie bereits kenne. Ihren Namen erfuhr ich auch nicht von ihm, sondern durch einen Zufall: Genauer gesagt, er stand in einem Buch über einen Tennis spielenden

Experten der Strindberg'schen Paranoiathese und unter einem sehr bösen Artikel einer Wochenzeitschrift. Aber das ist die andere Geschichte.

Ich wollte mich bei Ihnen abmelden, denn ich wusste zu viel. Heute denke ich, dass Sie einige Dinge über Tom wissen sollten. Aber vielleicht ist es besser, wenn Sie sie von einer Frau erfahren. Lagerfeuer hin oder her. Liebe Louise, untereinander können Frauen so etwas besser. Machen wir es so: Ich schicke Ihnen Evas Handynummer. Wenn Sie mögen, rufen Sie an, wenn nicht, so hat Monsieur Beurre Pech gehabt. Er weiß noch nicht einmal, dass wir uns kennen – also wird er es verschmerzen.

Herzlich Mark

PS: Lassen Sie sich bloß nicht durch Evas Barbie-Verkleidung täuschen. Sie hat ein Herz und den richtigen Blick.

Mark wollte den Computer ausschalten, aber Louises prompte Antwort kam ihm zuvor.

Also gut, Herr Stadler. Ihre eloquente Doppelkennerschaft über solch existenzielle Dinge wie Steinzeit und Schokolade macht mich offensichtlich anfällig. Aber lese ich da nicht etwas von einem ersten Teil der Geschichte?

Wer früher besonders schick und schnell sein wollte, stieg in eine Concorde. Das war außerdem noch gut fürs Image. Jetgeschwindigkeit zählte heute nicht mehr, Chatgeschwindigkeit war in.

»Richtig. Der zweite Teil hat allerdings mit dem ersten gar nichts zu tun.«

»Und was folgt nun daraus, lieber Mark?«

»Dass ich die wirklich existenziellen Dinge der Nach-Steinzeit selbst in die Hand nehmen muss.«

»Spannend. Und wie geschieht das?«

»Vielleicht mit Gottes und Ihrer Hilfe. Ich muss leider los. Bitte melden Sie sich bei Eva. Bis bald, Louise.«

X

Eva sah hinauf zum Himmel und anschließend hinab zu ihren Absätzen. Sie überlegte, ob sie in die Straßenbahn einsteigen sollte. Das Café Stein lag auf der anderen Seite der Innenstadt in der Nähe der Votivkirche. Sie konnte die Linie 1 nehmen, den Ring entlang fahren und dann bequem am Schottentor aussteigen. Man brauchte außerdem noch nicht einmal unbedingt ein Gourmet der europäischen Architekturgeschichte zu sein, um diese Fahrt grandios zu finden, sie war es auch so. Trotzdem entschied sich Eva zu einem Spaziergang quer durch den Ersten Bezirk. Das Wetter sollte noch eine Weile halten, und sie würde nicht nur an ein paar Läden, sondern auch an einem Stückchen ihrer eigenen Vergangenheit vorbeikommen.

Sie ging nach dem Stubentor noch ein paar Schritte über die Wollzeile. Während die Ringstraße eine unvergleichliche Dichte an historischen Bauwerken zu bieten hatte, standen hier einige Geschäfte für Unterwäsche. Eva war allerdings zurzeit auf eine andere Marke festgelegt und ließ die österreichischen Flaggschiffe, die mancherorts sogar Tür an Tür um die Kundschaft fochten, leichten Herzens hinter sich. Bei ihrem letzten Einkaufsbummel in Berlin hatte sie ein sündhaft rotes Dessous anprobiert, das sie nach dem Studium des Preisetiketts eigentlich schon wieder zurückgeben wollte. In diesem Moment erschien jedoch die Verkäuferin an der Tür der Umkleidekabine, ein Vorgang, der nicht nur Evas gegenwärtige, sondern auch zukünftige Haushaltsgrundsätze über den Haufen werfen sollte. Die Verkäuferin maß die sündig-rote Eva mit einem bewundernden, wissenden Blick. Sodann trat sie einen Schritt in die Kabine und flüsterte leise: »Das ist ein Modell von Agent Provocateur. Wer das anzieht, weiß, was er am Abend vorhat.«

Eva bog in die Bäckerstraße ein. Das war nicht der direkte Weg, aber am Ende der Straße stand das Haus, in dem sie vor einigen Jahren einmal einen ganzen Sommer verbracht hatte. Sie war gerade mit dem Studium fertig geworden. Auf einer Skihütte in Saalbach hatte sie Manfred, einen dynamischen Unternehmensberater, kennen gelernt. Sie lebte mit ihm ein paar Monate lang in seiner Stadtwohnung, das heißt, wenn er einmal da war. Meistens fuhr Manfred schon am Montagmorgen in aller Frühe zum Flughafen und kam erst am Freitagabend zurück. Von Montag bis Freitag verfasste Eva Bewerbungsschreiben, lernte einige Kaffeehäuser und noch mehr Theaterstücke kennen und erholte sich, wenigstens bevor sie von der ortsansässigen Männerwelt entdeckt wurde, von der Mühsal ihres Juraexamens.

Alles schien noch, wie es war. Der Herrenfrisör, der immer entweder zu wenig oder zu viel Kundschaft hatte, stand rauchend in der Tür, gerade so, als sei er dort vor acht Jahren in Stein gemeißelt worden. Auch die Weinstube und den Buchladen im Innenhof gab es noch. Manfred machte sich damals darüber lustig, dass ihm seine Freunde jahrelang zum Geburtstag nur Wein und Bücher geschenkt hatten, obwohl er beides in enormem Überfluss schon im Haus hatte (er brauchte nur das Treppenhaus hinunterzugehen). Eva hatte vor allem genossen, dass sie nur die Tür aufmachen musste und schon fiel sie mitten ins pulsierende Leben der Stadt. Überall war etwas los. Wenn die Wiener müde wurden, kamen die Touristen: Die Cafés und Bars waren ständig voll, es gab Straßenmusikanten, Straßenverkäufer und, wenn man wusste wo, enorm viele schicke Leute.

Für die hatte Eva schon immer eine besondere, offenbar angeborene Schwäche. Oft ging sie abends die paar Schritte hinüber zum Haas-Haus. Mit der Idee, mitten im historischen Stadtkern ein ultramodernes Gebäude mit einer Glasfassade hinzusetzen, ging zur Bauzeit einiges von der Eleganz der in Wien geschätzten Gesprächskultur zu Bruch und Hans Holleins ursprüngliches Außenraumkonzept blieb aufgrund des nicht verstummen wollenden Gemeckers unvollendet. Aber schon zu Evas Wiener Zeit konnte man davon ungetrübt durch die Glaswand sehen, die Hollein hingesetzt hatte. Den Besuchern der im obersten Geschoss gelegenen Bar überließ sie einen einmaligen Blick auf den Stephansdom und dem Betreiber die Möglichkeit, diesen in entsprechende Preisaufschläge umzurechnen. Beides zusammen zog die schönen Leute an, aber Eva fiel trotz aller Konkurrenz hier weit mehr auf, als sie es je durch ihr leidlich bestandenes Staatsexamen oder ihre etwas hölzern abgefassten Bewerbungsschreiben vermocht hätte. Es war also eine logische Konsequenz, dass sie hier den Münchner Geschäftsmann kennen lernte, der ihr sodann ihre erste Stelle anbot.

Der einzige Haken an Manfreds Wohnung war der Sonntagmorgen. Nebenan befanden sich die Passage zum Stephansplatz und die Schnitzelhochburg Figlmüller. Auf Deutsch und Englisch verkündeten die Tafeln an den Eingängen stolz, dass hier die größten Schnitzel der Welt gereicht wurden. Eva ahnte schon an ihrem ersten Sonntag in der Bäckerstraße, dass dies keine Übertreibung sein konnte. Punkt halb zehn begann es in Figlmüllers Küche derart zu hämmern, dass das ganze Schlafzimmer dazu im Takt dumpf vibrierte. Figlmüllers Weltrekord hing offenbar unlösbar damit zusammen, dass die Köche so lange mit brachialer Gewalt auf die Schnitzel einprügelten, bis sie endlich in Rekordlänge über den Tellerrändern hingen. Manfred hatte wohlmeinend bemerkt, dass ihr Schlaf immerhin einem leibhaftigen Weltrekord geopfert wurde. Doch war das für Eva kein wirklicher Trost. Dafür war ihre Begeisterung für den Leistungssport in diesem Sommer noch nicht weit genug gediehen, denn, wie wir schon wissen, begann ihre eigene Karriere als Tennissportlerin erst viel später.

Eva ging am Haas-Haus vorbei und nahm den Weg über den Graben in Richtung Rathaus. Wenig später sah sie schon die aufragenden Fassadentürme der Votivkirche. Nun brauchte sie nur noch die Währingerstraße hinunterzugehen, dann war sie im Café Stein. Eigentlich war sie zu früh dran, etwas, was ihr äußerst selten passierte. Aber sie war froh, dass sie noch die Zeit hatte, in Ruhe alleine einen Kaffee zu trinken. Sie hatte nämlich überhaupt keine Ahnung, wie sie die Sache aufziehen sollte.

X

Louise hatte die letzten Minuten still zugehört. Die beiden Frauen steckten sich eine Zigarette an.

»Dass er Potenzpillen erfindet, hat er mir nicht gesagt. Und natürlich auch nicht, dass er sie selbst an sich ausprobiert. Dabei hätte ich das unter Umständen sogar lustig gefunden«, sagte Louise.

Der Anflug eines Lächelns huschte über ihre Lippen.

»Er nicht. Du weißt doch, wie Männer sind. Sie tendieren dazu, die Bedeutung ihres Genitales enorm zu überschätzen. Im Gegenzug unterschätzen sie uns. Freilich haben die Pünktchen auf Herrn S. offenbar nicht unbedingt appetitlich ausgesehen.«

»Herr wer?«

»Herr S. Vor der Verwandlung hatte Monsieur Beurre noch Humor. Er meinte, man müsse für ein Körperteil, dem man so viel Aufmerksamkeit widmet, eine respektvolle Anrede finden. Herr Schwanz gefiel ihm aber nicht so, also heißt er Herr S.«

Louise lachte und Eva stimmte ein. Das Eis war gebrochen.

»Und jetzt hat er keinen Humor mehr?«, fragte Louise.

»Er hat sich verkrochen. Du hast ihn an der falschen oder eben an der richtigen Stelle erwischt. Ich glaube, er ist wirklich in dich verliebt.«

»Aber wieso kneift er dann aus und lässt mich einfach sitzen? Das verstehe ich nicht. Wenn ich mit jemandem zusammen sein will, dann versuche ich doch, ihm zu vertrauen.«

»Das muss er erstmal üben. Wenn man sich so fest auf eine Rolle festgelegt hat, ist es schwer, wieder davon runter zu kommen. Ich weiß, wovon ich rede. Auf mich stehen die Herren der Schöpfung, weil sie in mir ihren Traum vom sexy Vamp sehen. Ich habe diese Rolle mittlerweile so verinnerlicht, dass ich selbst bei zehn Grad Minus noch die Halterlosen aus dem Schrank hole. Wahrscheinlich wäre ich gar nicht mehr ich, wenn ich plötzlich mit meiner normalen Haarfarbe, flachen Schuhen und einer langweiligen Hose daher käme. Es ist wie ein Spiel, mit dem man nicht mehr aufhören kann. Das kannst du dir wahrscheinlich kaum vorstellen, aber es ist so.«

Eva wunderte sich, wie offen sie war. Solche Dinge hatte sie bisher zu niemandem gesagt, wahrscheinlich noch nicht einmal zu sich selbst. Andererseits war dies heute ihre wahrscheinlich letzte Begegnung mit Louise. Wozu sollte sie ihr groß etwas vorspielen?

»Sieht man einmal von den Damen ab, für die schon das Cabriolet und der Waschbrettbauch gereicht hätten, hat Tom die Frauen wohl am meisten durch seine Selbstsicherheit beeindruckt«, fuhr sie fort. »Ich kann mir vorstellen, dass ihm in letzter Zeit einiges durch den Kopf gegangen ist. Er ist ein intelligentes und wahrscheinlich im Grunde ziemlich sensibles Kerlchen, aber die Worte Schwäche und Zweifel gab es trotzdem nie, wenn er mit Frauen zusammen war. Vielleicht hat er gespürt, dass er bei dir die Maske abnehmen musste. Vielleicht gibt es dahinter eine uneingestandene Angst, dass er so, wie er ist, nicht geliebt wird.«

Louise zog an ihrer Zigarette. Eva fand, dass Rauchen überhaupt nicht zu ihr passte. Aber sie hatte dafür noch keine Erklärung.

»Fühlte er sich nie einsam bei seinem Maskenspiel?«, fragte Louise.

»Jetzt bestimmt. Vorher kam er nicht dazu, darüber nachzudenken. Er schien irgendwie ständig im Jagdfieber.«

»Und du? Was fandest du an ihm?«

»Am Anfang war es das Bett. Was heißt Bett. Er nahm sich einfach, was er wollte, egal wo wir gerade waren. Tom ist das geilste und gierigste Tier gewesen, das sich je über mich gestürzt hat. Es war herrlich.«

»Mit mir ist er behutsamer umgegangen. Er war fast schon ein bisschen schüchtern. Was ist jetzt zwischen euch, Eva?«

»Ich halte es für eine Art Wunder, aber wir sind wirklich Freunde. Irgendwann haben wir erkannt, dass wir uns nie lieben werden. Tom und ich sind jedoch so etwas wie Seelenverwandte, obwohl das nie jemand vor dem anderen so ausgesprochen hat. Reden wir nicht darum herum, wir sind beide enorm attraktiv. Das kann aber auch ein besonderes Schicksal bedeuten und genau das verbindet uns irgendwie. Wir wurden von den anderen immer ein bisschen beneidet, aber niemand kennt die andere Seite. Wenn dir immer alles zu Füßen gelegt wird, lässt du dich irgendwann einlullen von dem stets wiederkehrenden Wirbel, den man für dich veranstaltet. Es kreisen ja ständig neue Kandidaten in der Warteschleife, die mit mir in Rom Silvester feiern, in Zermatt Ski fahren und in Bordeaux Wein kosten wollen. Das sieht auf den ersten Blick toll aus. Aber letztlich habe ich es irgendwie verlernt, Wege zu finden, die ich wirklich einmal zu Ende gehen will. Bei Männern ist zwar die Rollenverteilung anders und sie müssen sich mehr anstrengen als ich, aber im Ergebnis kann einer wie Tom auch jedes Wochenende mit einer anderen Frau irgendwohin fahren.«

Die Bedienung kam an ihren Tisch und Eva und Louise bestellten noch einen Kaffee.

»Wir waren allerdings nie platonische Freunde, wenn du das wissen willst. Sex steht nicht mehr ausschließlich im Mittelpunkt, wie es früher mal war, aber mit einem »no sex« hätte Tom sicherlich so seine Mühe gehabt. Lass es mich mal so sagen: Als verkappte Sensibelchen, die wir beide sind, genießen wir heute vor allem die zwischen uns mögliche Vertrautheit. Bei mir entsteht sie schon beim Reden und Kuscheln. Aber ein Mann wie Tom braucht dafür auch das Gefühl, dass man auf ihn steht. Ich bin daher ziemlich froh, dass ich meistens wirklich Lust darauf habe, mit ihm zu schlafen.«

Louises Mobiltelefon klingelte, aber ohne auch nur auf das Display zu sehen, stellte sie es ab.

»Und was wäre mit euch passiert, wenn es mit mir und Tom…?«

»Ich gönne es ihm, wenn er sich mit einer anderen Frau wirklich eine Chance gibt. So was beginnt nicht im Kopf, sondern im Bauch. Er liebt dich, Louise. Und um dir das zu sagen, bin ich hergekommen.«

Der Kaffee wurde auf den Tisch gestellt. Louise verlangte sogleich die Rechnung. Eva sah sie verwundert an.

»Lass uns ein bisschen hinaus gehen, Eva. Die Sonne scheint noch so schön. Magst du?«

»Ja, gern. Aber bitte keine Gewaltmärsche. Wie du siehst, habe ich dafür nicht die richtige Ausrüstung dabei.«

Eva deutete nach unten in die Richtung ihrer Schuhe. Louise zahlte und kurz darauf traten die beiden Frauen hinaus auf die Straße.

X

Sie bogen in den Volksgarten ein. Im Sommer war der Park eine Art Eldorado für Studenten, Künstler und Lebenskünstler. Die Suche nach einem netten Plätzchen konnte bei gutem Wetter schon einmal dauern. Allerdings war sie um einiges angenehmer als das tägliche Gewürge um einen Parkplatz für das Auto. Anstatt der strafzettelsüchtigen Politesse gab es bunt blühende Rosen, die dazu noch die sehr angenehme Eigenschaft hatten, dass sie blieben, wo sie waren. Die beiden Frauen hatten Glück. Vor ihnen erhob sich ein Liebespaar von einer Bank, und sie konnten sich in die Sonne setzen.

»Es ist nicht so, dass ich nichts fühle, Eva. Im Gegenteil. Aber ich verstehe es nicht«, sagte Louise.

Eva sagte nichts, sie wollte zuhören. Es entstand eine kleine Pause. Louise suchte nach einem Ausgangspunkt. Schließlich öffnete sie ihre Handtasche und zog ein Buch heraus. Darin lag ein zusammengefaltetes Blatt Papier.

»Gelegentlich mache ich Schnappschüsse von meinen Innenansichten. Die Zeit relativiert ja alles und ich finde es spannend, ab und zu einmal dabei zuzusehen. Ich schreibe Gedichte. Sie sind nicht so protokollarisch wie ein Tagebuch und es steht ihnen ganz gut, wenn sie ein bisschen mehrdeutig bleiben.«

Sie entfaltete den Zettel und streckte ihn Eva hin.

»Das hier habe ich im Flugzeug geschrieben, als ich von München nach Wien zurückgeflogen bin. Willst du's lesen?«

Eva hatte schon seit Ewigkeiten nichts Handschriftliches mehr gelesen. Vielleicht war das der Grund, warum sie plötzlich sehr gerührt war.

Noch stehst Du neben mir
Verbirgst mir Dein Gesicht
Von Glück und Traurigkeit erstickte Fragen
Nein, weinen wirst Du nicht
Und heute, jetzt und hier
Werden Lebewohl wir sagen

Der Duft von Deinem Haar
Ein allerletzter Zug
Sonderbar
Wäre alles andre längst Betrug
Bekäm' ich davon nie genug

Eva hatte das Gedicht zweimal gelesen. Danach hielt sie noch eine Weile inne. Erst dann faltete sie das Blatt zusammen und gab es Louise zurück.

»Ich bin ein bisschen überrascht, Louise. Wart ihr in Salzburg nicht noch einmal verabredet?«

»Ja. Aber es war nicht so, dass ich mit fliegenden Fahnen am Westbahnhof in den Zug gestiegen bin. Eigentlich dachte ich schon in München an Abschied.«

»Aber warst du denn nicht auch ein bisschen verliebt?«

Louise kämpfte einen Augenblick lang mit sich. Aber Evas Offenheit war entwaffnend gewesen. Sie konnte sich nun selbst nicht mehr gut verstecken.

»Was heißt verliebt? Das ist ein Wort. Schon, vielleicht. Aber weißt du, es gibt wahrscheinlich nur sehr wenige Dinge, die ich nicht hinterfrage. Ob das unbedingt immer richtig ist, will ich damit gar nicht sagen. Aber ich denke, ich kann mir das in diesem Leben nicht mehr aussuchen. Ich bin so.«

Louises Blick wanderte abwesend in die Rosensträucher. Für einen Augenblick sah sie ein bisschen traurig aus. Sogleich wendete sie jedoch Eva wieder ihren Kopf zu und sah sie, während sie weiter sprach, freundlich an.

»Tom wirkte auf mich wie ein Mensch, der mit seinem Weltbild weitgehend fertig ist. Er scheint sich keine großen Fragen mehr zu stellen. Wenn ich mir vorstelle, dass dieser Mann in zehn Jahren noch genau dasselbe denkt und tut wie heute, kann er mich eigentlich nicht faszinieren. Trotzdem merkte ich, wie mich mein Gravitationssystem langsam, aber unweigerlich im Stich ließ. Den Hormonen war es völlig egal, was ich dachte. Es war einfach unbeschreiblich schön, diese Nacht in seinen Armen zu liegen.«

Sie zuckte mit den Achseln, so wie ein Schüler, der vom Lehrer an die Tafel zitiert wird und eine Mathematikaufgabe nicht versteht.

»Vielleicht ist es sein Geruch, die Art, wie er mich berührt, oder vielleicht haben wir beide irgendetwas anderes Geheimnisvolles füreinander, wofür es keine Worte gibt. Ich fühlte, meine Mauern könnten irgendwann endgültig einstürzen. Dabei rief mir der Verstand schon am Morgen danach immer wieder zu, dass alles in einem riesigen Missverständnis enden wird. Weißt du, Eva, ich kann ganz schlecht jemandem wehtun. Und ich habe eine gehörige Angst davor, dass man mir wehtut. Ich wollte fliehen, bevor es dafür zu spät war.«

»Und dann konntest du doch nicht widerstehen und bist trotzdem nach Salzburg aufgebrochen. Gott sei Dank bestehst du nicht nur aus Vernunft und Gehirn.«

»Nun, das Gehirn wollte natürlich auch wissen, was es genau ist, wovon es Schachmatt gesetzt wird. Ich wollte nicht ein ganzes Leben darüber rätseln müssen, was da passiert ist«, sagte Louise.

Ein Eisverkäufer erschien vor ihrer Bank, aber niemand schenkte ihm Beachtung.

»Aber wieso Betrug? Meinst du Selbstbetrug?«, fragte Eva.

»Im Flughafen hat mich eine Frau angesprochen, die ein paar sibyllinische Andeutungen gemacht hat. Von dem, was sie sagte, konnte ich mir eigentlich zusammenreimen, dass sie mit Tom zusammen ist. Im Flugzeug habe ich überlegt, ob es denn überhaupt eine Rolle spielt.«

»Widerspricht sich das nicht ein bisschen, Louise? Du willst soviel wissen und so etwas Wichtiges dann doch nicht?«

»Ich hätte nach dem Gespräch im Flughafen durchaus annehmen können, dass Tom von der ersten Sekunde an falsch gespielt hat. Und wenn sich jemand mit mir ins Bett legt, erwarte ich eigentlich schon, dass er so ehrlich ist und mir vorher sagt, dass er eine Freundin hat. Aber ich musste mir eingestehen, dass ich während dieser Nacht mit Tom überhaupt nichts von einem falschen Spiel gespürt habe. Im Gegenteil, ich fühlte mich völlig geborgen und schwerelos.«

»Ich verstehe dich und doch noch nicht ganz, Louise.«

»Es gibt ja immer auch die andere Seite, selbst wenn man sich letztlich für etwas entscheidet, was wie die Vernunft aussieht. Offensichtlich können wir uns auf einer Ebene begegnen, wo alles drum herum unwichtig wird. Vergangenheit und Zukunft spielten in diesen Stunden gar keine Rolle, ich fühlte so etwas wie die vollkommene Wunschlosigkeit. Ist es nicht eine herrliche Vorstellung, dass etwas existieren könnte, was einfach für sich schön ist und völlig ohne eine einzige Erwartung auskommt?«

»Und warum wolltest du nicht versuchen, es zu versuchen? Eben ohne Gedanken?«

»Hab ich ja. Letztlich bin ich in den Zug eingestiegen. Aber dann ist Monsieur nicht gekommen. Am Anfang war ich traurig und natürlich furchtbar verletzt. Aber inzwischen hatte ich Zeit, die Dinge zu relativieren. Ich denke, es macht keinen Sinn, dass wir uns wiedersehen.«

Louise stand auf.

»Komm, lass uns noch ein wenig gehen, Eva. Da vorne gibt es einen Tempel und dahinter einen Gastgarten. Dort opfern wir was, zum Beispiel unsere Gesundheit, einem Glas Wein und einer Zigarette.«

Eva gab noch nicht auf. Aber sie fühlte, dass sie nicht mehr allein Toms Advokat war. Obwohl sie ganz offensichtlich in völlig verschiedenen Welten lebten, begann Eva, Louise zu mögen.

»Die Damenbekanntschaft vom Flughafen war eher kurzfristiger Art, Louise. Und kann sich ein Mensch nicht ändern?«

»Rein theoretisch ja. Wenn der Mensch grundsätzlich frei ist, dann ist er auch frei, sich oder seine Lebenseinstellung zu ändern. Aber wer vermeiden will, dass er geschlachtet wird, sollte sich trotzdem nicht unbedingt mit einem Krieger auf ein Schlachtfeld stellen.«

Grausiges Bild, aber es hat was, dachte Eva. Sie wusste genau, wie viele Männer sich an ihr selbst die Finger verbrannt hatten. Und Finger verbrennen war eine wohlmeinende, sehr niedliche Untertreibung.

»Wie kamst du drauf, dass Tom ein Krieger ist?«, fragte sie neugierig.

»Seine Bekannte hat mir am Flughafen unter einem Vorwand ihre Telefonnummer zugesteckt. Als er unser Treffen in Salzburg sozusagen fünf Minuten vor zwölf abgeblasen hat, wollte ich ein bisschen mehr wissen. Dann habe ich sie angerufen.«

»Und was hat sie dir erzählt?«

»Dass sie sehr böse auf ihn war und sich an ihm rächen wollte, weil er sie – Entschuldigung - nur vögeln wollte.«

»Aber wo ist da der Unterschied? Du hast doch auch daran gedacht, dich in Salzburg einfach nur so in seine Arme zu werfen. Oder hättet ihr da etwa Halma gespielt?«

»Klar, die Definition der Instrumentalisierung kann man so weit fassen, dass auch ich mir die Frage gefallen lassen muss, ob ich Tom nicht nur benutzen wollte. Letztlich kann man sich das nur selbst von den eigenen Gefühlen her beantworten. Bei einem Casanova wie ihm kann ich es mir allerdings nicht vorstellen, dass er nicht selbst von sich denkt, dass er Frauen für seine Genusssucht oder seine Abenteuerlust nur benutzt. Solange so etwas auf Gegenseitigkeit beruht, ist dagegen nichts einzuwenden. Aber Tom wusste von vorneherein, dass es das, was er dieser armen Frau vom Flughafen vorgespielt hat, überhaupt nicht gibt.«

Eva wollte schon sagen, dass die arme Frau wahrscheinlich verheiratet war und womöglich ihrem Mann in dieser Sekunde selbst gerade etwas vorspielte. Aber sie ließ es. Anstatt dessen hakte sie sich im Gehen bei Louise ein.

»Komm, Louise. Wann wissen wir denn mit Gewissheit, ob wir uns selbst und einem Mann wirklich etwas Gutes tun, wenn wir uns mit ihm einlassen? Selbst die Leute, die zum Standesamt gehen und miteinander Kinder haben wollen, glauben in diesem Moment doch felsenfest an ihre Sache, aber trotzdem endet es manchmal unendlich tragisch. Solange wir nicht vorhersagen können, ob wir uns trotz aller unserer besten Absichten im Anfangsrausch der Gefühle für einen Lover nicht irgendwann einmal zur Handgranate entwickeln, wäre ich damit vorsichtig, allgemeingültige Prinzipien für die politisch korrekte Anbahnung von Geschlechtsverkehr aufzustellen.«

Louise blieb stehen und fing an zu lachen.

»Diese Verteidigung entspricht zwar nicht dem State of the Art in der Philosophie, ist aber originell. Wenn ich mal irgendwo unten durch bin, würde ich dich gerne auch zum Anwalt nehmen. Außerdem musst du ihn offensichtlich sehr gern haben, deinen Freund. Du kämpfst ja wie eine Löwin.«

»Merkt man das?«

»Schon, ja.«

Sie gingen wieder ein paar Schritte.

»Eva, ich hätte Lust mit dir, etwas essen zu gehen. Ich müsste allerdings noch einmal zwischendurch nach Hause. Hast du heute Abend Zeit?«

»Ich wollte Dich eigentlich gerade fragen, ob du Zeit hast. Unser gemeinsamer Bekannter Mark Stadler hat mich beauftragt, dich zu fragen, ob er sich heute Abend mit dir treffen kann. Er wollte mir partout nicht sagen, um was es geht. Er meinte nur, es wäre ungemein wichtig und dringend. Mark sitzt noch in Brüssel und wartet auf meinen Anruf. Er hat sein Meilenkonto geplündert und ist flexibel. Er würde gegen 19 Uhr draußen in Schwechat landen.«

Eva sah Louise an. Anders als sie es befürchtet hatte, sah sie sehr entspannt aus.

»Das ist ja ein aufregender Tag heute, Eva. Mark hat schon geschrieben, dass wir uns bald sehen sollten. Ich bin schon vorgewarnt. Mein Treffen mit Mark verhindert aber nicht, dass wir beide uns noch einmal wiedersehen. Oder?«

Eva war erleichtert. Mark hatte ihr am Telefon gesagt, dass ihm diese Angelegenheit sehr am Herzen lag.

»Ich habe zwar ein Abendessen mit einem Ex-Lover, aber unter Umständen könnte ich vermeiden, dass sich das besonders lange hinzieht. Herr Stadler gibt zwar vor, Ökonom zu sein. In Wirklichkeit ist er aber ein noch viel besserer Anwalt als ich. Vor allem ist er witzig. Ich würde es mir ungern entgehen lassen, euch beide zusammen zu treffen.«

Eva überlegte einen Augenblick.

»Wir könnten uns nach unseren Geheimbesprechungen oben in der Bar vom Haas-Haus treffen. So um halb zwölf?«

Louise hob die Augenbrauen.

»Du hast auch eine Geheimbesprechung?«

»Sozusagen. Ex-Lover Manfred ist inzwischen in den Hafen der Ehe eingelaufen. Unglücklicherweise hat er der Gattin einmal ein Bild von mir gezeigt. Er meinte, es wäre besser, wenn wir uns inkognito träfen.«

»Ach so.«

»Also um halb zwölf im Haas-Haus?«

»Das wird zwar nie meine Stammkneipe, aber wenn heute schon der Tag für Neuheiten ist. Ich könnte Mark am City-Terminal in der Landstraße abholen. Magst du ihm das ausrichten?«

Die beiden Frauen gingen zusammen zum Ausgang, dann verabschiedeten sie sich.

»Etwas interessiert mich noch. Warum operiert Mark für seinen Freund Tom denn über dich und redet nicht direkt mit mir?«, wollte Louise wissen.

»Er meinte, was eine Frau einer anderen Frau über einen Mann sagt, wiegt sehr viel mehr als das, was ein anderer Mann jemals in einem Gespräch ausrichten könnte. Und Tom läge bei dir so weit hinten, dass er das nötig hat.«

»Stimmt. Herr Stadler hat ein helles Köpfchen. Aber er hat nicht berücksichtigt, dass seine Idee auch einen außergewöhnlich angenehmen Nebeneffekt hat.«

»Vielleicht hat er ja. Übrigens ganz meinerseits.«

Sie gingen in verschiedene Richtungen, drehten sich jedoch im gleichen Augenblick noch einmal nacheinander um. Louise lächelte. Eva hob eine Hand und winkte.

X

Mark saß in der letzten Reihe und sah aus dem Fenster. In der Ferne tauchten die Berge auf. Unter dem Flugzeug schlängelte sich die Donau Linz entgegen. Es würde nicht mehr lange dauern.

Am Flughafen in Brüssel war Mark Colin G. Rijse begegnet. Er stand in der Schlange für den Flug nach Berlin-Tempelhof. Kommissare wurden schon mal mit dem Auto zur Maschine eskortiert, Kabinettchefs mussten stehen. Für ein paar Augenblicke waren sich ihre Blicke begegnet. Mark wollte die Gunst des Augenblicks nutzen, sich diesen Mann anzusehen, von dem er nicht viel mehr wusste, als dass er ebenso intelligent wie eiskalt war. Rudy hatte ihn immer auch ein wenig bewundert, vor allem für die Geschwindigkeit, mit der er die schwierigsten Dossiers, aber auch Situationen begriff. Genau das machte ihn zu einem gefährlichen Gegner. Noch war er keiner, Rijse war arglos. Aber er hatte instinktiv gemerkt, dass Mark ihn ansah.

Vieles im Leben wird durch Zufall bestimmt. Kluge Menschen wissen das. Selbst im Sport war der ganz große Erfolg von ihm abhängig. Schließlich ist jede Leistung relativ. Hätte Armstrong seine Krankheit nicht niedergerungen und, anstatt Rad zu fahren, mit Badminton oder Schach angefangen, hätte Jan Ullrich vier oder fünf Mal die Tour de France gewonnen. Und wer das Pech hatte, seine Tenniskarriere mit einem Außerirdischen wie Roger Federer zu erleben, durfte sich von der Idee verabschieden, jemals die Nummer Eins der Weltrangliste zu werden.

In der Kommission braucht man für die ganz große Karriere kräftigen Rückenwind. Der kommt in der Regel nicht von allein. Es muss jemand von hinten pusten, der ganz große Backen hat. Ein Kommissar kann für den Posten seines Kabinettchefs stets unter einer ganzen Reihe qualifizierter Kandidaten aussuchen. Rijse war klug genug, um zu wissen, dass er Glück gehabt hatte. Die Gelegenheit, die ihm durch die Wahl des Kommissars zugefallen war, würde er sich nicht entgehen lassen. Rijse stand für die Dauer des Mandats seinem Chef Tag und Nacht zur Seite. Am Ende würde er darauf hoffen dürfen, dass dieser seine Backen aufblies und sich bei ihm mit der Ernennung zum Generaldirektor gebührend bedankte.

Mark plagten daher immer wieder Zweifel: Warum sollte Rijse, wenn er schon so viel Glück hatte, alles mit einem illegalen Insiderdeal wieder aufs Spiel setzten? Andererseits war die Wahrscheinlichkeit, dass die Sache aufflog, bei nüchterner Betrachtung gering. Was sollte schon auf Rijse deuten, wenn das Vorstandsmitglied eines Münchner Unternehmens über ein schwarzes Konto in der Schweiz Aktien kaufte? Es war letztlich nur eine Verknüpfung von außergewöhnlichen Zufällen gewesen, die eine Spur ergab. Eine unangekündigte Inspektion der Kommission fand zufällig zu dem Zeitpunkt statt, zu dem sich die verräterische Handy-Telefonrechnung von Erhart Dieckenbrock in der Schreibtischschublade seiner Assistentin befand. Der Zufall wollte auch, dass sich Dieckenbrock zum Zeitpunkt von Rijses Anruf in Stockholm befand, wo er, um den Deal noch rechtzeitig vor Börsenschluss durchziehen zu können, keine Zeit mehr fand, eine Telefonzelle zu suchen (nur deshalb hatte er vom Firmenhandy aus die Bank in Zürich angerufen). Schließlich kam hinzu, dass ausgerechnet Mark vom Inspektionsleiter in das Vorzimmer von Dieckenbrock beordert wurde, der einzige Beamte, der ein Interesse hatte, sich mit der Telefonrechnung und Dieckenbrocks Verbindungen zu Colin G. Rijse zu beschäftigen. Hätte Mark von Rudys Rauswurf auch nur ein paar Stunden später erfahren, wäre er am fraglichen Morgen niemals auf die Idee gekommen, sich auf Rijses Fährte zu setzen.

Aber wenn Mark sich doch irrte? Rijse würde sofort mit Dieckenbrock sprechen und alles daran setzen, die Spur zu seinem Gegenspieler zurückzuverfolgen. Die Anwaltskettenhunde hatten penibel protokolliert, welcher Beamte sich während der Inspektion in welchem Büro aufgehalten hatte. Die Dinge, die Rijse belasteten, durften daher niemals im Detail auf den Tisch kommen. Fand Rijse heraus, dass Mark seine Durchsuchungsbefugnisse während der Inspektion in München dazu genutzt hatte, private Ermittlungen gegen ihn anzustellen, würde er den Spieß umdrehen. Rijse war Jurist und wusste natürlich, dass illegal gesammelte Indizien in einem Verfahren gegen ihn nicht verwendet werden durften. Mark wiederum wusste, dass es für Rijses Karrierepläne sehr ungünstig war, wenn dieser nur in den Verdacht geriet, seine öffentliche Stellung für private Geschäfte missbraucht zu haben.

In so einem Spiel kann man bluffen. Die Frage war aber, ob Louise es tun würde. Die Stewardess meldete sich und bat die Passagiere, sich für die Landung anzuschnallen.

X

»Irgendwann musste ich Farbe bekennen. Ich konnte nicht länger nur dasitzen und zuschauen, wie es Rudy an den Kragen geht. Die Sache nimmt vielleicht so oder so ihren Lauf. Aber immerhin gibt es jetzt eine kleine Chance. Dann habe ich es wenigstens versucht.«

Sie saßen auf dem kleinen Platz, an dem vor ein paar Stunden Eva vorbeispaziert war. Der Gastwirt vom Pfudl musste gute Verbindungen zur Magistratsverwaltung haben. Er hatte eine Konzession erhalten und in einiger Entfernung von seinem Lokal mitten auf dem Platz Tische aufgestellt. Um die Gäste zu bedienen, musste der Ober die Straße überqueren. Das besaß einen gewissen Charme, den der traditionell übellaunige Wiener Ober wieder einmal nicht hatte.

Dafür sah Louise bezaubernd aus. Sie hatte ein bisschen Sonne im Gesicht, das stand ihr. Mark fand sie noch hübscher als beim letzten Mal.

»Bevor wir womöglich gleich furchtbar umständlich werden, sollten wir vielleicht wenigstens mal *Du* zueinander sagen? Oder was meinst du, Mark?«

»Das erinnert mich an Brüssel. In der Kommission nennen sich alle immer nett beim Vornamen. Selbst wenn man sonst noch so umständlich und hölzern daherkommt oder hinter dem Rücken schon die Messer wetzt. Aber soweit wird es bei uns nicht kommen, Louise. Ich kann nicht verlangen, dass du mitspielst. Es ist nur eine Bitte, sonst nichts.«

»Das ist beruhigend. Aber wie kommst du auf den Gedanken, dass ich Lust darauf haben könnte, bei diesem Spiel mitzuwirken? Warum machst du es nicht selbst?«

Mark erinnerte sich an ihr erstes Gespräch im Perroquet. Louise konnte Blitzschach. Bei dieser Spielart vermeidet ein kluger Stratege jedes Positionsspiel, bei dem er sich nicht auskennt. Man will nicht unversehens in eine Situation geraten, in der am Ende so etwas wie die Jagdvariante der Aljchechin-Verteidung herauskommt.

Bei dieser Eröffnung zieht Schwarz gleich im ersten Zug mit dem Springer in die Schlacht, um den weißen Bauern auf e4 anzugreifen. Dies wiederum erlaubt es allerdings Weiß, dem Springer seinerseits mit einem weiteren Vorrücken des e-Bauern auf den Pelz zu rücken. Der schwarze Springer wird aber auch danach wieder angegriffen und hastet somit scheinbar rastlos über das Spielfeld. Eigentlich ist die Aljechin-Verteidigung eine Unverschämtheit. Wer keine Nerven hat und unter dem Druck der weißen Bauern nicht kaltschnäuzig kontern kann, sollte die Finger davon lassen. Übertragen in die Wiener Pfudl-Stellung war der schwarze Springer eine vorpreschende Antwort von Mark Stadler. Die nachrückenden Bauern verkörperten von Louise blitzartig gestellte, ungemütliche Gegenfragen. Im weiteren Verlauf könnte es leicht zu der von Großmeister Aljechin untersuchten Hüpferei kommen.

Ökonomen wissen allerdings, dass man in einem schier aussichtslosen Kampf nur siegen kann, wenn man bedingungslos auf die eigenen Stärken setzt. Also gut, dachte Mark Stadler. Spielen wir die Jagdvariante.

»Nun, als Journalistin hast du sozusagen die besten Chancen. Nach Lage der Dinge entscheidet sich alles damit, ob es gelingt, Rijse die nötige Angst einzujagen. Das kannst du besser. Mit der Pressefreiheit stehst du sozusagen unter Naturschutz. Und selbst ein kühl kalkulierender Machtmensch wird extrem geschmeidig, wenn er selbst alles, sein Gegenspieler aber so gut wie nichts zu verlieren hat. Diese Ausgangsposition ändert sich, wenn ich mit Rijse alleine in den Ring steige. Sobald ich auftauche, wittert er die Chance zum Gegenangriff. Der kommt sicher schnell dahinter, wo er die undichte Stelle suchen muss. Und im nächsten Zug fängt er an, darüber nachzudenken, ob es für mich nicht reiner Selbstmord wäre, wenn ich meine unrechtmäßig bei einer Inspektion geklauten Indizien über seine Insidergeschäfte tatsächlich auf den Tisch lege. Bei allem, was ich über ihn weiß, setzt Rijse dann ein Pokerface auf und wartet ab, wie lange ich mit dem Fuß auf dem Gas bleibe.«

Louise sah immer noch sehr sanft aus, fand Mark. Wahrscheinlich konnte sie gar nicht anders. Selbst wenn sie sich tatsächlich je einmal hinter ein Schachbrett verirren sollte und der Gegner dort nicht nur mit seinen Rössern, sondern gleich auch noch mit dem gesamten Rest auf sie zuritte.

»Ich weiß nicht, was im Moment los ist. Immer wieder Hühner. Zuerst werde ich mit Beurre selbst zu einem, und anschließend soll ich mit einem Eiszapfen Chicken Game spielen«, sagte sie halb belustigt.

Mark überlegte, ob Louise eine Cineastin war und den mit einem Typen von der Gang auf den Abgrund zurasenden James Dean gesehen hatte. Doch traute er sich nicht, genauer nachzufragen. Erstens darf man bei der Jagdvariante unter keinen Umständen Tempo verlieren. Zweitens war nach ihrem kleinen Einwurf nicht mehr auszuschließen, dass sie in die sogenannten strategischen Untergangsspiele eingeweiht war. Am Ende würde sie ihm vorrechnen, warum es beim Chicken Game niemals eine eindeutige, gewinnbringende Strategie gibt. Schließlich litt nicht nur Tom Beurre unter dem Testosteron. Auch Mark Stadler war letzten Endes nur ein Mann. Und für einen solchen ist es immer ein bisschen bitter, wenn man in einer eigenen Domäne ausgerechnet von einer Frau mattgesetzt wird.

»Eva hatte völlig Recht«, fuhr Louise fort. »Du bist einigermaßen genial in der Verteidigung gestrandeter Freunde. Aber die fast saubere Analyse meiner hervorragenden Möglichkeiten für eine kleine Erpressung beantwortet noch nicht die Frage, mit welchem Motiv ich sie durchführen sollte.«

»Etwa weil du mit deiner Reportage Rudy eine Suppe eingebrockt hast und das wieder geradebiegen willst.«

»Ich habe über Tatsachen berichtet, lieber Mark. So Leid es mir tut, aber dein Freund war nun mal auf die Sitzung überhaupt nicht vorbereitet und hat keine zwei Sätze herausgebracht. Durfte ich das nicht berichten?«

Na bitte, dachte Mark. Drei Züge und schon sind wir mitten im Match.

»Aber du hast einen Kollateralschaden fabriziert und dabei ausgerechnet den getroffen, der es am wenigsten verdient hat. Rudy ist ein vorzüglicher Mann, aber du hast ihn aufgrund einer einzigen blöden Situation für alle Zeiten in den politischen Erdboden gehauen. Schau mal: Der Präsident hatte Rudy sogar für die neue Europa-Kampagne ins Rennen schicken wollen. Ohne deine Häschen-Nummer säße er bald ganz oben und könnte für Europa eine Menge wichtiger Dinge tun.«

»Aber wenn er wirklich gut ist, dann geht er deshalb nicht unter«, sagte Louise ein wenig trotzig.

»Offen gestanden bin ich nicht der Richtige, um das zu beurteilen, Louise. Aber es geht mir hier nicht nur um die nächste Etappe in seinem Berufsleben.«

»Sondern?«

»Ich finde, Rudy ist einer von den Leuten, die man in diesem Durcheinander hier braucht. Er ist Idealist und authentisch. Damit kommt er an. Die Politiker sind ja daran gescheitert, den Bürgern die politische Union Europas schmackhaft zu machen. Man kann ein Thema heute nur noch überzeugend an den Mann bringen, wenn man Figuren hat, die es verkörpern. So einen wie Rudy gibt es selten. Er steckt die Leute an und hat ein riesiges Talent, unsere teilweise wirklich spröden Themen so zu vermitteln, dass man zuhört. Rudy gehört jetzt und hier an die Front und nicht zu Müller Milch.«

Louise lehnte sich zurück und sagte nichts. Nach der Eröffnung beginnt der kreative Teil einer Begegnung. In dieser Phase hilft die Theorie allein nicht mehr weiter. Der Schachspieler muss nachdenken. Etwa darüber, ob er ein Remis halten oder auf Sieg spielen will.

»Bist du denn mit dem zufrieden, was da abgedruckt wurde?«, frage Mark.

»Ich bin nicht fest angestellt, sondern jemand, den man freie Journalistin nennt. Mit der kleinen Einschränkung, dass ich nicht frei bin. Zumindest nicht, wenn ich ab und zu einmal etwas verkaufen will.«

Wie wahr, dachte Mark. Man hat stets die eigenen Zwänge vor Augen, die der anderen aber nicht. Doch war dies nicht der Moment, das zuzugeben.

»Für die Undercover-Reportage hat die Redaktion ein unbeschriebenes Blatt gesucht, ein neues Gesicht, das man in Brüssel nicht kennt. Der Tenor, den mein Beitrag haben sollte, stand von vorneherein fest. Der Ressortchef wollte die Ursachen für die Europa-Malaise in Szene setzen. Mein Auftrag war es, eine Reportage über die Bürokratie und die bürgerfernen Macher abzuliefern. Alles was irgendwie positiv geklungen hatte, wurde vom Redakteur in die passende Tonlage umfrisiert.«

Mark ließ nicht locker.

»Ich kann mir schon denken, dass die Heimatredaktionen im Moment auf Krawall gebürstet sind. Aber mich interessiert vor allem, wie du die Dinge selbst zueinander bringst.«

»Was meinst du damit?«

»Dass du dich, als Hase getarnt, heimlich bei Rudy eingeschlichen hast zum Beispiel. Und dass du ihn aufgrund von ein paar unglücklichen Momenten aufs Korn genommen hast, ohne dich auch nur noch einen Deut darum zu kümmern, was der Mann sonst noch gemacht und geleistet hat.«

Er schaute sie freundlich an, um die Wucht der Attacke ein wenig abzufedern. Das machen Schachspieler nie, dazu ist ihr Spiel zu herzlos. Aber Louise blickte sowieso gerade über ihn hinweg auf die Häuserfassade.

»Mark, warum kommt ein Fußballer nicht vors Strafgericht, wenn er einen Gegenspieler so umsäbelt, dass der danach ins Krankenhaus muss? Ich werde es dir sagen: Er nimmt freiwillig an einem Spiel teil und willigt somit in das Risiko ein, dass er dabei verletzt wird. Sieh mal, ich habe noch nicht mal Foul gespielt. Als Journalist hat man ja nicht die Aufgabe, gerechte Gesamtbilder über Lebensleistungen zu zeichnen. Man berichtet über Tatsachen. Ich denke, wenn jemand eine politische Institution in der Öffentlichkeit vertritt, so steht er auf dem Spielfeld. Und damit akzeptiert er, dass alles, was er in dieser Rolle tut oder sagt, in jedem Zusammenhang kommentiert werden kann. Wenn dein Freund Profi ist, dann weiß er das. Und wenn er sich dort oben halten will, muss er sich danach richten.«

In diesem Moment hätte Mark am liebsten die Uhr gedrückt und eine Auszeit genommen. Zu viele Möglichkeiten und Züge gingen ihm gleichzeitig durch den Kopf, die Figuren begannen sich miteinander zu verheddern. Er entschuldigte sich. Als er die Treppen zur Toilette hinab stieg, fühlte er, wie er die Lust verlor, weiter den edlen Retter zu spielen. Vor allem sah er keinen Sinn mehr darin, Louise zu irgendetwas überreden zu wollen. Wie es aussah, war der Versuch aussichtslos. Und auf jedes seiner Argumente hatte sie ein besseres gehabt. Als Mark an den Tisch zurückkam, winkte er dem Ober.

»Darf ich dich auf ein Glas Champagner einladen?«

»Das ist nett. Ich bin allerdings nicht sicher, ob es so etwas hier gibt. Dafür gehen wir, wenn du noch Zeit hast, nachher mit Eva in die Schicki-Bar. Lieber einen Grünen Veltliner.«

Der Ober kam und nahm die Bestellung auf. Louise erzählte von ihren Eltern, die ein Weingut besaßen. Sie war das einzige Kind. Der Vater hatte für die Nachfolge seine Hoffnungen auf sie gesetzt, aber Louise fühlte sich schon früh zu den geistigen Dingen hingezogen. Sie wollte Philosophie studieren. Schon als junges Mädchen saß sie tagelang in den Weinbergen und las Hesse, Sartre und die Romane von Voltaire. Nach einigen schwierigen Jahren gab der Vater auf und ließ sie ziehen.

»Ich trinke gerne Grünen Veltliner«, sagte Louise, als sie anstießen. »Dabei stelle ich mir manchmal vor, wie mein Leben auch hätte aussehen können.«

»War es eine schwere Wahl für dich, das Weingut aufzugeben?«

»Ich war voller Enthusiasmus für die Wissenschaft und musste einfach weg. Ich wollte immer schon mehr wissen, über alles Mögliche nachdenken und darüber reden und schreiben. Das halte ich immer noch für meine Berufung.«

»Immer noch?«

»Es ist nicht einfach, in meinem Metier einen interessanten Job zu finden, der es einem erlaubt, finanziell zu überleben. Ich wollte Hochschullehrer werden, das war mein Traum. Aber Lehrstuhlbesetzungen sind heute eine Art politische Staatsaffäre, und die Geisteswissenschaften sind im Zeitalter der leeren Kassen nicht mehr besonders en vogue. Ich kann also kaum darauf zählen, dass es bald nur noch so vor neuen Stellen sprudeln wird. Wie du siehst, verdinge ich mich gerade als Journalistin. Da darf ich zwar auch schreiben, aber nicht über das, was ich will. Manchmal stelle ich mir also schon vor, wie ich mich fühlen würde, wenn ich mich dafür entschieden hätte, Wein anzubauen.«

Manche Menschen vermeiden es, an Dingen zu rühren, die in der Vergangenheit liegen. Ändern kann man sie ohnehin nicht mehr, sagen sie. Louise hingegen schien sich über ihren Gedanken zu amüsieren. Sie nahm ihr Glas, schloss die Augen und roch an der Blume des kühlen, frischen Weins.

»Ich finde die Idee, dass ein kreativ begabter Mensch ein Leben lang auf Staatskosten nachdenken darf, einfach großartig. Ich schaffe das noch nicht, deine Entscheidung falsch zu finden«, sagte Mark.

Sobald man nichts mehr will, wird alles leichter, dachte Mark. Louise lachte. So gefiel sie ihm noch besser, und es kam ihm noch eine weitere

Idee. Aber die behielt er für sich. Simultanpartien waren etwas für die Liga, in der Beurre und Kasparov spielten. Außerdem hätte er dann ja bereits wieder etwas gewollt.

»Bist du denn, was du gerade sein willst, Mark?«

Irgendwann musste die Frage kommen. Er stellte sie sich ja oft genug selbst. Und wer wie Louise die Sprache liebt, kann sie zwischen den Zeilen lesen.

»Genau wie du wünsche ich mir, dass ich in meinem Beruf möglichst viel eigenständig nachdenken kann. Und wie Rudy bin ich überzeugter Europäer. Ich hatte gehofft, dass ich einiges von den Ideen und Überzeugungen, die ich für richtig halte, nicht nur in einem Hörsaal verkünden, sondern auch an der Stelle einbringen kann, wo über Politik entschieden wird.«

»Das hört sich eigentlich gut an. Trotzdem, damals im Perroquet hatte ich ungeachtet aller deiner humoristischen Verkleidungen den Eindruck, dass dich etwas bedrückt.«

»Theoretisch ist die Kommission ein wunderbarer Arbeitsplatz für mich. Praktisch sieht es aber so aus, dass dort einige Leute um jeden Zentimeter Macht kämpfen. Für einen Intellektuellen, der davon träumt, sich die Dinge unvoreingenommen auch außerhalb einer vorgezeichneten Linie ansehen zu dürfen, ist das Geläuf dort ziemlich steinig. Um etwas bewegen zu können, muss man das Spiel spielen, das angesagt ist. Da bin ich nicht besonders gut. Ich habe vor allem zu wenig Lust, mich ständig um irgendwelche Allianzen und Netze zu kümmern.«

»Einer, der die Suche nach Wissen und Wahrheit mit wirklicher Leidenschaft beitreibt, sollte auf Dauer eh besser auf eine gute Verdauung anstatt auf Seilschaften setzen.«

»Etwas rabiat ausgedrückt, Louise. Aber es stimmt.«

»Und hast du die? Die gute Verdauung, meine ich.«

»Ich finde, ein geeintes Europa kann nur funktionieren, wenn wir die Verschiedenartigkeit nicht nur akzeptieren, sondern die Chance zum Lernen begreifen und zum obersten Prinzip machen. Das hört sich ein bisschen pathetisch an, ich weiß. Aber ich staune daher sehr, dass es nicht mal in der Kommission eine Kultur gibt, in der man die Unterschiede des Wissens im intellektuellen Wettstreit pflegt. Ich selbst kann nicht anders sein, als ich bin, und das ist in Ordnung. Aber dass ich mir schon als Don Quijote vorkommen muss, bloß weil ich mir ab und zu erlaube, ein paar Fragen aufzuwerfen, verdaue ich nicht immer gleich gut.«

Louise hatte sich eine Zigarette angezündet. Mark fand, dass Rauchen überhaupt nicht zu ihr passte. Vielleicht fand Louise das selbst auch. Und tat es gerade deshalb.

»Über Don Quijote und den Esel im Büro habe ich schon in Brüssel bei Pitta und Apple gelacht. Aber irgendwie scheinst du trotz allem eine praktische Seite zu besitzen. Dein Rettungsversuch für Rudy zeugt nicht unbedingt davon, dass du immer freiwillig das Feld räumst. Wenn du schon spielst, warum bloß für deinen Freund und nicht für dich selbst?«

Mark sah in sein Weinglas.

»Für Rudy muss ich nur ein einziges Mal spielen. Für mich selbst müsste ich es jeden Tag.«

X

Es ist eine weit verbreitete Ansicht, dass man den Charakter eines Menschen am sichersten erkennt, wenn er etwas spielt. Einer, der mit sich zufrieden ist, wenn er einen Tennisball ohne jedes Risiko über das Netz schaufelt (in der schieren Hoffnung, dass ihn der Gegner irgendwann verhaut), wird in aller Regel sein Geld nicht in Honduras anlegen, morgens um vier Uhr beim Rechtsabbiegen vor der roten Ampel anhalten und seinen Urlaub nicht im zittrigen Last-Minute-Deal, sondern sechs Monate im Voraus buchen.

Der wissenschaftliche Wert einer Theorie zeichnet sich indessen durch den Grad ihrer Falsifizierbarkeit aus. Es kommt entscheidend darauf an, ob es möglich ist, aus der allgemein formulierten Theorie eine Prognose abzuleiten, die, versehen mit konkreten Randbedingungen über Raum und Zeit, in einem Falsifikationstest an der Wirklichkeit scheitern kann. Bezogen auf sein eigentliches Fachgebiet, war Mark Stadler sehr streng. Konkrete Einzelprognosen über die nach einer Unternehmensfusion zu erwartenden Preise hielt er zum Beispiel für spekulativ, und das war im Prinzip die Wurzel seines gegenwärtigen Unglücks. An dieser Stelle könnte man noch einen Schritt weitergehen und untersuchen, welche

Konsequenzen sich aus Stadlers Position für die Möglichkeiten wissenschaftlicher Politikberatung ergeben. Das wäre durchaus vernünftig, denn sicher würde man ihn, eine gewisse Geduld des Lesers einmal vorausgesetzt, danach ein bisschen besser verstehen.

Allerdings gab es Momente, in denen selbst Stadler die Stichhaltigkeit seiner eigenen Theorien ziemlich egal war. So wie eben. Mark lehnte an der Bar der Schicki-Bar und sah Eva beim Tanzen zu. Er hatte einfach nur Spaß dabei, sich vorzustellen, wie sie Tennis spielte.

»Kannst du dir vorstellen, dass Eva Tennisturniere spielt?«, fragte er Louise, die neben ihm stand.

»Überhaupt nicht. Aber deshalb ist es natürlich interessant.«

»Tom hat gemeint, sie hätte dauernd irgendwelche Beulen an den Knien. Sie hechtet nach Bällen.«

»Das wiederum verstehe ich. Schließlich hechtet man außerhalb des Tennisplatzes ja nach ihr, und irgendwie muss sich alles wieder ausgleichen.«

Mark lachte und schüttelte den Kopf.

»Ich glaube, ich brauche noch etwas zu trinken. Am besten wir bestellen gleich eine Flasche. Nach dem dritten Glas macht es mir vielleicht nichts mehr aus, dass du immer Recht hast.«

Eva erschien an der Bar.

»Dürfen wir dich einen Augenblick alleine lassen, lieber Mark?«, fragte sie. Sie nahm Louises Hand und zog sie sanft in die Richtung der Hollein'schen Glaswand.

»Aber nicht alles alleine austrinken«, rief Louise noch.

Mark blickte den beiden Frauen nach, bis sie hinter dem Getümmel der Tanzfläche verschwunden waren. Rein äußerlich war Eva die perfekt stilisierte Femme fatale. Keiner im Raum hätte sich je vorstellen können, dass sie bei ihren Hobby-Tennisturnieren stundenlang in sengender Hitze und bis zur letzten Schürfwunde um den Sieg kämpfte. Und natürlich auch nicht, wie entwaffnend offen und liebenswürdig sie sein konnte, wenn sie erst einmal die Sexbomben-Ritterrüstung abgelegt hatte. Immerhin wagte Mark die Prognose, dass es wohl weniger die Hechtrolle, sondern eher Evas völlig unprätentiöse Liebenswürdigkeit war, von der sich Louise angezogen fühlte.

Der Discjockey legte ein neues Stück auf und im Nu leerte sich die Tanzfläche. Mark sah, wie Eva und Louise nebeneinander standen und zum Stephansdom hinüberschauten. Sie lächelten sie sich zu, während sie fröhlich miteinander sprachen. Schließlich lachten sie herzlich, nahmen sich ein paar Augenblicke in die Arme und kehrten zu Mark an die Bar zurück.

»Es gibt zwei Nachrichten für dich, lieber Mark. Eine gute und eine schlechte. Welche willst du zuerst?«, sagte Louise.

»Die gute natürlich.«

»Soeben wurde unter den Augen des heiligen Stephan das Organisationskomitee *Rettet den Rudy* gegründet.«

Mark blieb der Mund offen stehen. Damit hätte er an diesem Abend als letztes gerechnet. Er brauchte eine Weile.

»Darüber freue ich mich sehr. Darf ich fragen, warum du...?«

»Es gibt kein richtiges Warum.«

»Und ein unrichtiges Warum, gibt es das?«

»Schon eher. Und damit kämen wir zur schlechten Nachricht.«

»Und was sagt die?«

»Du musst Eva nach Brüssel ins Perroquet einladen und vor allen Augen Chicken Pitta essen.«

Mark strahlte.

»Vor, während oder nach dem Match mit Rijse?«

»Nachher. Vorher fällt dir schon von der Aufregung alles runter. Und Eva meinte gerade beim Stephan, dass sie mich keinesfalls allein in die Eishöhle lässt.«

»Wie, ihr wollt bei Rijse zu zweit aufmarschieren?«

»Genau. Chicken Game mit drei Spielern.«

»Chicken Pitta hoffentlich auch.«

»Was hast du denn gedacht?«

X

»Vorzimmer von Herrn Rijse, Marietta Göppinger.«

»Guten Tag, Frau Göppinger. Mein Name ist Wendlandt. Ich arbeite für den Spiegel. Wir wollen demnächst eine Hintergrundserie über die politische Krise der EU starten. Meine Kollegin Eva Nordhorn und ich würden uns gerne mit Herrn Rijse zu einem Hintergrundgespräch treffen.«

»Für die Kontakte mit der Presse ist Herr Kurz, unser Pressesprecher, verantwortlich. Bitte wenden Sie sich an ihn.«

»Es handelt sich um keinen offiziellen Termin, Frau Göppinger. Wie gesagt, wir wollen ein Hintergrundgespräch führen.«

»Der Spiegel sagen Sie? Ich werde Herrn Rijse fragen. Um was geht es genau?«

»Unter anderem um die Äußerungen Ihres Kommissars zur Machtfülle der Kommissionsbeamten. Und auch um die Vertretung deutscher Interessen in der Personalpolitik.«

»Ich frage ihn. Bleiben Sie dran.«

Aus dem Hörer erklang die Kleine Nachtmusik. Louise stellte sich vor, wie Rijse gerade darüber nachdachte, ob er annehmen sollte. In ein paar Sekunden lief ein komplettes Abwägungsprogramm durch. Mark war sich ziemlich sicher, dass er anbiss. Wie er glaubte, würde er sich die Gelegenheit nicht nehmen lassen, die provokanten Äußerungen seines Chefs über die undurchsichtigen Brüsseler Beamten ein wenig herunterzuhängen. Deutschland hatte in letzter Zeit außerdem einige einflussreiche Positionen an der Spitze der Generaldirektionen verloren. Rijse musste höllisch aufpassen, dass niemand auf die Idee kam, ihm dafür die Schuld zu geben.

»Frau Wendtland? Moment. Ich verbinde.«

Treffer, dachte Louise. Jetzt wird es spannend. Wieder ertönte die Nachtmusik, dann wurde umgestellt.

»Rijse.«

»Wendtland. Guten Tag, Herr Rijse. Ich nehme an, Sie wissen bereits, was ich möchte.«

»Ungefähr ja. Vielen Dank für Ihre Anfrage. Wir sollten vielleicht noch ein paar Punkte klären.«

»Zu Punkt eins kann ich ihnen gleich sagen: Hintergrund bleibt Hintergrund. Wir sagen Ihnen zu, dass Sie nicht namentlich erwähnt werden.«

»Gut. Können wir uns bei Ihnen treffen?«

Darauf war Louise nicht vorbereitet. Ein Brüsseler Hintergrundgespräch war offensichtlich ein Untergrundgespräch. Aber für das, was sie vorhatte, war die Brüsseler Redaktion tabu. Sie zögerte eine Sekunde. Eine Sekunde zu lang.

»Ist das nicht ein wenig offiziell? Was halten Sie von einem informellen Mittag- oder Abendessen im Restaurant?«, sagte sie so selbstverständlich wie irgend möglich.

»Wieso kenne ich Sie eigentlich nicht?«, sagte Rijse.

»Ich bin nicht ständig in Brüssel.«

Nun legte Rijse eine Pause ein. Er wird misstrauisch und steigt aus, dachte Louise. Ich habe es verpfuscht.

»Können wir so verbleiben, dass Sie Frau Göppinger ein paar Terminvorschläge durchgeben? Ich muss sehen, ob es zeitlich passt. Wir rufen dann zurück.«

Das konnte eine nett verklausulierte Absage sein. Nun gab es nicht mehr viel zu überlegen. Louise setzte alles auf eine Karte.

»Gerne, Herr Rijse. Ich würde mich sehr freuen, wenn der Termin schnell zustande kommt. Der Redaktionsschluss für die nächste Ausgabe naht bereits. Wir besitzen Informationen, dass ein Mitarbeiter Ihres Kommissars in ein unerlaubtes Insidergeschäft mit Aktien verwickelt ist. Sie haben sicherlich auch ein Interesse daran, dass wir die Angelegenheit möglichst rasch besprechen. Hintergrund bleibt Hintergrund, ich bleibe dabei. Ich gebe Frau Göppinger mögliche Termine durch. Auf Wiedersehen.«

Louise wartete nicht darauf, bis Rijse antwortete, sondern legte auf. Es gab kein Zurück mehr. Der Ball war im Spiel.

Rijse rief Martin Kurz an, erreichte ihn aber nicht. Er drehte den Sessel zum Computer und gab bei Google »Wendtland« und »Spiegel« ein. Der Name Maria L. Wendtland erschien unter einem Artikel, den er schon mehrfach gelesen hatte. Mitten auf der Seite befand sich ein Foto von Rudy Prager.

»Verdomme«, entfuhr es Colin G. Rijse.

X

Eigentlich war alles wie immer.

Die Entscheidungen fielen abends auf dem Schachbrett. Am Tag war es einfach zu hell oder zu offensichtlich. Ein guter Schleifchenspieler wusste, dass er nicht vor aller Augen am Strand baggern durfte. Er wartete einfach die Dunkelheit ab, bis sich die Damen frisch geduscht und geföhnt aufs Brett stellten.

Tom liebte den Club. Am frühen Morgen fuhr er mit dem Mountainbike den Pass hinauf, nachmittags folgten die Laufrunde, der Fitnessraum und ein paar Bahnen im Pool. Die Königsdisziplin war jedoch das abendliche Treiben auf der als Schachbrett konzipierten Fläche vor der Bar. Niemand kam in Begleitung. Der Veranstalter hatte die Anlage als Singleclub ausgegeben, und die Leute hielten sich daran. Wohl nirgends sonst auf der Welt gab es ein einziges Schachbrett, auf dem so viele Figuren herumstanden und Sex wollten. Jedenfalls sah es Tom so. Die Stichproben, die er während seiner letzten Aufenthalte gemacht hatte, ließen auch kaum eine andere Deutung zu. Am Anfang hatte er noch den Fehler begangen, bei allererster Gelegenheit zuzugreifen. Mit zunehmender Erfahrung erkundigte er sich bei seinen Gesprächspartnerinnen spätestens mit der dritten Frage nach der Dauer ihres restlichen Aufenthalts. Die Zurückhaltung am Strand sorgte in Kombination mit einem guten Timing dafür, dass er am Tag ungestört Sport und am Abend wieder ein neues Spiel machen konnte.

Er hatte beschlossen, sich in diesen Tagen von seiner Schwermut zu befreien. Das Reisebüro war auf Draht gewesen und hatte alles in Windeseile organisiert. Tom brauchte sich nur noch in der Firma abzumelden und schon war er weg.

Die ersten drei Tage war er die engen Serpentinen gleich dreimal hinaufgefahren und danach trotzdem seine übliche Strecke gelaufen. Es gab kein besseres Gegenmittel gegen den Kummer als die Qual des

Körpers. Am Ende dieser drei Tage war er dermaßen erschöpft gewesen, dass er nur noch ins Bett wollte. Am vierten Tag überholte er am Fuß des Berges eine Frau, die sich sogleich an sein Hinterrad hängte. Er sah sie nur kurz von hinten, ein langer blonder Zopf wand sich aus dem Helm und baumelte über ihre Schultern. Tom wäre nicht Tom gewesen, hätte er nicht versucht, die Zopf-Lady abzuhängen, um hernach mit aller genüsslichen Lässigkeit oben auf sie zu warten. Das war ihm angeboren und ließ sich weder durch ein Erdbeben noch durch persönliche Sinnkrisen erschüttern. Er drehte sich noch einmal kurz um, schaltete einen Gang herauf und zog das Tempo an.

Nach drei Minuten blickte er über seine Schulter. Er war sich ziemlich sicher, dass sie noch hinter der letzten Kurve steckte und außer Sichtweite war. Verblüfft stellte er fest, dass ihm sein Antritt jedoch nur einen kleinen Vorsprung von maximal zehn Metern eingebracht hatte. Dafür hatte er reichlich Kraft gelassen. Tom war sehr gut in Schuss, aber für den Berg war er, an Radfahrermaßstäben gemessen, zu groß und zu schwer. In der Ebene wäre der Blondzopf, hatte er sie erst einmal von seinem Hinterrad weg, einfach vom Wind weggeblasen worden, und es war völlig tabu, dort mit einer Frau im Flachen ein Wettrennen anzufangen. Am Berg aber zählte jedes Kilo, das die Beine nach oben wuchten mussten. Nach vier Kurven hatte ihn der Blondzopf eingeholt und klebte wieder an seinem Hinterrad. Noch hoffte er auf ein Remis. Ein Kilometer vor der Passhöhe ging sie aus dem Sattel. Tom sah eine Weile noch eine überaus interessante Rückseite, dann musste er sie ziehen lassen. Als er oben ankam, war sie nicht mehr zu sehen. Tom wusste allerdings nicht, ob er noch sonderlich große Lust gehabt hätte, ihr dort zu begegnen. Gemächlich rollte er die Strecke hinab und verzichtete auf weitere Trainingseinheiten. Stattdessen kehrte er in den Club zurück, legte sich an den Pool und beschloss, am Abend das Schachbrett zu besuchen.

X

Normalerweise war die Information, wer mit wem kam, enorm wichtig. Man konnte sonst schon einmal den halben Abend mit einer Frau verplempern, die, ohne dass man es wusste, ihren Freund dabei hatte. Folgerichtig war es natürlich niemand anderer als Tom Beurre, der bei den

Faschingsbällen der Max-Emanuel-Brauerei stets als einer der ersten Einlass begehrte. Er holte sich in aller Ruhe an der Theke ein Weizenbier, setzte sich an einen Platz, von dem aus man den Eingang im Auge behalten konnte, und beobachtete, wie er es nannte, den Einmarsch der Gladiolen.

Im Club erübrigte sich das, weil ohnehin alle alleine kamen. Freilich schauten ein paar Experten trotzdem gerne einmal am Aushang bei der Rezeption nach, wann die Busse mit den neuen Gästen vom Flughafen eintrafen. In der Gegend des Eingangs befanden sich ein paar Tischtennisplatten. Zu gegebener Zeit hielten es die Experten für geboten, ein wenig zu trainieren. Als er auf seinem Weg zum Schachbrett dort vorbei kam, war es gerade soweit. Ein Bus fuhr auf den Parkplatz. Tom hatte das Spektakel nie sonderlich interessiert. Schließlich war Information nicht irgendetwas, sondern allein das Wissen, was wirklich entscheidungsrelevant war. Hier kam keine mit ihrem Freund und auf dem Schachbrett war jeden Abend Fasching. Wozu also der ganze Aufwand? Tom schaute noch nicht einmal hinüber, als die neuen Gäste ausstiegen.

Plötzlich hielt er inne. Im Augenwinkel hatte er eine Frau mit langen blonden Haaren bemerkt. Sie saß hinter den Tischtennisplatten und schien ein Pingpong-Match zu beobachten. Tom sah genauer hin. Ein Fahrradhelm kann viel an der Optik eines Gesichts verändern. Aber wenn er sich nicht täuschte, war das der Blondzopf, der ihn am Morgen am Berg abgehängt hatte. Er blieb stehen und lächelte zu ihr hinüber. Aber sie bemerkte ihn nicht. Sie hatte nur Augen für den Bus.

Als Tom am Schachbrett eintraf, hatte er bereits einen Entschluss gefasst. Er bestellte sich ein Wasser, trank es aus und ging schlafen.

X

Er hatte sich einfach an den Straßenrand gestellt und gewartet. Sie kam etwa zur gleichen Zeit wie am Vortag. Ein kurzes Lächeln huschte über ihr Gesicht, dann war sie vorbei. Tom schwang sich auf den Sattel und schloss auf. Er fühlte sich fit, er war viel besser ausgeruht als am vorigen Morgen. Vor allem aber hatte er aus seiner Niederlage gelernt. Nun war er es, der hinten fuhr. In der Mitte der Strecke zog sie das Tempo an. Der blonde Zopf tanzte vor seinen Augen im Rhythmus hin und her.

Tom versuchte, so ruhig wie möglich zu atmen und blieb dran. Der eigentliche Antritt erfolgte an der gleichen Stelle wie am Vortag, etwa ein Kilometer vor dem Pass. Er biss die Zähne zusammen. Bis auf zwei Radlängen kam sie weg, aber keinen Meter weiter. Als sie oben waren, hielt sie an.

»Was willst du?«, fragte sie.

Im Gegensatz zu ihr war Tom noch ziemlich außer Atem.

»Gestern gewinnen, heute nur noch mithalten.«

»Und sonst?«

Tom verschlug es die Sprache. Das konnte daran liegen, dass er immer noch zu wenig Luft bekam.

»Du solltest dich vielleicht ein wenig entspannen. Ich hätte da eine Idee. Heute Abend um sechs, Bungalow 324.«

Er konnte nicht mehr antworten, denn sie fuhr bereits wieder los. Aber es war ja auch gar keine Frage gewesen.

X

Gummis gab es in der Toilette am Schachbrett, sogar schwarze. Blondzopfs Auftritt oben am Pass war derart abgefahren, dass er die Partie nun seinerseits so weiterspielen würde. Tom stellte sich vor, wie er zur Tür hereinkam, sie aufs Bett schmiss und ohne weitere Einlagen einfach nahm. Er zog die Packung aus dem Automaten und setzte sich an die Bar.

Er sah hinüber zum Strand. Die Angestellten des Clubs hatten damit begonnen, die Sonnenschirme abzuräumen. Am Morgen würde man sie wieder aufstellen. Abräumen, aufstellen, abräumen. Wie lange konnte man es irgendwo interessant finden, wo sich alles wiederholte? Tom verscheuchte seine Gedanken und bestellte einen Whisky mit Cola. Er holte das Handy aus der Tasche und gab den Code ein. Dreizehn SMS. Monika drei, Carolyn drei, Sandra, Bärbel und Madeleine je zwei. Unisono: Wo steckt Tom?

Eine SMS von Eva.

Lieber Tom. Ich ahne, dass du mindestens so verschollen bist wie Robinson Crusoe. Aber ich soll dir von Louise ausrichten, dass du dich nicht gleich eingraben musst nur wegen so ein paar Pünktchen. Wie wäre es mit einem kleinen Ausflug? Ich hole dich nächste Woche am Dienstag um vier in deiner Firma ab. Bring einfach mal dein Zahnbürstchen und deinen Ausweis mit. Wir machen eine kleine Reise. Kuss Evi.

Tom verstand gar nichts mehr. Vor allem nicht, was Eva plötzlich mit Louise zu tun hatte. Er wählte Evas Nummer, aber es meldete sich nur der Anrufbeantworter. Vielleicht kam die Erkenntnis mit dem zweiten Drink. Er leerte sein Glas und gab es dem Barkeeper zum Nachfüllen.

Sein Leben, so viel war sicher, würde nicht wie ein Hollywoodfilm verlaufen, in dem der strauchelnde Held letztlich doch seine Göttin findet und sich mit ihr für den Rest des Lebens auf eine Wolke der Glückseligkeit setzt. Selbst wenn er die perfekte Frau für sich fand, würde es irgendwann eher wie bei einer Diät zugehen. Tom fühlte, dass er sich nach jemandem wie Louise immer gesehnt hatte, er war sich sogar gewiss, dass er sie liebte. Doch es handelte sich nicht um mehr als um eine Momentaufnahme. Sein Jagdinstinkt würde wieder aufbrechen und wie bei einer Diät würde er irgendwann mit sich kämpfen müssen.

Die Schokokekse selbst dann auf dem Sitzungstisch stehen zu lassen, wenn man nicht gefrühstückt hatte, war eine Frage der Disziplin. Ein neues Abenteuer links liegen zu lassen, das war Selbstverleugnung. Er nippte an seinem Glas und wusste eine Weile lang nicht mehr, was er wollte. Es war sechs. Bar und Schachbrett begannen sich zu füllen. Tom erhob sich und ging, ohne weiter nachzudenken, zum Bungalow mit der Nummer 324. Sie öffnete die Tür. An Ort und Stelle zog er ihr wortlos das Höschen aus und schob sie aufs Bett.

Als er das Kondom aus der Tasche holte, merkte er, dass er keine Erektion hatte.

X

Die Schokoladentorte stand wie immer an ihrem Platz, aber er schaute gar nicht hin. Dazu war er zu nervös. Mark trank einen Schluck aus seinem Weinglas und dachte an Patricks Känguruspielchen für gute Nerven. In einem wichtigen Match cool zu bleiben, war auch lange danach schwierig genug. Draußen sitzen und zuschauen war aber noch um einiges schlimmer. Mark verstand nicht, wie man darauf kommen konnte, so etwas wie Fußballtrainer zu werden. Die Jungs auf dem Feld kickten oft genug einen Granatenmist zusammen und man konnte draußen auf der Bank nichts anderes mehr tun, als die Hände zu falten, um beim Fußballgott um Besserung zu bitten. Wurde man nicht erhört, blieb als letzte Rettung, von Montag an keine Zeitungen mehr zu lesen. Zumindest nicht den Sportteil.

Wie Louise und Eva gerade spielten, wusste er nicht. Trotzdem fühlte er sich elend. Er trank sein Glas aus und bestellte ein neues. Einige Köpfe und alle Augen drehten sich in die Richtung der Eingangstür. Eva, dachte Mark. So war es. Allerdings ohne Louise, dafür mit Tom. Mark staunte nicht schlecht und schaute die beiden verwirrt an.

»Kleine Überraschungsparty«, sagte Eva.

»Ich freue mich immer, wenn ich Freunde sehe«, sagte Tom. »Mit einer Fluglinie, die Virgin Express heißt, ist sogar schon die Anreise amüsant. Das muss ich dir lassen, Evi. Offenbar muss da etwas in dem Bier gewesen sein, das ihr in München getrunken habt. Ich glaube, es war ein bisschen unvorsichtig von mir, euch zusammen losziehen zu lassen.«

Sie begrüßten sich. Mark sah Eva fragend an. Er wollte natürlich wissen, warum Tom plötzlich hier auftauchte und wo Louise abgeblieben war.

»Herr Riese, oder wie dieser Mensch immer heißt, wollte ein Gespräch unter vier Augen. Also musste die liebe Frau Kollegin alleine in die Eishöhle. Dafür habe ich Herrn Beurre mitgebracht«, schmunzelte Eva.

»Wie bitte?«, fragte Tom.

»Hier einer mehr, dort einer weniger. Du bist ja so was wie ein Mathematiker und kannst doch Gleichungen umformen. Oder etwa nicht?«

»Na, bisher dachte ich, dass man auf den beiden Seiten der Gleichung stets dasselbe macht. Deswegen ist Mathematik im Gegensatz zum Menschsein ja so wunderbar einfach. Aber darüber hinaus bleibt immer noch die Frage, wer der Riese ist. Und was eine Eishöhle damit zu tun hat, dass ich jetzt in Brüssel bin.«

»Du solltest dich ein wenig entspannen, lieber Tom. Wir bestellen mal ein Bier und warten einfach ein bisschen ab, ja?«

Anscheinend fanden neuerdings alle Damen, er müsse sich entspannen. Automatisch sah Tom auf die Uhr. Diesmal war es allerdings nicht sechs, sondern kurz vor halb acht.

X

Louise war zuerst da. Mark hatte den Treffpunkt ausgesucht. Offenbar besaß er Sinn für Humor. Das Lokal hieß »Die letzte Halluzination«. Man saß auf alten Eisenbahnbänken, eine subtile, aber umso schönere Anspielung. Rijse würde schnell merken, dass für ihn hier der Zug abfahren konnte.

Da kam er. Auf den ersten Blick war Louise überrascht. Rijse trug eine randlose Brille und sah ungefähr so aus wie der nette Nachbar von nebenan. Passt eigentlich doch, korrigierte sie sich gleich. Wem man immer alles gleich ansieht, kommt nicht weit. Wer macht schon gerne Power-Smoozing mit einer Haifischvisage? Louise stand auf. Er kam mit dem Kellner an ihren Tisch.

»Freut mich, Sie kennen zu lernen, Frau Wendtland«, log er.

»Ganz meinerseits, Herr Rijse.«

Sie bestellten etwas zu trinken. Rijse verkehrte normalerweise im elegant vornehmen Restaurant, das im vorderen Teil lag. Hinten im Eisenbahnwaggon war er noch nie. Aber vielleicht passte das für dieses Gespräch ohnehin besser, meinte er.

Cool ist er ja, dachte Louise. Es geht los.

»Sparen wir uns die langen Vorreden, Herr Rijse. Wir haben Informationen, dass jemand aus Ihrem Kabinett im Zuge einer Unternehmensübernahme ein Insidergeschäft mit Aktien durchgeführt hat.«

»Das sagten Sie schon am Telefon. Wissen Sie auch schon, wer und wann das gewesen sein soll?«

»Ungefähr ja, Herr Rijse.«

»Sagen Sie es mir denn auch?«

»Ich denke, es ist für alle Beteiligten besser, wenn das im Moment noch das Geheimnis der Presse bleibt. Aber Sie sollen wissen, dass das Geschäft mit Hilfe eines Mittelsmanns abgewickelt wurde, der in München sitzt.«

Louise sah ihm direkt in die Augen. Rijse verzog keine Mine.

»Ist das nicht ein bisschen weit hergeholt? Wie soll ein Kabinettsmitglied des Industriekommissars überhaupt an relevante Informationen herankommen?«

»Wir wissen, dass der Vorstand des übernehmenden Unternehmens am Tag vor der Ankündigung der Fusion mit Vertretern der Kommission Vorgespräche geführt hat. Kurz danach hat in München und dann bei einer Züricher Bank das Telefon geklingelt.«

Rijse lehnte sich in seinem Eisenbahnsitz zurück und setzte ein Pokerface auf. Zumindest äußerlich blieb er völlig ruhig. Louise wartete mit Spannung auf den nächsten Zug.

»Schauen Sie, ich bin ein ganz einfacher Mensch. Erklären Sie mir doch bitte mal, warum Sie mit Ihrer Story nicht einfach losschlagen, wenn Sie sich sicher sind, dass es stimmt. Warum fragen Sie mich erst noch?«

Wie erwartet, dachte Louise. Spätestens nach einer Minute trifft er den Punkt.

»Vielleicht wollen wir dieses Mal nicht losschlagen, sondern etwas anderes.«

Rijse musterte sie mit einem geringschätzigen Blick. Wahrscheinlich dachte er an Geld. Im Zusammenhang mit Insidergeschäften lag der Gedanke nicht besonders weit weg.

»Was genau wollen Sie denn, Frau Wendtland?«

»Die Presselandschaft hat registriert, dass die Karriere Ihres Mitarbeiters Rudolf Prager einen ziemlichen Knick bekommen hat. Zuerst wird er zum Chef der Informationskampagne vorgeschlagen und wenig später entlassen.«

»Er wurde nicht entlassen. Herr Prager hat von sich aus gekündigt.«

»Aber, aber, Herr Rijse. Wir wissen doch beide, warum er gekündigt hat. Er sollte ein paar Stufen überspringen, um dann wie ein Phönix aus der Asche als Monsieur le Directeur und Kampagnenchef wieder aufzutauchen.«

»Was hat das eine mit dem anderen zu tun? Und Sie haben leider meine Frage noch nicht beantwortet.«

»Herr Prager ist ein ausgezeichneter Mann, sagen meine Kollegen. Er kam bei der Presse gut an. Kompetent, kommunikativ und sogar ein bisschen authentisch. Warum haben Sie ihn plötzlich fallen lassen wie eine heiße Kartoffel, Herr Rijse? Wissen Sie, wir von der Presse bedauern das außerordentlich.«

Irgendetwas in seinem Pokerface sagte Louise, dass Rijse jetzt auch den Rest begriffen hatte. Mark hatte Recht, er war schnell, smart und cool. Bestimmt hatte er schon längst damit begonnen, seine Optionen hochzurechnen. Trotzdem würde er versuchen, sie hinzuhalten.

»Herr Prager war für den Posten nicht mehr präsentabel. Es gab einen Vorfall in der Presse.«

»Reden wir nicht länger darum herum, Herr Rijse. Ich bin der Vorfall. Natürlich wissen Sie das. Ich gebe zu, ich habe einen Fehler gemacht. Mein Bericht war zu oberflächlich, und aufs Ganze gesehen nicht objektiv. Wie es aussieht, habe ich damit Prager die Zukunft ruiniert. Vielleicht können Sie sich nun vorstellen, was ich will.«

Aufgrund seiner Intelligenz war Colin G. Rijse in der Lage, komplexe Zusammenhänge und Motive einander zuzuordnen und damit die meisten Handlungen seiner Gegenspieler schnell und sicher zu antizipieren. Andererseits hatte er praktisch sein gesamtes Berufsleben auf dem diplomatischen Parkett zugebracht und schon seit ein paar Jahren stand er in Brüssel ganz weit oben. Er war daher nicht mehr daran gewöhnt, dass jemand von sich aus einen Fehler zugab und ihn gar selbst wieder ausbügeln wollte. Schon überhaupt keine Übung hatte er mit Menschen, die ihn direkt und von vorne ins Visier nahmen. Louises Frontalangriff brachte Colin G. Rijse tatsächlich ins Stocken.

»Sie sind Journalistin in Personalunion mit Idealistin? Ist das ungefähr richtig?«

»Sozusagen ja.«

Rijse maß Louise nochmals mit einem langen, kaum verhohlenen Blick. Seine vorher kaum verhehlte Geringschätzigkeit war der Verblüffung gewichen. Vielleicht war es sogar Neugier. Aber das zu zeigen, wäre gegen die Spielregeln gewesen. Rijse hatte sich im Griff. Wie es schien, dachte er über etwas anderes nach. Louise wusste nur nicht, über was.

»Wissen Sie, Frau Wendlandt, über die Zukunft von Herrn Prager braucht man sich keine Sorgen zu machen«, fuhr er schließlich fort.

Die Kugel rollt, dachte Louise. Entweder sie fällt jetzt ins richtige Feld oder nicht.

»Und warum sind Sie sich da so sicher?«, fragte sie so unschuldig wie möglich.

»Wir haben vereinbart, dass dieses Gespräch vertraulich bleibt. Gilt das noch?«

»Natürlich.«

»Ich möchte nicht, dass nachher in der Presse steht, ich hätte mit der Industrie gemauschelt.«

»Kein Wort, was wir hier sprechen und gesprochen haben, kommt je in eine Zeitung.«

Rijse fingerte umständlich nach seinem Kalender. Nun komm schon, dachte Louise.

»Ich habe neulich mit einem großen deutschen Unternehmen Kontakt aufgenommen, um Herrn Prager für eine interessante Stelle in München ins Gespräch zu bringen. Die Branche hat in letzter Zeit eine Menge politisch brisante Dinge zu bewältigen und auch einigen Ärger mit allerlei Behörden. Public Relations sind zu einem enorm wichtigen Thema geworden. Als mir zu Ohren gekommen ist, dass sie dort jemand brauchen, habe ich vor einigen Tagen den Chef angerufen. Ich werde noch einmal nachsetzen. Ich kann mir durchaus vorstellen, dass es gut für Prager aussieht.«

Brillant, dieser Kerl, dachte Louise. Das Risiko, dass es Dieckenbrock unter den gegebenen Umständen ablehnen würde, Rudy einzustellen, war gering. Schließlich hing er ja auch mit drin. Rijse musste ihm dazu noch nicht mal eine blinde Flasche andrehen. Fast hätte Louise durch die Zähne gepfiffen.

»Es sollten natürlich nicht unbedingt irgendwelche Gerüchte in die Welt gestreut werden. Weder über angebliche Insider noch über die Tatsache, dass ein Kabinettchef als Jobvermittler auftritt. Können Sie mir das garantieren? Ich nehme an, dass Sie Herrn Prager nicht noch einmal in die Quere kommen wollen.«

»Niemand weiß etwas, auch Prager nicht. Ich bin sozusagen Insider. Und das bleibt auch so.«

Sie winkte dem Ober.

»Ich muss leider gehen, Herr Rijse. Ich denke, wir haben uns verstanden. Haben Sie Dank für das Gespräch.«

Louise zahlte beide Getränke. Sie verabschiedeten sich, ohne sich die Hand zu geben.

X

Sie ging mit schnellen Schritten über die Rue Royale in Richtung Sablon. Louise hatte es eilig. Sie wollte Rijse hier draußen nicht noch einmal begegnen.

Viele der großen Zugeständnisse, die wir im Laufe eines Lebens machen, werden durch Dinge erzwungen, die wir »die Umstände« nennen. Wer »die Umstände« als unverrückbare Notwendigkeit akzeptiert, wird sich eher damit arrangieren, dass er etwas tut, was ihm eigentlich zuwider ist. Für Louise war die Liebe zur Wahrheit jedoch nur schwer austauschbar. Ihre Leidenschaft für die Wissenschaft war nur ein Teil davon. Vor allem konnte sie nicht aufhören, ständig darüber nachzudenken, was sie wirklich wollte. Sie sehnte sich danach, konsequent nach einem eigenen, individuellen Lebensentwurf zu handeln. »Konsistenzwahnsinn« hatte Arnaud, mit dem sie ein paar Jahre lang zusammen war, das einmal augenzwinkernd genannt und selbst Louise hatte ob seines virtuos ironischen Volltreffers damals beinahe applaudiert.

Von daher kam es eigentlich nicht in Frage, dass sich Louise mit »den Umständen« abfand. Sie mochte keinen Zweckopportunismus, selbst wenn das Feld, auf dem man irgendeine Rolle spielte, begrenzt war. Louise konnte sich nicht vorstellen, wie man einfach einen Kreis um sich herum malen konnte, mit dem man die Welt unterschied. Drinnen im Kreis Louise als Louise und jenseits der Linie der Wilde Westen? Das wäre ein fauler Zaubertrick, der bei ihr auf Dauer nicht funktionieren würde. Jedenfalls hatte es eine Zeit gegeben, in der sie das dachte.

Was ihre heutige Situation betraf, wusste sie natürlich, dass »die Umstände« nicht wirklich unabänderlich waren. Doch legte es ihr die eigene Erfahrung nahe, dass man schon ein lebensfremder Idealist sein musste, um auf Dauer daran glauben zu können, man käme im Wilden Westen ohne Revolver aus. Vor allem glaubte sie selbst aber nicht mehr daran, dass der Wilde Westen in einem Reservat jenseits ferner Grenzen lag und man es sich aussuchen konnte, ob man hinging oder nicht. Sobald man es mit Menschen zu tun hatte, so ahnte sie, kam der ungefragt bis vor die eigene Haustür.

Louise war davon überzeugt, dass es nichts gab, was sie auch nur annährend so gut konnte wie schreiben. Damit hatte sie sicher Recht und wahrscheinlich war diese Gabe auch der wichtigste Anker ihres Selbstvertrauens, das bei der schwierigen Aufgabe, stets alle ihre gordischen Knoten zu lösen, oft genug ins Wanken geriet. Was also sollte sie tun? Die von ihr so sehr herbeigesehnte Welt der Gedankenfreiheit einer Professorin der Universität war ihr bisher verwehrt geblieben. Sollte sie von sich aus die letzte Möglichkeit verwerfen, von ihrem einzigen, wirklich großen Talent zu leben? Es passte nicht zu ihr, dass sie ihre Ansichten zuweilen verbog und manche ihrer Reportagen in die vom Ressortchef gewünschte Couleur tauchte. Aber hin und wieder ein paar Kompromisse zu machen, hieß das schon, dass es unter dem Strich nicht mehr für sie aufging?

Interessante Menschen erkennt man vielleicht daran, dass man ihre Handlungen nicht vorhersehen kann. Von außen kann es sogar so aussehen, als ob in einer bestimmten Situation zwei Handlungsalternativen genau gleich rational sind. Die spannende Frage ist dann nicht allein, wie es ausgeht, sondern vor allem »warum«.

Den entscheidenden Anstoß hatte ausgerechnet Mark Stadler gegeben. Er tat dies keineswegs bewusst, denn er wollte in seinem Gespräch mit Louise etwas ganz anderes, seine Absichten waren für das Handlungsergebnis also völlig unerheblich. Die Suche nach der Konsistenz von Wille und Handlung ist für die Welt der Gedanken und Ideen zwar unverzichtbar, doch entfalten die Handlungen ihrerseits ihre Wirkungen manchmal vollständig unabhängig von ihren ursprünglichen Motiven.

Im Rausch des offenen Schlagabtauschs hatte Louise zwar Marks Argumente souverän pariert. Doch fühlte sie schon während des Gesprächs, dass sie nicht alles gesagt hatte. So erzählte sie nichts davon, wie wenig Freude sie an derlei Reportagen fand und sie hatte ihm auch nicht eingestanden, wie sehr sie selbst über Rudys beruflichen Niedergang erschrocken war. Zum ersten Mal hatte sie direkt erfahren, welche Folgen ein paar mäßig bedachte, mehr oder weniger hingeworfene Sätze in einer Zeitung haben können. Manche mochten sich daran berauschen. Sie aber lag nach der Party in der Schicki-Bar schlaflos in ihrem Bett und fühlte sich wie eine ungesteuerte Rakete, die überall einschlagen konnte. Am Morgen rief sie in der Redaktion an und beendete ihre Reporterkarriere. Sogleich schrieb sie eine Mail an Professor Ashley C. Bold in Washington.

In sicherer Entfernung von der »Letzten Halluzination« ergriff sie ihr Handy.

»Eva?«

»Endlich! Wo steckst du?«

»Es tut mir Leid, Eva. Ich mag jetzt nicht kommen.«

Pause. Louise hörte nur noch das Gemurmel eines vollbesetzten Lokals.

»Aber…?«

»Bitte mach es mir nicht schwer, Eva. Mir geht heute so viel im Kopf herum. Wenn ich ehrlich bin, mag ich Tom gar nicht mehr sehen. Das macht so oder so keinen Sinn. Wir sind zu verschieden und in ungefähr einem Monat bin ich ohnehin weit weg in Amerika. Das erzähl ich dir morgen, wenn du magst. Mein Flug geht erst um zwölf. Darf ich dich bei Vittamer zum Frühstück einladen?«

Wieder Pause.

»Warte bitte einen Moment. Ich geh mal schnell nach draußen.«

Beim Hinausgehen stieß Eva mit der Bedienung zusammen. Sie war sehr aufgeregt und hatte nicht bedacht, wie eng es hier war. Glücklicherweise hatte das Mädchen nichts auf ihrem Tablett. Eva entschuldigte sich und fand dabei ihre Stimme wieder.

»Das ist sehr schade, Louise. Aber es ist natürlich in Ordnung.«

»Es tut mir Leid, aber ich kann wirklich nicht. Nicht traurig oder böse sein.«

»Darf ich trotzdem noch fragen, wie das Gespräch gewesen ist?«

»Ja. Mag sein, dass etwas passiert. Sofern man sich bei dieser Art von Spiel überhaupt auf irgendetwas verlassen kann. Mehr gibt es nicht zu sagen. Wartet es einfach ab. Es wäre mir auch lieb, wenn wir beim Frühstück über andere Dinge reden könnten.«

»Hab ich verstanden.«

»Grüße Mark von mir.«

»Mach ich. Dem Pflegefall sage ich vielleicht besser nicht, dass du hier bist. Mal sehen.«

»Wie du meinst, Eva. Morgen um halb zehn?«

»Passt. Schlaf trotzdem gut, Louise.«

X

Eva steckte das Telefon in ihre Handtasche und ging zurück ins Lokal. Mark war soeben im Begriff, mit sich zu ringen. Die Schokoladentorte stand ziemlich zentral in seinem Blickfeld. Wer ihm zusah, hätte sich fragen können, warum er so gern ins Perroquet ging, wenn er die Sachen, auf die er dort Lust bekam, ohnehin nicht essen wollte.

Viele der schönen Dinge im Leben sind bekanntlich entweder verboten, unmoralisch oder sie machen dick. Diese Einsicht ist allgemein bekannt und wäre eigentlich keiner weiteren Erwähnung wert. Nur die Eingeweihten wissen indes, dass das Schönste keinesfalls das Objekt der Begierde selbst, sondern der Akt der Übertretung ist. Stadler hatte das nicht nur begriffen, sondern verinnerlicht. Seit einiger Zeit versuchte er, ernährungswissenschaftliche Grundsätze mit dem der Wirtschaftstheorie zugrundeliegenden ökonomischen Prinzip der Knappheit zu verbinden und im Alltag anzuwenden. Im Ergebnis bekamen völlig banale Dinge plötzlich einen ganz anderen Sexappeal. Eine von Oscar Wildes Romanfiguren hatte eine ähnliche Idee schon mit dem Zähneputzen, Stadler trieb es mit allen Formen von Schokolade.

Wie immer wog der Kampf heftig hin und her. Aber diesmal hob Stadler die Hand und bestellte. Eva hatte sich wieder zu ihnen gesetzt.

»Offenbar können Deutsche nur etwas in Deutschland organisieren. Sobald wir die Landesgrenzen überschreiten, sind wir hilflos«, sagte sie.

Mark ahnte etwas und betrachtete die Verzierungen der Fenster. Tom sah Eva erstaunt an.

»Ich habe eigentlich schon deine SMS in der Türkei nicht richtig verstanden. In München Airport habe ich dann nur kapiert, dass ich jetzt nach Brüssel fliege. Und hier in Belgien beginne ich bereits, es überhaupt mit der Logik aufzugeben. Bei mir ist die Desorganisation der Gedanken uneingeschränkt international.«

Mark wagte den Blick auf die andere Seite des Tisches. Eva, das sah man ihr leicht an, steckte mitten in einem Schlamassel. Was konnte sie tun? Der Mathematiker kam von allein nicht auf die Lösung und stocherte in einer Gleichung herum, die eigentlich nur eine einzige Unbekannte hatte.

»Ich beschränke mich also besser auf einfache Fragen, Eva«, sagte er jetzt. »Gehen wir nun auf die Überraschungsparty oder in die Eishöhle?«

Eva sah Mark hilfesuchend an. Er nickte. Wir sagen es ihm jetzt, hieß das.

»Tom, die liebe Eva hat sich mit Louise getroffen. Das war meine Idee. Durch Zufall habe ich Louise kennen gelernt, ohne zu wissen, dass das die Frau ist, von der du mir erzählt hast. Wie im Film. Als ich es irgendwann mitbekam, habe ich Eva zu einer Reise nach Wien überredet. Wir fanden, dass die Geschichte nicht so enden sollte.«

Toms Verblüffung hätte nicht größer sein können. Er wusste im ersten Moment nicht, was er sagen sollte.

»Sie wollte heute Abend eigentlich hierher kommen. Aber gerade vorhin hat sie es sich anders überlegt«, sagte Eva. »Das kommt mir jetzt selbst alles ein bisschen irre vor. Der ganze Aufwand, die Reise. Es ist voll in die Hose gegangen.«

Die Bedienung stellte den Teller mit der Schokoladentorte auf den Tisch. Tom sagte immer noch nichts. Er schüttelte noch eine Weile ungläubig den Kopf. Schließlich kam ein gequältes Lächeln über seine Lippen.

»Hast du Louise…ich meine…das mit den Punkten…?«

»Hab ich«, sagte Eva, »und bis vor fünf Minuten habe ich auch noch felsenfest daran geglaubt, dass sie wirklich kommt. Aber vielleicht tröstet dich das, sie geht sowieso nach Amerika. Hat sie mir gerade am Telefon gesagt.«

Mark schob die Schokoladentorte zur Seite. Amerika? Das war ziemlich weit weg.

»Hat sie gesagt, wie es ihr geht? Und wie das Gespräch gelaufen ist?«, fragte er.

»Dieser Riese ist wohl nicht gerade so was wie ein Zuckerpüppchen. Aber es könnte irgendetwas passieren, hat sie gesagt. Die Betonung lag auf könnte.«

Mark fühlte einen Stich in der Gegend des Magens. Irgendwie verspürte er plötzlich keine Lust mehr, sich an der Konversation zu beteiligen. Seine Gedanken wollten irgendwie zu Louise, aber nicht zu Tom und Louise.

»Es ist wohl besser, ich gehe jetzt. Ich kann den Abend nicht mehr retten. Dafür bin ich zu geknickt.«

Er legte einen Geldschein auf den Tisch, stand auf und umarmte Eva.

»Danke, liebe Eva. Trotzdem«, flüsterte er ihr ins Ohr.

Schließlich gab er Tom die Hand, verabschiedete sich von seinem verblüfften Freund und ging zur Tür hinaus. Auch Eva nahm Toms Hand. Sie drückte sie.

»Ich glaube, wir müssen heute ein bisschen zurückzahlen, lieber Freund. Schließlich haben wir ja auch eine Menge angestellt«, sagte Eva zu Tom, als Mark gegangen war.

»Hm.«

»Und schau mal, immerhin sind wir ja zu zweit.«

»Du bist süß, Eva.«

»Komm, wir machen einen Piratenabend. Mit Punkten und allem drum und dran.«

»Muss ich zuerst ein wenig üben.«

»Ich auch.«

X

Mark ging die paar Schritte hinüber zum Sablon. Bei schönem Wetter war es hier ein bisschen wie in Italien. Ein Hauch von südländischer Eleganz und Würde wehte von der Kathedrale herab, dem imposanten Kopf des in die Richtung der Unterstadt abfallenden Platzes. Den Rest besorgten die schicken Antiquitätengeschäfte und Straßencafés. Alles zusammen schien die Gäste der zahlreichen Restaurants zu beflügeln, zumindest modemäßig. Wer draußen einen Tisch haben wollte, musste freilich unabhängig von der Aufmachung eine Weile lang recht uncool in der Gegend herum stehen und aufbruchwillige Gäste ausspähen. Mark ging am Le Grain de Sable, am Les Vieux Sablons und La Malcolm vorbei, um deren Tische sich bereits die Anfänge von Belagerungsringen gebildet hatten. Aber wenn er es bedachte, wollte er sich sowieso nicht hinsetzen. Was aber dann? Das Auto jedenfalls stand in der anderen Richtung.

Er wanderte langsam und ziellos hin und her, die Restaurantgäste im Blick. Man sollte ein Bär sein wie Rudy, dachte Mark. Ein echter Bär konnte, sofern sich nicht gerade die russische Handballnationalmannschaft vor ihm aufbaute, über jede Menschenansammlung spielend hinweg sehen und brauchte sich nicht erst albern auf die Zehenspitzen zu stellen. Der italienische Glatzkopf vom Grain de Sable hatte sich ein eindrucksvolles rotweiß gestreiftes Hemd zugelegt, in dem er hektisch die Bedienungen dirigierte. Eine sah so aus wie Britney Spears, was Mark schon früher einmal aufgefallen war. Sie zappelte fast schon so herum wie das Original, nur mit Weingläsern und ohne Musik. Der gestreifte Glatzkopf war offenbar dem Andrang nervlich nicht gewachsen und machte den ganzen Laden verrückt. Aber war das interessant genug, um hier auf und ab zu stapfen?

Mark machte wieder kehrt und ging hinauf zur Kathedrale. Gegenüber, in der schmalen Zufahrtsstraße zum Platz, befand sich das Lokal, von dem Rudy erzählt hatte. Der Kommissar war ein ausgewiesener Experte für Fischrestaurants und traf sich dort gelegentlich mit Leuten aus der Wirtschaft. Im Lokal war es eigentlich zu eng, aber der Kommissar sah aufgrund der großen Küche darüber hinweg. Mark studierte, da er nun mal direkt davor stand, die Speisekarte. Es half nichts. Hier war etwas faul.

Stadler sah an Notre Dame du Sablon hinauf und seufzte. Dann schüttelte er den Kopf. Die Passanten, die hinter ihm vorbeizogen, beachteten ihn nicht. Und niemand bemerkte, dass er wieder umkehrte, um den Platz erneut hinab zu gehen. Dieses Mal bog er nach wenigen Metern rechts ein. Ein schmalerer, beidseitig mit Kunstwerken und Skulpturen ausgestatteter Gang führte in eine riesige Hotelhalle. Mark zauderte und wollte sich schon in einen Sessel der Sitzgruppe bei den Aufzügen setzen. Doch widerstand er seinem ersten Impuls und schritt direkt auf die Rezeption zu.

Es gab Hunderte von Hotels in Brüssel. Die Wahrscheinlichkeit, dass sie im Jolly Hotel wohnte, war rein statistisch gesehen, gering. Doch hängt die Rationalität eines Versuchs nicht nur von der Eintrittswahrscheinlichkeit eines Ereignisses, sondern vom möglichen Verlust der Person ab, die ihn unternimmt. Mit seinem Eingeständnis, dass er Louise suchte, hatte Stadler das Schlimmste bereits hinter sich. Die Details waren somit nur noch Details.

»Ich bin mit Frau Louise Wendtland verabredet. Würden Sie ihr bitte sagen, dass Herr Stadler hier wartet?« fragte er einen schwarzhaarigen Jüngling der Rezeption.

Der Jüngling sah auf einen Bildschirm und wählte eine Nummer.

»Bedaure, Frau Wendtland ist nicht in ihrem Zimmer.«

»Danke sehr. Sicher hat sie sich verspätet.«

Im nächsten Moment fühlte Mark etwas zwischen Erleichterung und dem Beginn einer schwer zu zähmenden Unruhe. Er hätte am liebsten hinausgehen und wieder auf dem Trottoir hin und her wandern wollen. Vielleicht würde er es tun oder überhaupt weggehen. Aber er setzte sich in die Halle und wartete.

X

Es war spät geworden. Er sah auf die Uhr. Wie so oft hatte er den ganzen Tag in Meetings zugebracht. Rudy unterschied wichtige, unwichtige und solche, bei denen man es nicht so genau wusste. Allesamt hatten sie allerdings gemeinsam, dass sie einen vom Büro fernhielten, wo sich derweil die Stapel türmten. Den Abend hatte Rudy daher, wie er es nannte, mit Orientierungslauf verbracht. Er kämpfte sich durch das Dickicht eines riesigen Waldes aus Papier und hoffte, irgendwann zu wissen, was wie und bis wann zu tun war.

Rudy schloss sein Büro ab und machte sich auf den Weg durch die langen, dunklen Flure. Kein Mensch war mehr zu sehen, noch nicht einmal vorne an der Rezeption. Während er in der Tiefgarage den hohlen Klang seiner eigenen Schritte vernahm, sah er auf die Schilder, die man an kunstvoll montierte Drahtseile über die Parkflächen gehängt hatte. In einheitlicher Computerschrift wurde vermeldet, wem der Parkplatz gehörte. Es gab sehr viele Schilder, doch kein einziges Auto stand auf seinem Platz. Die Szene wirkte gespenstisch. Rudy war froh, als sich die Schranke hob und er hinausfahren konnte.

Wenn er es bedachte, so hatte er den ganzen Tag koordiniert, moderiert, kooperiert und korrespondiert, aber mit niemandem wirklich gesprochen. Für einen Moment erwog er, in die Stadt zu fahren, doch kam ihm das Unterfangen, diesen Tag noch retten zu wollen, sofort sinnlos vor. Als der Wagen durch das ausgestorbene Europa-Viertel rollte, beschloss er, nach Hause zu fahren. Im Angesicht der leer gefegten Straßen stellte er sich vor, dass irgendetwas Geheimnisvolles geschehen und er als Einziger von diesem ehedem so großen Europa übrig geblieben war.

Rudy erinnerte sich daran, dass er vor nicht allzu langer Zeit eine ähnliche Vision hatte. Damals hatte er zwei Tage und zwei Nächte mit denselben Leuten im selben Sitzungssaal zusammengesessen. Gegen Ende der zweiten Nacht kam es ihm auf einmal so vor, als sei Europa, um das es ging, nur ein abstraktes Gebilde, das in Wirklichkeit gar nicht existierte. Er malte sich aus, dass es den Mitgliedern der Kommission und ihrer Kabinette verboten worden sei, die Amtsgebäude der Institutionen zu verlassen, sodass sie mit den Auswirkungen der Verordnungen, die sie erließen, niemals selbst in Berührung kamen. Vielleicht war es die Müdigkeit. In seiner schrecklichen Vorstellung wurden die Szenen lebendig, die sich kurz vor dem Untergang des Dritten Reichs zugetragen hatten und ihn nach der Lektüre des markerschütternden Berichts eines Historikers nie losgelassen hatten. Metertief unter dem Erdboden in ihrem Bunker eingegrabene und von der Roten Armee schon hoffnungslos eingekreiste Männer befehligten bis zuletzt Armeen, die es nur noch in ihrer Phantasie und als Fähnchen auf der großen Leinwand des Kartenzimmers gab. In den Momenten seiner Halluzination war er so verwirrt, dass er glaubte, dass es ihnen hier drinnen genauso erging. Draußen konnten Europa und die Welt in Flammen aufgehen, aber sie würden noch immer in diesem fensterlosen Saal sitzen und um die Details einer gottvergessenen Richtlinie feilschen.

Am folgenden Vormittag hatte Rudy zum ersten Mal in seiner Karriere ohne Grund einen Termin platzen lassen und war unter Vorspiegelung einer Krankheit erst mit zwei Stunden Verspätung im Büro erschienen. Anstatt zu seinem Termin zu gehen, besuchte er eine Bäckerei und holte Brötchen. Dann schaute er noch beim Türken vorbei, dem er ein wenig Obst und ein paar Blumenstöcke abkaufte.

Rudys Magen knurrte und er merkte, dass er Hunger hatte. Seit dem hastigen Mittagessen in der Kantine hatte es nicht einmal mehr für ein schäbiges Sandwich gereicht. Alles schien an diesem Abend leer zu sein, der Tank, der Magen, die Straßen und er selbst. Die Tankstelle am Schuman hatte noch auf, und Rudy steuerte den Wagen an die Zapfsäule. Eine der Neonleuchten flackerte nur noch schwach, aber für seine Stimmung war es auch so noch viel zu hell. Der Verkaufsraum der Tankstelle war schummrig, und es war niemand zu sehen. Mark nahm eine Milch für den nächsten Morgen aus dem Kühlschrank und stellte sie auf den Kassentisch. Als er laut in den Raum rief, näherte sich ein kleiner Mann aus einem Nebenraum. Er quälte sich mühsam zur Kasse. Er hinkte, offenbar war er halbseitig gelähmt. Der kleine Mann nickte Rudy einen spärlichen Gruß zu und tippte, während sein linker Arm schlaff herunter hing, mit der rechten Hand die Beträge in einen Taschenrechner. Schließlich hielt er Rudy das Display entgegen. Rudy gab ihm wortlos seine Kreditkarte, und beide warteten auf die Antwort des Kartengeräts.

Offenbar kamen sie in eine Warteschleife, die Sache verzögerte sich. Rudy sah den kleinen Mann an und er ihn. Ein Riese und ein Zwerg, aber doch zwei Außerirdische unter sich, deplatziert und mindestens für heute verloren, dachte Rudy. Er hätte gerne gewusst, was in seinem Gegenüber gerade vorging. Endlich begann das Kartengerät zu schnurren. Der Mann griff hinter sich, nahm einen Schokoriegel aus dem Regal und drückte ihn Rudy zusammen mit dem Kartenbeleg in die Hand. Rudy nickte zum Dank und zum Abschied und ging wortlos hinaus.

Wenn das hier vorbei ist, möchte ich eine Weile sehr weit weg, dachte Rudy, als er ins Auto stieg. Aber so lange ich noch da bin, werde ich hier mein Benzin kaufen.

X

Nach allen Wirren dieser Geschichte hatte er sich schon alles Mögliche vorgestellt. Aber Louise war alleine. Sie war so in Gedanken versunken, dass sie ihn überhaupt nicht sah, obwohl sie gerade mal zwei Meter an ihm vorbeiging.

»Louise?«

Sie drehte sich um.

»Du...?«

»Ja, ich.«

»Aber warum … Bist du nicht bei den anderen?«

»Nein.«

Mark sah ihr in die Augen. Sie freute sich.

»Ich hoffe, du hast nicht irgendwo einen Mathematiker versteckt. Bei dir weiß man ja nie.«

Mark öffnete seine Hände und hielt sie Louise hin. Dann öffnete er sein Jackett und zeigte ihr die Innenseiten. In diesem Moment war er froh, dass er den Schokoladenkuchen und einige andere zuvor dann doch nicht gegessen hatte.

»Also hier ist er nicht und da auch nicht. Außerdem kriegt meine weiße Weste gerade ein paar sehr schwarze Flecken. Den Orden kriegt Louise, Journalistin der eisigen Höhle.«

»Ex-Journalistin. Aber wieso kriegt die Weste Flecken?«

»Ob du es glaubst oder nicht, ich bin ganz allein wegen Stadler hier. Keinerlei hehre Absichten im Dienste meiner Freunde. Der pure Egoismus sozusagen.«

Sie legte ihren Kopf in den Nacken und sah ihn an.

»Wenn ich es so bedenke. Hm, ja.«

»Was…?«

»Ich glaube, ich kann damit leben. Dass Stadler ausnahmsweise einmal wegen Stadler da ist, meine ich.«

Sie traten ein wenig zur Seite, weil eine schwer bepackte deutsche Reisegruppe den Aufzügen zustrebte. Trotzdem fuhr ein Mann Mark mit dem Rädchen seines Koffers über den Fuß. Wie es sich anfühlte, musste er Goldbarren oder wenigstens Pflastersteine geladen haben. Mark verzog das Gesicht.

»Entschuldigung«, sagte der Mann.

»Es ist ganz gut, dass Sie mit dem Bus fahren«, brummte Mark.

Louise lachte.

»Glaubst du, Gruppentouristen haben Sinn für Analogieschlüsse?«

»Weiß ich nicht. Aber immerhin hat der hier dich zum Lachen gebracht. Das ist ja schon was nach deinem heutigen Auftritt.«

Louise lachte nicht mehr.

»War es sehr schlimm?«, fragte Mark besorgt.

Louise blickte unangenehm berührt ins Niemandsland. So wunderbar und offen sie lachen konnte, so bedrückt sah sie nun aus. Mark konnte schon vor ihrer eigentlichen Antwort sehen, wie sehr sie das Gespräch mit Rijse mitgenommen hatte.

»Ach, Mark. Am liebsten würde ich gar nicht darüber reden. Ich weiß eh nicht, was wird.«

Sie sah ihn hilfesuchend an. Am liebsten hätte Mark sie in die Arme genommen. Aber das traute er sich nicht. Anstatt dessen ging er einen Schritt auf sie zu. Er berührte sie nicht, er stand einfach nur da.

Doch auch ein kleiner Schritt kann manchmal der entscheidende sein. Das ist nicht nur bei Mondlandungen so. Bei Menschen gibt es eine unsichtbare Barriere, den Körperabstand. Wer die Barriere auch nur um ein paar Zentimeter durchbricht, nimmt in Kauf, dass irgendetwas passiert. Oder er will es.

Äußerlich bewegte sich Mark nicht mehr, aber er blieb stehen, wo er war, mitten in diesem unsichtbaren Bannkreis. Während dieser Sekunden, die Mark wie eine halbe Ewigkeit vorkamen, sprach niemand ein Wort. Louise wich nicht zurück. Sie dachte an etwas. Schließlich legte sie ihren Kopf an seine Schulter.

»Weißt du, Mark, bei manchen Sachen bin ich nicht besonders gut.«

Sie hatte ihn dabei nicht angesehen. Ihre Stimme war sehr leise und sanft.

»Was für Sachen…?«

Mark legte den Arm um ihre Schultern und drückte sie behutsam an sich. Louise antwortete nicht. So standen sie wieder schweigend in der Hotelhalle, eine ganze Weile lang. Mark suchte ihre Hand und fand sie. Louise sah ihn an.

»Wenn wir um die weiße Weste oder vor sonst etwas anderem Angst haben, sollten wir vielleicht an die Bar gehen und uns betrinken. Oder, um ganz sicher zu gehen, gleich das Weite suchen. Im anderen Fall…«

Sie sprach den Satz nicht zu Ende. Mark rechnete damit, dass sie nun gleich zur Flucht ansetzte. Louise nahm jedoch seine Hand und ging, ohne dabei irgendetwas zu sagen, mit ihm zum Aufzug. Auch Mark sagte nichts. Ihm fiel nichts ein, er war einfach nur perplex. Inzwischen spürte er seinen Herzschlag bis hinauf zum Hals.

Sie mussten warten. Mit ihnen wartete ein älteres amerikanisches Ehepaar. Mark erwiderte ihren Gruß, aber vorsichtshalber auf Französisch. Ihm stand jetzt nicht der Sinn nach Unterhaltungen. Endlich ging die Tür auf und sie stiegen ein. Die Beleuchtung war grauenhaft. Die Innenarchitekten der Hotels dieser Welt haben offenbar wenig Ahnung davon, was in einem Hotel tagtäglich passiert und welches Licht man dafür braucht. Vor allem scheinen sie nicht zu wissen, dass man auf dem Weg ins Schlafzimmer keine Lust hat, in einen überbeleuchteten Spiegel zu schauen. Louise betrachtete lieber die Speisekarte des Restaurants, die an einer der Seitenwände des Aufzugs gegenüber von den Schaltknöpfen aufgehängt war. Mark sah irgendwohin. Er kämpfte mit der Fassung.

Die Amerikaner stiegen aus, zwei andere Gäste ein. Wahrscheinlich wollten sie nach unten und gondelten erstmal in die falsche Richtung.

»Wie hast du mich hier gefunden?«, fragte Louise leise in die Helligkeit hinein.

»Im näheren Umkreis vom Perroquet ist das Jolly de Sablon das schönste Hotel. Und geht jemand mit Kaschmirpullover in die Kaschemme?«

Manchmal denkt man über etwas sehr lange nach und sieht doch die Wahrheit nicht. Dann geht alles plötzlich furchtbar schnell, und es bleibt einem nichts anderes mehr übrig, als sich darüber zu wundern, dass man die interessantesten Geheimnisse manchmal vor sich selbst hat. Mark Stadler war wahrscheinlich verliebt. Und wenn das stimmte, so war er es höchstwahrscheinlich nicht erst seit heute. Endlich standen sie vor ihrem Zimmer.

»Ich werde weggehen, Mark. Weit weg«, sagte Louise.

»Ich weiß. Deshalb bin ich ja hier. Ich fühlte plötzlich so einen Stich in der Magengegend.«

»Können wir denn so etwas?«

»Weiß ich nicht. Aber vielleicht müssen wir.«

Sie umschlang zärtlich seinen Hals und zog ihn an sich. Sie küssten sich, innig und ohne Hast.

»Sehr angenehm, dieses Müssen mit Ihnen, Herr Stadler. Warte bitte einen Moment. Bei mir ist leider nicht aufgeräumt.«

Mark nahm sich vor, diesen Satz niemals zu zitieren. Louise sperrte die Tür auf und verschwand.

Er ging ein paar Schritte auf und ab, so wie vorhin auf dem Place du Grand Sablon. Nur schloss er dabei die Augen.

X

Eva war selbst erst vor zehn Minuten gekommen. Es war gleich zehn. Dass man zu spät zu einem Rendezvous mit einem Verehrer erschien, steigerte die Spannung und gehörte sozusagen zum guten Ton. Bei Frauen kannte sie sich nicht aus. Sie begann bereits, sich Sorgen zu machen. Das Handy vermeldete den Eingang einer Nachricht. *»Bin in fünf Minuten da«*, hatte Louise geschrieben.

Eva bestellte sich noch einen Kaffee. Es war nicht einfach gewesen, Tom davon zu überzeugen, im Hotel zu bleiben. Die übliche Abschüttelungsmasche mit »noch was einkaufen« war bei ihm riskant. Sie führte nur dazu, dass er sich gleich ausmalte, wie er bei einer Dessousanprobe assistierte. Glücklicherweise hatte das Piratenfest gehalten, was der Name versprach. Der Pirat aller Piraten war milde gestimmt. Eva hatte ihm gesagt, dass sie sich allein mit Louise treffen wollte und Tom hatte es geschluckt.

Louise war nicht geschminkt und trug eine einfache, schwarze Hose. Wer ein Anhänger von Kontrastbildern war, musste beim Anblick der beiden Frauen ins Schwärmen geraten, so unterschiedlich sahen sie aus. Außer ihnen saß allerdings leider niemand im Lokal und die Leute, die vorne an der großen Ladentheke warteten, um sich etwas für Zuhause mitzunehmen, konzentrierten sich auf die Auswahl der im Überfluss dargebotenen Törtchen und Schnittchen.

»Unvorhergesehene Ereignisse«, entschuldigte sich Louise.

»Macht nichts. Ich komme auch immer zu spät. Sozusagen interessantes Neuland für mich, wenn ich einmal warten muss.«

Louise bestellte einen Kaffee und zündete sich eine Zigarette an. Eva hatte ihr letztes Tennismatch nach einer zweieinhalb Stunden dauernden Hitzeschlacht verloren und die Niederlage ihrer nachlassenden Kondition zugeschoben. Seither verzichtete sie auf die Anschaffung eigener Zigaretten. Indes war durchgesickert, dass die belgische Regierung das Rauchen in Lokalen bald verbieten wollte. Alles, was zu Ende geht, hat einen eigenen, besonderen Reiz. Louise sah Evas Blick und hielt ihr die Packung hin.

»Danke, Louise. Viel Zeit haben wir ja nicht mehr. Komm, erzähl. Was machst du in Amerika?«

»Ich habe einen amerikanischen Professor aus Washington angesprochen, den ich letztes Jahr auf einem Kongress kennen gelernt habe. Ich glaube, er mochte meinen Vortrag. Jedenfalls hatte er mir angeboten, dass ich für ein Jahr als Fellow rüber kommen könnte. Am Morgen nach unserem Treffen in der Schicki-Bar habe ihm geschrieben, ob sein Angebot noch gilt. Er hat ja gesagt.«

»Das hört sich nach einem spontanen Entschluss an. Aber was hat die Schicki-Bar damit zu tun?«

»So weit ist das gar nicht mal weg«, sagte Louise. »Vor unserem Ausflug ins Reich der Schönheit hatte ich lange mit Mark gesprochen. Vieles, was er da gesagt hat, ist mir sehr nahe gegangen. Bei den vielen anderen interessanten Ausblicken in der Bar habt ihr nichts davon gemerkt, aber später lag ich in meinem Bett und habe die ganze Nacht darüber nachgedacht. Irgendwann habe ich schon sehr deutlich gefühlt, dass ich die Rolle, die ich gespielt habe, nicht mehr spielen will.«

»Was für eine Rolle hast du gespielt?«

»Journalistin. Ich habe damit Geld verdient. Aber das bin nicht ich.«

»Aber warum hast du dann das Angebot von diesem Professor nicht schon früher angenommen?«

»Für die Stunden, die ich den Studenten dort gebe, bekomme ich fast nichts. Dafür, dass ich dort arbeiten darf, muss ich mein Sparbuch plündern. Das konnte ich damals nicht akzeptieren.«

»Und jetzt?«

»Man kann vielleicht eine Weile lang Verstecken spielen. Aber wenn man wirklich etwas will, muss man es einfach irgendwann tun. Dann ist es nicht mehr wichtig, wie viel man verdient oder wo man hingeht.«

»Fasziniert dich die Universität wirklich so? Hört sich ein wenig verstaubt an, was man gelegentlich so liest.«

»Da mache ich mir keine Illusionen. Auch da geht es mitunter so zu wie überall. Aber ich sehne mich einfach danach, mit aufregenden Leuten zusammenzukommen und mit ihnen über Dinge zu diskutieren, die mich wirklich interessieren. Eva, im Grunde meines Herzens juckt es mich herzlich wenig, wie ein schlecht vorbereiteter EU-Beamter ein paar als Hasen verkleidete Tierschützer abspeist. Und ich kann mich nicht im Mindesten daran ergötzen, wie man ihm danach das Fell abzieht.«

Eva sah Louise nachdenklich an. Ihr Gesicht hatte sich mit einem Schlag verändert.

»Ich wäre froh, ich fühlte auch irgendeine Berufung«, sagte sie leise.

Louise wollte eigentlich noch mehr über Washington erzählen, aber sie merkte, dass Eva etwas auf dem Herzen hatte. Sie hatte schon vorher geahnt, dass Eva auf einem dünnen Seil durch ihr Leben ging, aber nun bekam Louise die Tiefe vorgeführt, die sich unter diesem Seil auftat. Sie sah die kleinen Fältchen um Evas Augen, die in Sekunden ihr Gesicht völlig verändert hatten. Es waren Fältchen einer Frau, die das Leben von beiden Seiten kennen gelernt hatte.

»Mein einziges wirkliches Talent besteht offenbar darin, dass ich mir erfolgreich einreden kann, meine lausigen Tennismatches seien ganz enorm wichtig.«

»Komm. Sag so was nicht, Eva. Außerdem sind die Dinge im Leben genau das, wofür die Menschen selbst sie halten.«

In einem Hörsaal hätte Louise diesen Satz niemals gesagt. Er führte zum subjektiven Relativismus, dem Todfeind aller Wahrheitssuchenden. Aber hier lag offenbar ein Notfall vor. Eva schien Louises Opfer indes gar nicht bemerkt zu haben und vermochte daher auch nicht, es entsprechend zu würdigen.

»Vielleicht zählt noch, dass ich Männer verrückt machen kann. Dafür muss ich mich noch nicht mal anstrengen. Wenn das als Talent durchgeht, bin ich genial«, sagte sie anstatt dessen.

»Du hast ein großes Herz, Eva.«

»Ja, aber ich hätte gerne wenigstens ein bisschen was von deinem Mut. Dann könnte ich auch auswandern.«

Eva kämpfte mit den Tränen, aber sie blieb tapfer.

»Warum bist du wirklich traurig?«, fragte Louise sanft.

»Ich bin ganz allgemein nicht die Sonnenschein-Evi. Das kriegt normalerweise nur keiner mit.«

Eva holte eine neue Zigarette aus der Schachtel und zündete sie an. Sie fing sich. Ihre Züge strafften sich wieder und die Schönheit kehrte so schnell in ihr Gesicht zurück, wie sie vorhin aus ihm geflohen war. Auch ihre Stimme wurde bestimmter, sie sprach nun ruhig und normal.

»Die Männer, mit denen ich zusammen bin, fangen alle irgendwann einmal damit an, mich einzuengen und Dinge zu erwarten, die ich nicht erfüllen kann. Also weiche ich ihnen aus. Ich tue eine Weile lang so, als ob es das uneingeschränkte Glück auf Erden wäre, mit ihnen zusammen zu sein. Aber das Theaterspielen ist auf Dauer zu anstrengend und dann haue ich ab. Wenn ich es mir überlege, kann ich eigentlich mit keinem einzigen meiner Typen wirklich reden. Tom ist vielleicht eine Ausnahme, weil er mir sehr ähnlich ist. Aber oft war er im Kopf bei der Jagd nach den Frauen und ich kann auch ihm nicht alles ungeschminkt sagen. Verstehst du das? Trotzdem habe ich mich mein ganzes Leben lang immer nur mit Männern umgeben, ist das nicht verrückt?«

Die Offenheit, die ihr Eva entgegenbrachte, war so überwältigend, dass Louise keine richtigen Worte fand.

»Das lässt sich ändern, Eva«, sagte sie nur.

»Wahrscheinlich kommt es dir komisch vor. Aber ich bin wirklich traurig, dass du weggehst.«

»Das ist überhaupt nicht komisch.«

»Findest du? Wir kennen uns ja kaum.«

»Na und? Andere Leute sehen sich dafür jeden Tag und wissen doch nichts miteinander anzufangen.«

»Stimmt auch wieder.«

»Und heute ist ja nicht mehr das Zeitalter der Postkutsche. Wir lassen uns doch durch so ein bisschen Wasser nicht durcheinander bringen, oder?«

Beide wussten, dass das ein sehr frommer Wunsch war, denn auch das Schicksal von Freundschaften wird durch die Umstände entschieden. Trotzdem war es in diesem Moment ehrlich gemeint, das fühlten sie. Sie plauderten noch eine Weile einigermaßen fröhlich und unbeschwert. Dann kam die Zeit zum Aufbruch.

»Ich muss noch meinen Koffer aus dem Hotel holen«, sagte Louise.

»Ich auch. Und meinen Mathematiker.«

»Oh. Stimmt ja. Wann fliegt ihr denn?«

»Um halb eins.«

»Au weh. Ich weiß nicht, ob es so gut ist, wenn ich Tom noch einmal begegne.«

»Dann sollten wir wohl ein bisschen diskret sein und uns schon jetzt verabschieden.«

Den eigentlichen Grund, warum sie Tom unter keinen Umständen begegnen wollte, behielt Louise für sich. Es passte nicht in die Stimmung, dass sie Eva von der letzten Nacht erzählte und Mark am Flughafen auf sie wartete. Muss man immer alles übereinander wissen? Als sie sich zum Abschied in die Arme nahmen, waren beide gerührt. Sie mochten sich sehr.

Dieses Mal kullerte tatsächlich eine Träne über Evas Wange.

X

Rudy Prager ging zwar zur Morgenbesprechung des Kabinetts, kam aber schon nach zehn Minuten wieder zurück. Sein Gesicht hatte sich bereits vor der Sitzung merklich verändert. Petra fand, dass Rudy fröhlicher aussah als zuletzt. Auch ließ er die Schultern nicht mehr so hängen.

»Ich muss zum Flughafen, Petra. Geheime Kommandosache. Ich habe mich bei Rijse abgemeldet. Meine Sitzungsvertretung ist organisiert. Die Dokumente für die Transportsitzung heute Nachmittag bitte an Herbert geben. Keine besonderen Karten im Spiel. Vorsichtshalber soll er bei der Ständigen Vertretung anrufen. Die sagen ihm, ob jemand im Verkehrsministerium was gegen den Vorschlag hat. Hab das Dokument gestern hingefaxt. Bin morgen wieder da.«

Weg war er. Petra schüttelte den Kopf, wurde aber vom Telefon unterbrochen. Das oberste Lämpchen blinkte. Es war für sie.

»Petra Magdeburg.«

»Johann Ehret. Guten Tag, Frau Magdeburg. Wir haben uns neulich in München gesehen.«

»Ich erinnere mich noch gut, Herr Ehret.«

»Dann hoffe ich, Sie haben mich in guter Erinnerung.«

»Durchaus. Sie offenbar nicht. Sonst hätte ich ja bei Ihnen die Stelle bekommen.«

»Dafür gab es Gründe, die nichts mit Ihnen zu tun hatten. Suchen Sie immer noch etwas? Ich würde Sie nämlich durchaus gerne einstellen. Nur für etwas anderes.«

Petra fiel fast der Hörer aus der Hand.

»Am besten wir treffen uns auf einen Kaffee«, fuhr Ehret fort. »Ich habe hier noch kein Büro. Kennen Sie das Wild Gheese? Das ist bei Ihnen um die Ecke.«

»Natürlich. Ja, gerne. Wann?«

»Am besten jetzt gleich, wenn es geht. Ich bin gerade in der Nähe.«

»Sagen wir in 30 Minuten? Ich muss noch schnell ein paar Dinge erledigen.«

»Wunderbar.«

Petra rief eine Kollegin an, stellte Rudys Telefon um und brachte die Dokumente für die Transportsitzung ins Vorzimmer von Herbert Dieter. Danach ging sie auf die Toilette, um sich frisch zu machen. Auf dem Weg hinaus traf sie Marietta.

»Die Kommission hat übrigens entschieden, wer die Direktorenstelle für die neue Europa-Kampagne bekommt. Jetzt ist es doch ein Deutscher geworden. Hätten wir nicht mehr gedacht«, sagte Marietta Göppinger.

»Wer ist es denn? Jemand, den man kennt?«, fragte Petra.

»Der bisherige Leiter der Kommissionsvertretung in München.«

»Wie bitte? Johann Ehret?«, rief Petra.

»Ja, so heißt der wohl. Kennst du den?«

»Noch nicht wirklich. Aber vielleicht bald ein bisschen besser.«

Petra ließ die verdutzte Marietta stehen und machte sich auf den Weg. Ehret wartete am Eingang. Sie gingen gemeinsam hinein und setzten sich an einen der Tische am Fenster. Es war noch vor der Mittagspause, so konnten sie ungestört reden. Sie wurden sich schnell einig.

»Ich möchte Sie noch etwas fragen«, sagte Petra am Ende des Gesprächs. »Warum haben Sie mich für die Stelle in München nicht genommen, und jetzt rekrutieren Sie mich für etwas viel Anspruchvolleres?«

Ehret sah verlegen aus dem Fenster. Die herzliche Unaufgeregtheit, mit der er Petra während ihres Interviews in München so beeindruckt hatte, war seinem neuen Amt nicht zum Opfer gefallen. Ich habe Glück gehabt, dachte sie.

»Es bleibt unter uns«, sagte Petra.

Ehret sah sic nun freundlich an.

»Wissen Sie, Frau Magdeburg. Wenn mich das hohe Kabinett wegen einer Assistentenstelle in einer Ländervertretung anruft, dann spitze ich gleich mal die Ohren. Und wenn die Bewerberin, für die sich Monsieur so in die Bresche wirft, nicht die eigene Mitarbeiterin, sondern eine andere Kandidatin ist, so weiß ich, dass es im Moment sehr unklug wäre, ihm seine Assistentin auszuspannen. Aber das ist natürlich das untrügliche Zeichen dafür, dass mein Eindruck von Ihnen richtig war und Sie Klasse sind.«

Petra wusste nicht, ob sie weinen oder lachen sollte.

»Dann hat mir mein Chef letztlich doch geholfen«, sagte sie schließlich so loyal wie möglich.

»Das stimmt«, antwortete Johann Ehret und lachte.

X

Louise stieg aus dem Taxi. Mark wollte in der Taverne Lindbergh auf sie warten, die sich genau gegenüber vom Eingang des Flughafens befand und daher nicht zu verfehlen war. Nach dem ihr gespenstisch vorkommenden Treffen mit Rijse in der »Letzen Halluzination« war sie sich freilich nicht mehr sicher, ob Mark Stadler die Lokalitäten nur anhand logistischer Zweckmäßigkeitsüberlegungen auswählte. Vielleicht war alles Zufall, so gut kannte sie ihn ja nicht. Aber immerhin flog Lindbergh damals auch über den Atlantik, wenngleich alleine und als Erster und aus der anderen Richtung. Bei der Vorgeschichte hörten die Gemeinsamkeiten allerdings endgültig auf. Lindberghs Vater war Rechtsanwalt in Little Falls gewesen, und mit ein bisschen Phantasie konnte man sich ausmalen, was den jungen Charles angespornt hatte, einmal so weit hinaus zu wollen.

Gleich am Eingang hing dann auch ein in Ölfarben gemaltes Bild des Fliegers, selbstverständlich mit Käppi und Einmotoriger. Auch weiter hinten im Lokal war für Flugambiente gesorgt. Entlang der Frontwand standen der Reihe nach kleine Modellflugzeuge in eleganten Glasvitrinen, und die winzigen Preisschildchen verrieten, dass sie zum Verkauf standen. Louise hatte Zeit, sie ein wenig zu betrachten, denn Mark kam jetzt erst zur Tür herein.

Er küsste sie und wollte eigentlich gar nicht damit aufhören. Trotzdem setzte er sich hin.

»Du glaubst nicht, wen ich gerade im Parkhaus getroffen habe.«

»Sag schon. Tom und Evi?«

»Die haben hier ja kein Auto.«

»Hm. Maradona?«

»Fast. Es war Rudy. Er dribbelte sozusagen um mich herum und hastete in Richtung Abflugtor.«

Louise schien nicht überrascht. Oder es interessierte sie nicht besonders.

»Ist ja ein besonderer Tag heute. Deine sehr alten Freunde und zwei sehr neue Freundinnen versammeln sich am Flughafen und fliegen weg. Nur du bleibst zurück. Warum eigentlich?«

Mark überging die Frage geflissentlich. Er gehörte sowieso zu den Menschen, die lieber selbst welche stellten. Aber die hier gefiel ihm schon gar nicht.

»Rudy hatte überhaupt nichts dabei. Nur sein Beutelchen für Notfälle, das er stets in der Schreibtischschublade bunkert.«

»Dann muss er es enorm eilig gehabt haben.«

»Ich konnte ihn gerade noch fragen, wohin es denn geht.«

»Und was hat er gesagt?«

»München.«

»Das ist eine schöne Stadt.«

Mark verstand. Freilich, er hätte auch gerne etwas gewusst. Dass Rudy nach München flog, war für Louise offenbar keine Überraschung. Das konnte er aus ihrer Stimme und ihren Antworten lesen, die sicher nicht umsonst so beiläufig ausgefallen waren. Mark ahnte, dass es zwischen Louises Gespräch mit Rijse und Rudys hastigem Aufbruch eine Verbindung geben musste. Klar war jedenfalls, dass Louise nicht darüber sprechen wollte. Also ließ er es.

»Wollte dich auch mal etwas fragen, mein lieber Mark«, sagte sie.

»Frag.«

»Du hast für deinen Freund Rudy ziemlich viel riskiert, damit er seinen Job in der Kommission behalten kann. Du kommst mir jedoch so vor, als ob du selbst gar keine Lust mehr hast, dort zu arbeiten. Passt nicht sehr gut zusammen.«

Da war sie wieder. Mark rechnete damit, dass Louise diese Frage bestimmt noch auf fünf weitere Arten stellen würde, solange er ihr keine Antwort gab. Glücklicherweise kam gerade der Kellner. Während Louise bestellte, konnte Mark wenigstens ein paar Augenblicke darüber nachdenken, wo er anfangen wollte.

»Das Kleine und das Große, Louise«, sagte er schließlich. »Ich weiß noch nicht, ob ich schon so weit bin aufzugeben. Ich liebe die große Idee des unbegrenzten Europas. Aber ich leide eben auch unter diesem

Mikrokosmos, der sich in der Kommission ausgebreitet hat. Vielleicht ist es überall so, wo so viele Leute arbeiten. Aber ich bin dieser Welt unweigerlich ausgesetzt, ob ich will oder nicht. Mein Leben wird mehr und mehr durch die bedrückenden Erlebnisse des Alltags bestimmt und leider nicht mehr so sehr von den großen Ideen.«

»Und Rudy? Ergeht es ihm denn nicht irgendwann auch so?«

»Solange er bei seinem Kommissar im Kabinett sitzt, besteht wenig Gefahr, dass er vom Apparat eingeholt wird. Es kommt ja niemand zu ihm durch. Die Hierarchie passt immer schön auf, dass nur sie allein mit dem Kabinett reden darf. Diejenigen, die zu Rudy vor dürfen, haben Angst, er könnte den Kommissar gegen sie aufwiegeln und den nächsten Karriereschritt behindern. Die schnurren wie Kätzchen, wenn sie ihn sehen. Die mühsame Welt des Beamtenalltags bleibt Rudy erspart. In seiner Position ist die Gefahr größer, dass er zum Teppichhändler wird.«

»Ich dachte, Teppichhändler gibt es vor allem in der Türkei. Und die ist im Moment bei euch ja nicht so gefragt.«

»Wer zu lange an zu vielen Schalthebeln sitzt, wird in der Kommission irgendwann zum Teppichhändler. Man tauscht einfach alles, am Ende seine Überzeugungen gegen Machbarkeit. Trotzdem, Rudy ist wirklich ein Idealist. Er besitzt eine enorme Antriebskraft. Wenn ich selbst schon die Lust verliere, für das große Ganze die täglichen Scharmützel in Kauf zu nehmen, so kann ich doch guten Gewissens einen retten, der es kann. Man macht zu oft den Fehler, aus einer persönlichen, negativen Betroffenheit die falschen Schlüsse für das Ganze zu ziehen.«

Louise nahm Marks Hand und drückte sie.

»Ist das der moralische Ökonom, von dem du mir beim ersten Maiskorn erzählt hast? Du kalkulierst konsequent nur noch persönlichen Aufwand und Ertrag, und doch ist dir nicht wohl dabei?«

Er sah verlegen auf die Modellflugzeuge.

»Ich mag vielleicht ein Idealist sein, aber eben nur im Kopf. Ich ziehe nicht ins Gefecht, ich tue nichts. Ich wende mich bloß immer ab. Ein guter Freund von mir ist vor einem Jahr gestorben. Da ist mir das richtig bewusst geworden.«

Mark nahm einen Schluck aus der Kaffeetasse. Er hatte schon lange mit niemanden mehr darüber gesprochen, obwohl ihn Peters Tod immer noch beschäftigte.

»Es begann mit einem bösartigen Leberfleck, und nach zwei Jahren war er tot. Das war einer, der tat etwas. Immer mit vollem Einsatz und Engagement. So wie Rudy. Noch in der Woche, in der er starb, hat er den Baseballverein angerufen, um sich für etwas, was er für enorm wichtig hielt, einzusetzen. Der Trainer seines Sohnes kam zur Beerdigung und hielt eine ergreifende Rede. Er erzählte, wie rührend sich Peter noch um die vermeintlich geringsten Belange gekümmert hat, selbst als für ihn schon alles verloren war. Ich stand da und heulte vor Trauer, aber auch vor Scham. Ich fühlte mich unendlich klein und schwor mir, dass ich wie er für eine bessere Welt kämpfen wollte, anstatt mich immer kopfschüttelnd abzuwenden, sobald mich irgendwelche Kleinkrämer aufs Korn nehmen.«

»Und was ist dann passiert?«

»Es hat nicht viel genutzt, Louise. Mir graust es einfach zu schnell. Die Evolution hat eine perfide Kreuzung zwischen dem gefälligen Risikominimierer und dem vernetzten Karrieresmart hervorgebracht, die bei uns enorm erfolgreich ist und sich ständig vermehrt. Ich ertrage viel zu wenige von den Leuten, mit denen ich paktieren müsste, um wirklich etwas zu erreichen. Offenbar habe ich in meiner Jugend zu viel Tennis gespielt. Eindeutiger Folgeschaden. Damals musste der Ball nämlich immer über das Netz und nicht um jeden Preis hinein. Wie soll man mir das je noch beibringen, dass jetzt alles anders ist?«

Louise sah ihn nachdenklich an.

»Freiheit hat immer auch etwas mit Moral zu tun. Ich kann mir schon denken, dass du Schwierigkeiten hast, dich an der Bedeutung des großen Ziels der Freiheit für Europa aufzurichten, wenn du jeden Tag um dich herum erlebst, von welchen Werten und Motiven diejenigen geleitet werden, die es protegieren und formen sollen. Ganz allgemein glaube ich allerdings, dass der gute Samuel Beckett Recht hatte. Es bleibt uns auf diesem Erdball nicht viel anderes übrig, als es immer wieder neu zu versuchen, nur um das nächste Mal vielleicht ein bisschen besser zu scheitern.«

»Oh, manche Leute kommen noch nicht einmal dazu zu scheitern. Die pflegt man bei uns auf ein stilles Plätzchen zu schieben, wo man sie nicht mehr sieht. Und Scheitern, ohne dass jemand hinsieht? Das ist doch fast schon so sinnlos wie Freiheit ohne Moral. Findest du nicht?«

Nach diesem Satz musste Louise lachen.

»Vielleicht wäre es gar nicht mal so schlecht, wenn man dich ein bisschen schieben würde. Dann würde ich dich überreden, vom stillen Plätzchen aus ein Buch zu schreiben. Ich bin nämlich bekennende Egoistin. Du schickst mir jede Woche ein kleines Kapitelchen über den Atlantik, und schon kann mir nicht mehr viel passieren. Und für alle anderen, die du zum Lachen oder zum Weinen bringst, wenn das Buch dann tatsächlich einmal zu einem richtigen Buch wird, müsstest du als Äquivalent mindestens zwei oder drei Richtlinien durch die Instanzen pauken. Und das dauert, mein Lieber. Das dauert.«

Sie sahen sich in die Augen. Marks Arbeit hatte mit Richtlinien zwar nichts zu tun, aber er schwieg. Er hätte gerne gewusst, wie viel von dem, was Louise gerade gesagt hatte, wirklich ernst gemeint war. Die Buchidee war sehr romantisch. Doch konnte er sich nicht vorstellen, dass es jemand gab, der ihm so etwas zutraute. Sie mussten gehen. Mark legte das Geld für zwei Kaffee auf den Tisch.

»Die nächsten beiden darf dann ich?«, sagte Louise.

Das verstand er. Mark dachte, dass sie in diesem Augenblick wohl kaum etwas Schöneres hätte sagen können.

X

Der Flug nach München war verspätet. Schon beim Check in wurde den Fluggästen mitgeteilt, dass sie sich würden gedulden müssen. Eva wollte Zeitschriften und Zigaretten kaufen und war im Zeitungsladen verschwunden. Tom setzte sich ins gegenüberliegende Restaurant. Er mochte Flughäfen. Die Damenwelt machte sich in aller Regel besonders schick, wenn sie verreiste, und den Anblick gut gekleideter Frauen liebte er über alles. Die vorderen Tische befanden sich direkt am Eingang zum Terminal A, ein herrlicher Aussichtsposten. Heute war allerdings nicht viel los. Tom ging nach hinten zur Bar, um sich nach einer Zeitung umzusehen. Es gab keine. Als er hinüber zum Zeitungsladen gehen wollte, sah er sie.

Mark und Louise standen umschlungen am Eingang zum Terminal und küssten sich. Tom ging in Deckung. Als Mark sich verabschiedet hatte und am Lokal vorbei zum Ausgang ging, bemerkte er ihn nicht. Einen Augenblick später kam Eva aus dem Laden.

»Was machst du denn plötzlich so weit in den hinteren Gefilden?«, sagte sie, als sie Tom an der Bar erblickte.

»Ich denke nach.«

»War das nicht Mark, der hier gerade vorbeigegangen ist?«

»Weiß ich nicht. Ich habe nicht aufgepasst. Was soll der denn am Flughafen?«

»Stimmt. Hab ich mich wohl getäuscht. Trinken wir hier noch einen Kaffee oder gehen wir rein?«

»Lass uns noch ein wenig hier bleiben. Da ist bestimmt gerade ein riesiges Gedrängel bei der Sicherheitskontrolle.«

Tom bestellte zwei Kaffee.

»Hast du was, mein lieber Freund?«, frage Eva. »Du bist gerade so anders.«

»Nicht der Rede wert.«

»Über was hast du denn so tiefschürfend nachgedacht, dass du so ein Gesicht machst?«

Tom rührte in seinem Kaffee, den der Barmann inzwischen hingestellt hatte.

»Nichts Besonderes. Nur dass jeder einmal einen lichten Moment hat.«

***